QED 恵《え》比《び》寿《す》の漂《ひょう》流《りゅう》

高田崇史

KODANSHA NOVELS
講談社ノベルス

カバーデザイン＝坂野公一（welle《ヴェレ》 design《デザイン》）
カバー写真＝Adobe Stock
ブックデザイン＝熊谷博人＋釜津典之
地図制作＝アトリエ・プラン

あなたは最近わたしの書く殺人が、あまりに洗練されすぎてきた――
つまり、貧血症になってきた、という不満を述べられました。
そして「もっと血にまみれた、思いきり兇暴な殺人」を求められました。
それが殺人であることに一点の疑いをさしはさむ余地のないような殺人を！
そこで、こんど書いたのが、この物語です。

『ポアロのクリスマス』アガサ・クリスティー

対馬地図
西泊
比田勝港
382
佐須奈
上県町
御岳
上対馬町
対馬市
海神神社
382
峰町
木坂
三根
豊玉町
仁位
和多都美神社
382
阿麻氏留神社
住吉神社
小船越
鴨居瀬
美津島町
対馬空港
白嶽
住吉神社
鶏知
382
小浦
曲
南警察署
八幡宮神社
万松院
厳原港
厳原町
龍良山
豆酘
高御魂神社
多久頭魂神社
N
0
10km

目次

《プローグ》

対馬《つしま》は九州の北西、朝鮮半島との間に浮かぶ、約七百平方キロメートルの面積を持つ島だ。

数字だけを見れば、瀬戸内海に浮かび十五万人もの人々が暮らしている淡路島《あわじしま》より大きいことになるのだが、対馬の人口は、その三分の一以下の約四万人。というのも、島の九十パーセント近くが山地であり、農耕などに適する土地は、わずか一パーセントほどしかないからだ。

そのため若者たちの多くはこの島を離れ、九州や本州の大都市に出てしまっている。もちろん、再び島に戻ってくる人間もいるが、その殆《ほとん》どは島外で生活を続ける。ただそれが、豊かな島の自然を護る要素の一つとなっているのは皮肉だ。

中国の史書である『魏志倭人伝《ぎしわじんでん》』にも「邪馬台国《やまたいこく》に至る」以前に、初めてわが国で立ち寄った場所として、

「一海を度《わた》る千余里、対馬国に至る」と登場し、続いて、「土地は山険しく、深林多く、道路は禽鹿《きんろく》の径《みち》の如し」

つまり「道路は獣道《けものみち》のようだ」とあり、更には、

「良田なく、海物を食して自活し、船に乗りて南北に市糴《してき》す」

田畑がないため、人々は船に乗って交易を行い、生活していると書かれている。対馬は太古から、現在で言う「海洋族」「海人族」とよばれた人々の島——いわゆる「海神《わだつみ》」たちの島だったのである。

そんな関係なのだろう、この島には無数——と言っても良いほどの神社仏閣が存在している。特に神社に限っていえば、平安時代に編纂された『延喜《えんぎ》式《しき》』という書物に載っている神社——式内社《しきないしゃ》だけでも二十九社ある。九州全体を数えても九十八社なの

だから、その約三分の一の神社が、ここ対馬に集中していたことになる。しかも、すぐ隣の島、壱岐《いき》の二十四社を加えると、神社の数は両島で九州全体の半数を越える。

対馬は文字通り「神々の坐《いま》す島」なのだ。


私は、木々深い山々を、そして隣国をも望むことのできる広く青い海に視線を移す。

吹き抜けてゆく清々しい香り立つ潮風。

夜空には吸い込まれそうな大きい満月。

その明るい光で、私は自分の足元に倒れ伏している男の遺体を見下ろした。

男は、完全に事切れている。

どうして自分が殺されるのか、想像もつかなかったようだ。しかし、首にしっかりと食い込んだ荒縄が彼の息の根を止めた時には、うっすらと気づいたらしい。この島の神々が、彼の耳元に囁いてくれたのだろう。最期は、諦めたような穏やかな顔つきになると、ガクリと首を折った。

私が、せめてもの供養と思い、遺体に向かって手を合わせた時、背後の繁みが、ガサリと鳴った。

ハッ――と振り返ると、そこには月の光に照らされた、白く美しい顔があった。

大丈夫かと尋ねてくる彼女の顔に向かって私は、何の問題もないと答える。彼女のことを思えば、私の取った行動や犯した罪、いや私の命すら「鴻毛《こうもう》より軽《かろ》し」だ。

私は再び自分の足下に視線を落とす。

後は男の首を落として、血塗られた胴体をあらかじめ用意してきた皮袋に入れ、目の前を流れる川に流すだけ。


その作業を終えた私は、遺体の流されてゆく川面を眺める。

月の光がキラキラと映って、とても幻想的な光景だ。どこまで流れて行くのかは分からないが、運が良ければ対馬の海に帰れるかも知れぬ。

一瞬そんなことを思ったが、考えてみればどうでも良い話。私の関心は、あんな遺体などにはない。後は野となれ――。

血だらけの手を澄んだ川の水で洗いながら対馬の神に、仏に、明王に祈る。

そして誓う。

私は何度でも、同じことを繰り返すだろう。

いくらでも首を斬り落とすだろう。

何故なら私たちには、この美しく歴史ある島を永遠《とわ》に守って行く義務があるのだから。わが国の根幹ともいえる島を、神々を守護する責務を負っているのだから。

何があろうとも、この思いが揺らぐことはない。

たとえこの先、この手が幾度《いくたび》となく汚れた血で染まることになろうとも。

《暗流》

女王がわたしにほほえみ会釈した。
馬を走らせながらほほえんでいった。
あれはわたしに新しい愛を告げるのだろうか、
それとも死を予告するのだろうか。

犬飼元治《いぬかいげんじ》は、打ち寄せる大きな波を眺めながら海沿いの道を歩いていた。地元、鶏知《けち》の太田浜《おおたはま》海水浴場や、勝見《かつみ》ノ浦浜《うらはま》海水浴場を望む一本道だ。

これが毎朝の日課。

もう八十歳になるのに若いね、と皆から言われるが、それがただのお世辞とばかり思われぬほど元気で健脚だった。家の近くの神社や寺の何十段もある石段も、誰の手も借りずに登って行く。さすがに少し息切れはするものの、最後まできちんと登って参拝できる。

だが、それは子供の頃からの慣れっこ。この島で神社仏閣にお参りしようと思ったら、石段を苦にしてなどいられない。なぜなら島自体が、ほぼ山の中なのだから。

元治は、目の前に広がる青い海を眺める。

今日もまだ少し、波が荒かった。

ここ対馬は、九州・長崎県に属している。しかし、島の人間にとっては福岡県の方が身近だ。

というのも、今歩いている場所——鶏知の小高い丘の上にある対馬空港からの航空便は長崎空港よりも福岡空港へ向かう便の方が多いし、飛行時間も少しだけ短い。ここから少し南に行った場所の中心市街地・厳原《いづはら》からの国内向けフェリーやジェットフォイルなども、壱岐《いき》を経由しながら博多港に到着する。住民たちが島外に出ようと思ったら、殆どがそんな手段になる。

だが、島の主要な交通手段である飛行機やフェリーが止まることが、しばしばある。主な原因は、島を直撃してくる台風だ。

今年もそうだった。

例年は夏頃が台風シーズンのピークで、誰もがそれに備えているのだが、今回は珍しく夏も終わったこんな時期に、フィリピン沖で発生した台風が島を直撃し、山間部では山肌が瓦解《がかい》して崩れ、一本しかない道も通行止めになってしまった。

台風の襲来数は、全国的に見ると鹿児島県が断トツに多い。次は、高知県、和歌山県・紀伊半島や、静岡県。そして、その次に多いのが、長崎県だ。

もちろんそこには、この対馬も含まれる。海流の影響も大きいのだろうが、毎年のように酷く大荒れの天候になり、突風や竜巻で甚大な被害を被ってしまう。

ただ今回、この辺りは、そこまで大きな損害を被らなかったため、元治たちの家は最小限の被害で済んだ。

しかし、今こうして海を眺めていても、まだまだ波は高い。海の向こう、玄界灘《げんかいなだ》では、そろそろ北西風《あなしのかぜ》が吹き荒れる頃だ。心配の種は尽きない。

取り越し苦労なことは承知しているが、ついつい余計なことを考えてしまう。これも、歳のせいなのだろう。

自嘲しながら海を眺めて歩き、何気なく海岸線に目をやると、今にも壊れそうなほど古く小さなボート——見知らぬ小舟が一艘、入り組んだ浜に乗り上げていた。

今回の台風では、各地で何艘もの漁船が流され、あるいは難破したというから、そのうちの一艘が今頃漂着したのか。おそらくどこかの漁師の持ち物だろう。漁で用いるような立派な物ではなく、個人的な趣味で使っていたような、ごく小さな舟だ。

元治は、騒がしい海鳥の声を聞きながら砂を踏み浜に降りて近づく。わざわざそんなことをする理由もなかったのだが……何となくおかしい。本能的に、そう察した。聞き慣れた海鳥の鳴き声にも胸騒ぎを覚える。近づくにつれて血の臭いが強くなる——そんな気がしたのだ。

バカな。

気のせいだろうと苦笑いしながら、小舟の中を覗き込んでみると、

「げっ……」

思わず腰を抜かしてよろけ、砂浜に尻餅をついてしまった。

いや、まさか。見間違いだ。

気を取り直してよろよろ立ち上がると、目をこすって再び覗き込む。

しかし。

見間違いではなかった。

小舟の中には大量のどす黒い血が溢《あふ》れ、その血溜《ちだ》まりの真ん中に、一人の人間が仰向けに横たわっていたのだ。

仰向けなのに、男か女かも分からない——。

つまり。

その人間には、首がなかった。

元治は息が止まりそうになる。

こんなことがあるわけもない。

ここは平和で日常的な散歩道。

いや、まさかそんなこと……。

とすれば人形か、マネキンか。

それとも、誰かの悪戯《いたずら》なのか。

しかし。

辺りに漂う血の臭い。まだ首のつけ根の辺りから、血が流れている……かのような、生々しい錯覚すら覚える。

元治は限界まで大きく目を見開き、

「ちょ、ちょよ！」

大声で叫ぶと、膝から下にうまく力の入らない両脚を縺《もつ》れさせながら、浜辺の砂を蹴立てて知り合い

の土産物屋に駆け込む。何事かと驚く店主に、震える声で叫んだ。

「けっ、警察を！」

その通報を受けた厳原の「南警察署」から、元治も顔見知りの雁谷《かりや》忠《ただし》巡査長が、部下の警官たちを連れて、ばたばたと駆けつけてきた。

この島の警察署は、北の佐須奈《さすな》にある「北警察署」と、厳原の「南警察署」の二ヵ所しかない。今回は元治の地元の雁谷が、やって来た。

「元治さん」雁谷は大声で尋ねる。「一体、どうしたん」

呼びかけられて元治は、

「あれ、あれ」

と、青ざめた顔で小舟を指差した。

歯の根が合わぬまま答える元治と一緒に、雁谷は小舟を覗き込む。

するとそこには、元治の言う通りの陰惨な光景が広がっていた。小舟の底にできた血溜まりの中に、首を落とされた遺体が横たわっており、雁谷は思わず大声で叫んでしまった。

「またかい」

ああ、と元治も頷きながら答える。

「まただよ」

実は先月も、鹿谷《ししたに》川の下流で、同じような事件が起こったばかり。但《ただ》しあちらの遺体は、皮袋に包まれて流されていたのだが、その遺体にも首がなかったのだ。

「何ちゅうことだ」

思い切り顔をしかめて声を上げ唸る雁谷を見て、

「いつものように早朝《あさっぱら》、入江《わだ》を散歩していたら、見かけん小舟が浜に乗り上げとって、この間の台風で流されてきたのかと何気なく覗き込んでみたらよ――」

元治は、我に返ったように口から泡を飛ばして喋《しゃべ》った。喋らねば自分の意識を正常に保てないかのように。

「わしも、鹿谷川の事件を聞いた時には、最初に見つけた人間は鳥肌《ひやいぼ》立てて腰抜かしたろうと思ったが、それと同《お》んなじで。いきなりこんなもん見せられたらな。忠《ちゅう》さんにも、わしの気持ちが分かるじゃろう。本当に《ほんき》、運が悪《まんわり》いよ」

元治の言葉を「うんうん」と頷き聞きながら、雁谷は腕を組んだ。その横で、

「どうして」警官が顔をしかめて頭を抱える。「こんな事件が続くんですか」

そう問われても答えようのない雁谷は、元治をなだめると、警官に命じて小舟をブルーシートできっちりと覆い、辺りを立ち入り禁止にする。

まだ喋り続けている元治の後ろから、

「雁谷さん」作業を終えた警官たちが尋ねてきた。「どうしたら良いですか」

「どうもこうも」雁谷は答えた。「また、長崎県警に連絡するしかなかろう。応援を頼まねば」


南警察署からの連絡を受けた長崎県警捜査一課警部補・大槻義郎《おおつきよしろう》は、松橋浩介《まつはしこうすけ》巡査部長と共に対馬空港に降り立った。

到着ロビーには、対馬南署の警官二人が待機しており、大槻たちは空港出口からすぐに、パトカーに乗り込み現場へと向かう。

お疲れ様です、と声を掛ける助手席の警官に、

「またしても」と大槻は後部座席から言った。「首なしの遺体だと聞いたが」

「はっ」

助手席に座った警官が答え、振り向きながら事件の経緯を簡単に伝えた。

「現場は鶏知の海岸沿いで、ここから車で数分の場所です。警部補にまず現場をご覧いただいてから、南署にお連れするように言いつかりました。巡査長は現在、第一発見者と共に署で待機しております」

南署は、空港から車で二十分ほど南下した場所

だ。現場を経由して署に向かえば、段取りも良い。

「分かった」

納得して、大槻は尋ねる。

「今回は、前回とは違って、海岸線に流れ着いた小舟に乗せられていたらしいから、海流を調べれば、どこからたどり着いたのかが分かるんじゃないか」

「ところが……」警官は顔を曇らせた。「通常でしたら、確かにそうでしょうが、何せ今は台風の後ですので、海流も乱れておりますし、一気にどこからか流されてきた可能性もあるため、何とも言えないところです」

「なるほどな」

大槻は顔をしかめて松橋と頷き合った。

警官の言葉通り大槻たちは、あっという間に現場に到着する。パトカーから浜辺に降り立つと、待ち構えていた警官たちが小舟を覆っていたビニールシートをめくる。

大槻たちが覗き込むと、すでに海老茶色に変色した血溜まりの中に、前回同様、首のない遺体が横たわっていた。但し今回の被害者は、紺色の作務衣《さむえ》を身にまとっていた。肩の辺りが、かなりどす黒く染まっていたので、おそらくこの姿のままで首を落とされたのだろう。

目を凝らす大槻たちに、警官は言う。

「現場の足跡は、おそらく第一発見者の物のようでした」

「どちらにしても」大槻は白く綺麗な砂浜を見渡した。「いずれ詳しく分かるだろうが……今のところは、間違いなさそうだな」

そう答えて、再び小舟の遺体に視線を落とす。

〝作務衣姿か……〟

大槻は遺体の片付けを指示すると、松橋と共に再びパトカーに乗り込み、南署へと向かった。

＊

ホワイト薬局は、目黒区祐天寺にある今年開業二十年を迎えた、老舗の調剤薬局だ。

午前の受付が終了すると、今日も店長の外嶋一郎《そとじまいちろう》は休憩室に入り、棚旗奈々《たなはたなな》が一人で薬歴簿の整理をしていた。しかし、奈々もしばしば突然の我《わ》が儘《まま》を聞いてもらっているので、むしろこの程度で恩を返すことができるなら、かえってありがたいと思っている。

この業界も、どんどん電子化が進み、レセプト業務などは当然だが、こうして手書きで整理している薬歴簿も、やがて電子化されるだろう。どんな形態になっていくのかは、今のところ分からないにしても、ごく近い将来、そんな方向に進むことは間違いない……。

全ての整理を終えて、奈々は休憩室に入る。

持参のお弁当を広げながら、いつものコンビニ弁当をほぼ食べ終わりそうな外嶋と、その隣で昼食を摂っている相原美緒《あいはらみお》に向かって、そんなことを何気なく話すと、

「そうですよねー」

美緒は、くりっとした目でサンドイッチをパクつきながら、大きく頷いた。

彼女は外嶋の遠い親戚で、奈々同様この薬局に十年以上も勤めているベテランの調剤事務兼助手だ。既に結婚して子供も一人いるけれど「通り名」として、旧姓の「相原」を名乗っている。

美緒は、毎日のように外嶋と言い争いをしているけれど、それは気が置けない親戚同士。むしろ、仲の良い証拠だ。

「実際に、色々と便利になっていますものね」美緒は言う。「噂によれば昔は、パソコン入力じゃなかったから調剤料を手計算していたって言うじゃないですか。気が遠くなるどころか、想像を絶する話で

すよ。そんな複雑な仕事、お給料を倍もらっても私には絶対に無理」

「きみは、そうだろうな」外嶋は、食べ終わった弁当の入れ物を片づけながら応える。「だが我々は、その苦労を知っているからこそ、今のレセコン――レセプトコンピュータの有り難みが分かるんだ」

「なるほど」美緒は頷いた。「今では蛇口を捻《ひね》れば水が出るけど、我々の頃は川まで水を汲みに行っていたんだぞ――みたいな」

「そういう意味じゃない」外嶋は美緒を睨みつけた。「ぼくが言っているのはつまり――」

「昭和自慢」

「何を言ってるんだ、きみは！」

「そ、そういえば」奈々があわてて間に入る。「今は患者さんの自由ですけれど、そのうちお薬手帳も義務化されるんじゃないかという噂まで出ています。そうしたら、やがて手帳までも、電子化されるかも知れませんね」

「凄ーい。携帯なんかにも入っちゃったりして。便利便利」

「その点は確かにそうだな」外嶋はインスタントコーヒーを淹れながら同意する。「それこそ携帯も、何年か後には小型のパソコン並みに進化しているだろうから」

「そんな大袈裟な」

「でも、本当みたいよ」奈々は言う。「この小さな携帯で世界中の色々な情報を見られるようになって、自分だけの『パーソナル・コンピュータ』に進化するみたいだから」

へえ、と美緒は感心したように自分の携帯を、まじまじと見る。

「それって、凄く便利ですよね。さっきの薬局関係に絞って言えば、この中に自分の薬歴なんかが全部入っていると、何かあった時に、とっても安心」

「だが」外嶋は首を横に振った。「そうとばかりは言えない」

「またあ。何でも逆張りするんだから」

「事実だ」外嶋は真面目な顔で応える。「自分の薬歴などは、アナログだからかえって良いんだ。携帯だけにしか記録されていなかったら、充電が切れた時には何も分からなくなってしまう」

「紙だって、なくしちゃえば同じことでしょ」

「そう言うなら、携帯だって落っことしてしまえば同じだし、むしろ自分の個人情報も他人に盗まれやすくなる」

「相変わらず、ああ言えばこう言うおやじだ。だから外嶋さんは親戚仲間からも——」

「で、でも」またしても奈々が割って入る。「確かに便利になる一方で、失ってしまうものもありますよね。アナログなことでも、実はそれも必要なものだったんだって、後から気がついたりとか」

そうそう、と美緒は同意する。

「どうしてこんな寒空の下に並ばされるんだ、インターネットで予約させてくれりゃいいじゃん、と思っていたら、後ろのおばさんたちの会話から超お得なバーゲンセールの情報が入ったり」

「相原くんの喩《たと》えは、例によって全く意味不明だが……」外嶋が顔をしかめながら言った。「しかし今、奈々くんの『失ってしまうもの』という言葉から、我々にとって非常に重要な物があることを思い出した」

「それは？」

「言葉だよ」

「言葉って……何よ急に」

「最近、文楽を観るようになってから、非常に強く感じるんだ」

外嶋は、今までは絶大なるオペラファンだった。外嶋の尊敬していた名指揮者のカルロス・クライバーが亡くなった時などは、喪に服しているのかと思えるくらい無口になってしまい、その間の調剤業務は殆ど奈々の両肩にかかっていたほどだ。

今もオペラファンであることに変わりはないにし

ても、最近とてもはまっているものがある。それが、文楽だった。

　数年前、現役女医のお姉さん——美緒に言わせると「常に全身から強烈なオーラを発している」女性——に無理矢理、大阪の国立文楽劇場まで連れて行かれた結果、すっかり魅せられてしまい、現在は個人的に国立劇場の会員にまでなっている。

　オペラと文楽——。最初は奈々も不思議だったが、よく考えてみれば両者には、そこはかとなく共通点があるようにも思えてくる。

「それで」美緒が不思議そうな顔で尋ねた。「どーして便利になると、言葉が失われてしまうの？」

「自分の頭の中にある言葉や、考える言葉だ」

「は？」

　キョトンとする美緒の横で、

「確かに……」奈々は頷いた。「パソコンや携帯を使えば、難しい言葉を教えてくれますし、漢字も勝手に変換してくれます」

「それこそ、便利で良いじゃないですか。書けなくても漢字変換一発」

「しかしそうなってしまうと、自力で古典や古文を読むことができなくなってしまう」

「自力で読めなくったって、全然構わないでしょ。そもそも『古文』や『古典』なんて、現代に必要ないんじゃないの。別に知らなくったって生きていけるし。奈々さんは、読まれます？」

　いえ、と奈々は目を伏せながら答える。

「私は余り……。特に仮名文字や古文書などは、全くと言って良いほど読めない」

「ほらあ」美緒は外嶋を見た。「特殊な趣味の一つみたいなものです」

「まさに、そういうことなんだよ」外嶋は、コーヒーを一口飲んだ。「事実、世間では『古文・漢文不要論』というものがあるらしい。学生時代にわざわざそんなものを学ばなくても良いんじゃないか、大人になってから、やりたい人間が勝手に学べば良い

――という」

「大賛成！」美緒が手を挙げた。「古文や漢文を勉強しなくちゃいけないせいで、どれだけ無駄な時間を費やしたか。社会に出てから、つくづくそう思いました」

「きみの場合は」外嶋は冷ややかに美緒を見た。「自分で言うほど真面目に古文・漢文を学んでいないだろうから、それほど『無駄な時間』を費やしてもいないだろうし、たとえ費やしていたとしても、大した問題じゃない。せいぜいその分が、つまらないゲームやくだらないおしゃべりや殆どが無駄になる買い物時間に当てられるだけだ」

「細かい形容詞は容認できないけど、大筋でその点は認めます。でもさあ……やっぱり授業の古文・漢文は不必要な気がするなあ。だから実際に、中高ではそれらに充てる時間が減ってきているって、この間テレビで言ってたし。つまり、余り必要とされなくなってきているってことでしょう」

「じゃあ、きみも『古文・漢文不要論』を支持するんだな」

「はい。詳しい中身は全く知らないけど」

「その論を展開する人々は、実にさまざまな例や説を挙げているようだが、その中で最大のポイントが一つある」

「それは？」

「百歩譲って学ばなくてはならないとしても、それを『原文で学ぶ必要があるのか』ということだ。この問いかけには、古文・漢文賛成派の連中も明確な反論ができず、たじたじになっているらしい」

「まさにそれだ！」美緒は大きく同意する。「古典を読みたい人は、誰かが現代文に訳してくれた本を読めばいいんですよ。それで充分。非の打ち所のない意見だ」

「実はぼくも、以前はそう思っていた。お隣の韓国が漢字を全て捨てて、自国語をハングル文字に統一したようなものだ。それでも生活は、きちんと成り立っている」

「賢い選択」

「しかし、ある日突然に我々の言語が『ひらがな』や『カタカナ』だけになってしまったらどうする。ぞっとしないか」

「うーん……。確かに、宣伝広告や映画の字幕なんかは読みづらいかも。『いちろうくんはやくくるんだめだかがいるよ』——みたいな」

「相変わらずきみの喩えは不可思議だが」外嶋は軽く頭を振った。「だが、まさにそういうことだ。現在は、常用漢字に含まれていないという理由で、テレビのニュースでも『ら致』とか『やゆ』などと表示されているが、たとえば『相原くんら致』『湯屋でやゆ』などと画面に流れたら、何を言っているのか戸惑うだろう。この場合は、ただ単に『拉致』も『揶揄』も、常用漢字に入れたら良いだけの話なんだからね」

「そっちの喩えもどうかと思うけど……でも、そういうことですね」

「そうなると、そのうちテレビなどで活躍する有名人の殆どが、平仮名やカタカナだけの名前になってしまう時代がやってくるかも知れないな。吉永小百合《よしながさゆり》や、浜木綿子《はまゆうこ》や、大原麗子《おおはられいこ》などという奥ゆかしい名称は、いずれ消滅してしまうに違いない。実に嘆かわしいことだ」

「いつの時代の人間だよ」

「テレビと言えば——」外嶋は続けた。「この間、古文に関する番組を見ていたんだ。今までならば、全く目に留めることすらなかったろうが、最近は文楽の太夫《たゆう》が読んでいる『床本《ゆかぼん》』関連から、仮名文字も少し気になっていてね。しかし、その途中で食べかけていたカレーの皿とウーロン茶をひっくり返してしまって、大変な目に遭った」

「それこそ、ただ単に自分が、そそっかしいせいでしょうが」

でも、と奈々は尋ねた。

「その番組で、何かあったんですか？」

「ああ」と外嶋は答える。「仮名文字や古文書を解読する番組だったんだが、明らかに誤読——素人《しろうと》のぼくでさえ気がつくような読み間違いをしたのに、そのまま放送されたんだ」

「えっ」

「今言ったように、ぼくなどは仮名文字が読めるというようなレベルですらない。殆ど眺めているだけにすぎないのに、それでも気がつくような誤読だ。しかも、その場には専門家と称する人たちがパネリストとして参加していたが、番組はそのまま進み、収録だったはずなのに、訂正のテロップすら入らなかった」

「単なるミスでしょ。電話して教えてあげれば良かったのに」

「そういうことかも知れないし、そうではないかも知れない」

「どっちよ」

「そこらへんの話は——」

外嶋は奈々を見た。

「変なことに詳しい男、桑原崇《くわばらたかし》に訊いた方が良いだろうな」

「は……」

いきなり話を振られて、目をパチクリさせる奈々に向かって、

「そう言えば」外嶋は尋ねる。「今度の連休は、奴とどこかに行かないのか？　もしも行くならば、そんなことも尋ねておいてくれ」

「え……」

「タタルさんと、旅行するんだ」

美緒が楽しそうに笑った。

タタル——というのは、奈々の大学及び薬剤師としての一年先輩にあたる、桑原崇のこと。大学で「オカルト同好会」という怪しげなサークルに入会する際に「桑原崇」と名前を書いたところ、サークルの先輩に、

「くわばら・たたる？」

と読み間違えられて以来「くわばら・タタル」で通っているので、奈々も妹の沙織《さおり》も、沙織の夫の小《こ》松崎良平《まつざきりようへい》も、崇のことを——かれこれ二十年ほど——ずっと、そのあだ名で呼んでいる。

ちなみに、小松崎良平は、学部は違うものの崇とは大学の同学年なので、もちろん奈々ともつき合いが長い。現在はフリーのジャーナリスト。

「それって」と美緒が、奈々の顔を覗き込んでくる。「お二人で、仲良くですか」

「さ、さあ……行くのかしらね」

「どこにですか？」

「い、行くとすれば、多分……九州」

「もう決まってるんじゃない！」

「文化の日を挟むから、ぜひ文化的に過ごしてきてくれ」

などと言う外嶋を、

「でも、危ないですよ！」美緒は睨《にら》んだ。「奈々さんたちが動くと、必ず事件が起こる。しかも、血みどろの凄いやつ」

「それは仕方ない」外嶋は、しれっと答えた。「せいぜい頑張ってもらおう」

「あら、外嶋さん。そんなことを」

「もう最近では、奈々くんたちが事件に巻き込まれず無事に帰ってくるように、などと願うことは止めたんだ。何せ十五年近く願い続けてきたが、今まで一度たりとも叶うことはなかったからね。だからこの頃は、むしろ奈々くんたちが、巻き込まれた事件をきちんと解決して、世のため人のために役立ってくれることを祈るようにした」

「ついに悟った！」

「特に桑原などは、日々自分のことしか考えずに生きている男だから、そういった機会に他人のために役立つことも必要だろうと思うようになった。一種のボランティアだな」

「素晴らしい」

美緒は外嶋の言葉にパチパチと拍手し、そんな二人を見て奈々は少し顔をしかめたけれど。

ほぼ真実なので……何も言い返せなかった。

＊

南署では、白髪交じりの雁谷忠巡査長が、第一発見者の犬飼元治と共に待ち受けていた。

皆で挨拶を交わし、大槻は改めて第一発見者の元治から話を聞く。しかし元治は、さすがに疲労が極限まで達して気力も萎えてしまった様子で、俯《うつむ》きがちのまま小さな声で、既に大槻たちが警官たちから耳にしていたことを繰り返すだけだった。ぽつりぽつりと喋り、その話が一通り終わると大槻が、

「それは大変だったたね」

と労《ねぎら》う。その言葉に元治は、泣きそうな顔で大槻たちに訴えた。

「わしは、罰《ばち》かぶるようなことは何もしとりゃせんで。なして、こげえなことになったんか」

頭を抱える元治を「あんたが悪いんじゃないて」と雁谷が慰め、いつでも連絡が取れるようにしておいてくれ、と念を押して解放した。おそらく、今夜は悪夢にうなされてしまうだろう。気の毒だが仕方ない。

元治が、よろよろと南署の部屋を出て行ってしまうと、大槻たちは雁谷と向き合う。そして、今回の被害者の男性の作務衣姿に関して話す。

「作務衣姿ということは」松橋が二人に言った。「被害者がこの島の人間と限定するならば、島内の神社仏閣の関係者、あるいは陶芸家などの職業に絞られますね」

「陶芸家などの職業の人はともかく」雁谷は答える。「神社仏閣関係者となりますと……この島には、二百近くの神社仏閣が存在しとりますけん」

「確かにそうだ」

大槻は苦笑いする。

特に神社に関して、この島は「神棲む島」と呼べるほど無数に鎮座していると聞いたことがある。

だが、と大槻は弱気になる雁谷を見た。

「虱潰《しらみつぶ》しに当たるしか方法はあるまい」

「はい……」

雁谷は渋々肩を竦めて答えた。


雁谷が被害者の身元確認作業のために出て行くと、部屋には大槻と松橋の二人が残された。

ふと窓の外に目をやれば、そこには青く澄んだ秋の空が広がり、ようやく色づき始めた木々と、それらに覆われた山脈《やまなみ》。その奥には輝く青い海がキラキラ輝いている。

実に素晴らしい風景だ。

そんなこの島で、一体何が起こっているのか。どうしてこんな陰惨な事件が立て続けに起こるのか。

大都会の博多や、大槻たちの地元の長崎でのことなら、まだ理解できるし、実際にさまざまな事件が後を絶たない。

しかし、パーキングビルの屋上から幼い男児が墜落死させられた「男児誘拐殺人事件」や、佐世保《させぼ》の小六女児による「同級生女子児童殺害事件」などなど……今までとは一線を画《かく》すような、世間的にも大きな波紋を呼び起こした事件が頻発しているのも事実。これらは明らかに、大槻たちには想像できなかった事件だ。時代が新しい局面に突入しつつあると言ってしまえば簡単だが、それにしても自分たちの理解を超えている。

そして今回ついに、この緑に包まれた美しい島で、陰惨な連続殺人事件が起こってしまった。

大槻は、すっかり冷めてしまった緑茶を口に運びながら、松橋に頼んで用意してもらった前回の事件の調書と資料に視線を落とす——。

三週間前の十月十三日——まさに「十三日の金曜

日」だ。

この時も、対馬を襲った大型台風が通過して暫く経った頃、鶏知から少し山奥に入った場所にそびえる鬼瘤山《おにこぶ》を源流として、鶏知――美津島町《みつしままち》と厳原の境を流れて対馬海峡に注ぐ、鹿谷川の下流で大きな皮袋が発見された。

不審に思った近所の住民が「南署」に届け出たところ、その中から、首を落とされた男性の遺体が発見されたのだ。

男性の身元は、持ち物その他からすぐに、白壁村《しらかべ》の住人・仲村真《なかむらしん》、四十八歳と判明した。

白壁村は現在、百人ほどが暮らしている小さな村だ。以前は近くに「岡邊村《おかべ》」という、おなじように小さな村落があったが、たびたび災害に見舞われて住人が離れ、現在は廃村になってしまっている。

真は、そんな中でも珍しく、故郷にUターンしてきた男性だった。もともと福岡の大手建設会社に勤めていたのだが、数年前に大怪我を負ったため、会社を辞めて村に戻り、持っているスキルを頼りに、厳原に事務所を構える小さな建設会社に再就職していた。

父親の豊《ゆたか》はすでに亡くなっていたので、実家には今年八十二歳になる母親の若子《わかこ》しかおらず、母親の面倒を看る意味も兼ねて故郷の白壁村に戻り、母子二人で仲良く暮らしていたという。

真の死亡報告を受けた若子は、その場で卒倒してしまい、現在もまだ鶏知の美津島総合病院に入院したままでいる。

事件後、周囲の住民に聞き込みをしたところ、真の評判は良かった。

「真さんは、親孝行な男性で、この島に戻ってからは、ずっと若子さんの面倒を見ていた」

「まだ独身だったが、明るくて人の良さそうな男だった。地元の行事にも参加してくれて、とても親切な人だった」

というものばかりだった。

そんな男性が、どうして首を落とされて川に流されなくてはならなかったのか。

遠い昔であれば、被害者の身元を判別させぬために首を落とすということもあったろう。しかし現代ではＤＮＡ鑑定などによって、時を待たずして特定される。というより、持ち物が残っていたのだから、この犯人は仲村真の身元を隠す意図は全くなかったと思われる。

とすれば。

何故わざわざ、遺体の首を落としたのか——。


大槻が調書から視線を上げて再び窓の外の景色を眺めていると、勢い良く部屋のドアが開き、雁谷が走り込んできた。

「どうした」

尋ねる大槻に雁谷は口早に答える。

「もしかすると、被害者を特定できるかも知れないと思って」

「何か心当たりでも？」

はい、と雁谷は二人を見た。

「捜索願が出ていたことを思い出したとです。それが、この島にある古いお寺の奥さんからで。数日前から、住職の姿が見えない。今までこんなことは、一度もなかった。何か事件に巻き込まれてしもうたんやなかろかと心配している、と」

「何という寺からですか」

「津州寺《つしゅうじ》と言いまして、鹿谷川の上流の鬼瘤山の麓《ふもと》の寺で」

「鹿谷川だと。まさか——」

はあ、と雁谷は額の汗を拭いながら頷いた。

「先月の被害者が浮かんでいたのと、同じ川です」

「なんてことだ」松橋が叫んだ。「すぐ、ご家族に連絡して遺体の確認を」

「今、部下にそう命じたところですが、ただ……」

雁谷は複雑な表情で二人を見た。

そう。

被害者は、首がないのだ。

「とにかく家族に連絡して、こちらに来てもらいます」雁谷は言うと「では！」

と敬礼して部屋から走り出した。


「今回も、意外と早く被害者が特定できそうだな」大槻は松橋を振り返った。「しかし……」

「何でしょう、警部補」

尋ねる松橋に大槻は、

「ちょっと考えたんだが」と答える。「遺体の頭部切断の動機として、俺は犯人が被害者に対してよほど大きな恨みを持っていたんだろうと、ずっと思っていた」

「自分も、そう考えていました」松橋は同意する。

「わざわざ手間をかけて首を落としたところで、一件目の被害者は時間もかからず特定されていますし、身元を隠蔽《いんぺい》する目的ではないだろうと。いえ、もちろん我々の捜査を混乱させようとしたという可能性もありますが、もしも事件そのものを隠蔽しようと思ったら、それこそ遺体を山奥に埋めた方が早いでしょう。言うまでもなく、辺り一帯は山林なんですから」

しかも、と大槻も言う。

「村が台風災害に見舞われて、間もない時期。皆で復興に向かって協力し合わなければならず、少しでも人手がいるはずなのに、わざわざ殺人を犯した」

「たとえば……災害時に被害者が犯人に対して、恨みを抱かせるような行動を取った、とか」

「殺した後で首まで落とすような——か？」

「それは、ないですかね」松橋は苦笑する。「では、やはり犯人は以前から怨恨があり、被害者を殺害する計画を練っていた。しかし災害に襲われて計画は中断された。そこで、少し落ち着いた頃を見計らって実行に移した。もしかすると、災害時に被害者が犯人に対して、更に追い打ちをかけるような何らかの行動を取った。そこで犯人の憎しみが、倍増した……。きっと、そんなところでしょう」

　大きく頷く松橋に大槻は、

「しかし」と首を捻った。「今回で、その考えもしっくりこなくなったんだ」

「と言いますと？」

「今回の被害者も、すぐに特定されそうな状況だ。とすると、犯人にとって遺体の頭部を落とす、何か確固とした理由があった」

　大槻は続ける。

「一件目の事件に関しては、被害者の体には特別な外傷もなく、また体内から毒物も発見されなかった。もし、二件目も同様だったなら、死因は絞殺、あるいは頭部への殴打などによるものと考えられる。となれば、咽喉《いんこう》部あるいは頭部に犯人を特定できる何らかの跡がついてしまった。あるいは、つけざるを得ないような物を、犯人は凶器として使用したんじゃないか」

「手掛かりになるような凶器を特定できる、何か特殊な痕跡があったということですか。可能性は高いですね」

　松橋は頷きながら答える。

「たとえば……特殊な形状の紐や、棍棒《こんぼう》のような物とか」

「あるいは、一般の人間には気づかれないとしても、鑑識や解剖医が見れば一目瞭然というような痕を残してしまった。その痕跡を我々に見られたくないために、わざわざ首を落としてどこかに隠した。こういう環境だから、それこそ首は山深く埋めてしまっても良いし、重しをつけて海に沈めてしまっても良い」

「一理ありますね……」

　松橋が強く同意して、二人は硬い表情のまま調書を睨んだ。

　しばらくして、勢い良く部屋のドアが開き、

「警部補さん！」

雁谷が走り込んで来て大声で告げた。

「やはり被害者は、津州寺住職で間違いなか。非常に心苦しかったとですが、先ほど奥さんの寿子《としこ》さんに確認していただきました。それで、少なくともあの作務衣は住職の物に違いなかと——」

「奥さんはどこに」

「ショックで体調を崩されて、美津島総合病院へ」

一件目被害者の母・仲村若子と同じだが、それが普通だろう。冷静でいろと言っても無理だ。

それで、と松橋がメモを取り出した。

「被害者の名前は？」

「ええと」こちらもメモを読み上げる。「鵜澤祝《うざわはふり》、七十二歳です。真言宗津州寺派本山・津州寺住職。奥さんは寿子さんで、同じく七十二歳。古びて小さな寺のようですが、一応、本山とあります」

「その寺、あるいは住職と、一件目の被害者の仲村真との接触点は何かあるんでしょうかね」

「今のところ我々が思いつく限りでは……地理的にそれほど遠くないということと、前回今回と、台風で大きな被害を出している村だ……という点くらいでしょうか。詳細は、これから詳しく調べるつもりですが」

どちらにしても、と大槻が言った。

「鹿谷川がキーになりそうだな。それと、鬼瘤山と白壁村。おい松橋。我々も、その津州寺に行ってみよう。何か手掛かりになりそうなものが見つかるかも知れん」

「はいっ」

大槻と松橋はコートに腕を通し、雁谷は車の用意をするために再び部屋を飛び出した。

#《濁流》

わたしは毎日あなたに
世にも甘美な酒をさしあげたでしょうに、
毎日あなたの頭を
ばらの冠で飾ってさしあげたでしょうに。

見事な秋晴れとなった十一月の第一木曜日。奈々は崇と二人、博多行きの新幹線に乗り込んだ。

世間は明日の金曜日から三連休。だが木曜日は、もともと薬局の定休日なので、一足早い連休となった。しかも外嶋が、特別に土曜日休みをくれたので、奈々は贅沢にも四連休。

そこで崇も——半ば強引に——「萬治漢方」で土曜休みをもらったので、二人でゆったりと二泊三日の北九州旅行に出かけることになった。

小倉で一旦新幹線を降りて、以前から行ってみたかった「和布刈《めかり》神社」を参拝し、その後で再び新幹線に乗って博多まで。駅前のホテルに連泊して、色々な神社をまわることになっている。

「こういう時は、博多ほど便利な大都市はないな」

崇は奈々を見た。「北九州で安曇《あずみ》族を追いかけるには、打ってつけの立地だ」

今回もまた、安曇族関係を追うらしい。

奈々は以前にまわった、信州・安曇野《あずみの》を思い出しながら応えた。

「博多駅から福岡空港までも、地下鉄で十分ほどだって聞きましたし」

「今回は飛行機に乗ることもないだろうから、それはまたいずれの話だが」

飛行機が余り好きではない崇は、帰りも航空便は使わない。だがこれは「飛行機そのものが嫌い」というわけではなく、保安検査が面倒臭いという理由からだ。

と言うのも、崇は愛用のスキットル——時によっては日本酒の二合瓶などを必ず旅行に持ち歩いているので、検査場で百パーセント間違いなくチェックが入る。その度に、スーツケースやバッグの中からお酒を取りだして蓋《ふた》を外し、確認と許可を得なければならない。それが面倒臭いと言うのだ。

もちろん、最初からそんな物を持ち歩かなければ良い……という理屈は崇の頭には存在していないので、毎回そんな結果になるのだった。

座席に腰を下ろすと崇は、ついに購入した携帯に没頭する。今まであれほど嫌がっていた携帯を買い、その便利さにようやく気づいたようだった。

と言っても崇の場合、誰かに電話をかけたりグループで繋がったりということはない。ただひたすら、自分が気になっている情報を得ているだけだ。早くそうすれば良かったのに、とも思うが、これも一概にそうは言い切れない。

今でこそパソコンも、さまざまな情報を提供してくれるようになっているが、数年前までは、インターネットで手に入れられる情報量は非常に限られていたし、動きも遅かった。しかし「ホワイト薬局」での話ではないが、日進月歩で改良され、パソコンだけではなく携帯からも「医薬品情報」を——数はまだまだ少ないが——検索できるようになった。これも近々、かなりの量と種類の情報を、自分の手元で得ることが可能になるだろう。

また、今はまだ一般の我々には無理なようだけれど、正式な手続きを踏めば、自分の好きな大学や、果ては国会図書館のデータベースにまで繋がり、誰でもが閲覧が可能になるという話も聞いた。それが最大の目的で、崇は携帯を持つようになったというわけだ。

画面に集中している崇の隣で奈々は、車窓を流れて行く、のどかな秋の風景をボンヤリ眺めていると、いつしか目を閉じて眠ってしまった。


やがて車内アナウンスが、まもなく時刻通りに小倉に到着することを告げた。

その声に奈々は大きく伸びをして、お茶を一口飲むと荷物をまとめた。隣では崇が大欠伸をしているから、彼もやはり眠っていたのだろう。

小倉で新幹線を降り、鹿児島本線に乗り換えて門司港駅まで約十五分。あっという間だ。

これから二人が向かう和布刈神社は、前に崇が言っていたように「九州最北端、関門海峡に面して建つ神社」だ。そしてこの神社では「和布刈神事」という不思議な神事が執り行われるという話も、その時聞いた。

電車がホームを出発した時、そんなことを奈々が言うと、

「ああ」と崇は大きく頷く。「じゃあ到着までの時間で、和布刈神社について説明しておこう。社伝によると、この神社の創始は仲哀《ちゅうあい》天皇九年、あるいは二年というから、約千七、八百年前になる。神功《じんぐう》皇后が、現在の朝鮮半島である三韓の征伐に向かわれ勝利して帰国された際に、報賽《ほうさい》——つまりお礼参りとして創建されたと言われている。神社の『古記』によれば『速門《はやとも》神社』と呼ばれていたという」

「はやとも？」

「関門海峡の別名の『早鞆《はやとも》の瀬戸《せと》』だ。この辺りは潮の流れが非常に速く、地形も狭まっていたので『速』い『門《と》』（戸）だとね。それがいつしか『早鞆』『速門』となった」

「なるほど」

「——と言われている」

「え」

「しかし実は、もともとの名称は『隼人《はやと》』で、それが『早鞆』となったという説がある。おそらく、こちらの方が正しいだろう。というのも『早鞆の瀬戸』は、それ以前に『隼人《はやとの》迫門《せと》』——つまり、隼人

が迫ってくる門、と呼ばれていたというからね。事実、北九州では、しばしば隼人の乱が勃発していたんだから」

「『隼人』ですか」

隼人に関しても、安曇族関連で崇から聞いている。古代九州南部に居を構え、安曇族と共に大和朝廷に反抗していたが、朝廷のだまし討ちに遭って一族の殆どが殺され、残った人々は無理矢理に従属させられてしまった——。

「隼人に関する話は既にきみも知っているだろうから、細かい話は後でまた」

「はい」

「その『早鞆』『速門』神社が」と崇は言う。「『早鞆』——隼人という名称を冠することは憚《はばか》られるとして、江戸時代の文化年間に亀卜《きぼく》によって『和布刈神社』と名称を変更した、という説がある」

「亀卜って、例の大昔の占いですよね」

そうだ、と崇は説明する。

「亀の甲羅を炙り焼いて、できた裂け目で吉凶などを判じる占いで、約三千年前に滅亡した中国最古の王朝である殷《いん》で行われていたものが起源とされている。この亀卜がわが国の実際の記録に現れるのは奈良時代で、そこから朝廷の公式行事とされ、専門に司る卜部《うらべ》が設けられた。それ以来、わが国にとって非常に重要な場面で用いられ続けた」

「迷信臭くないですか」

「いや。単なる迷信として片づけてしまうわけにはいかない。というのもこの占い方法は、実に現代まで連綿と続いているからだ」

「現代までって、まさか。どこでですか」

「大嘗祭《だいじょうさい》だ」

「大嘗祭！」

「きみも知っているように、この祭は天皇が天照《あまてらす》大神《おおみかみ》を始めとして、天神地祇《てんじんちぎ》に新穀を奉る祭祀《さいし》だ。その際に東の悠紀殿《ゆきでん》、西の主基《すき》殿で用いられる新穀をどこで栽培するか、その場所を現在も亀卜で占う」

「えっ。今でも？」

奈々は驚いたが……ふと思う。

もしかすると、この迷信のような「亀卜」占いは、何か他にも重要な意味を持っているのかも知れない。

だから連綿と現代にまで、しかも天皇家における最重要とも思える祭祀で用いられ続けているのでは？　と言っても、その「重要な意味」は何なのか、全く想像がつかなかったけれど——。

電車は門司駅を出発する。門司港駅までは、あとたった二駅。車窓に広がる街の景色を眺めながら、奈々は呟く。

「和布刈という名称も、珍しいですよね。『めかり』と聞いて、とてもこんな漢字を思い浮かべられません」

「『和布《わかめ》』の古代の発音が『め』だったといわれている。そして、和布を刈る神事が有名だったため『和布《め》刈《かり》』になったというのが通説だが——」

崇は意味ありげに笑った。

「しかし俺は、実は違う意味を持っていたんじゃないかと考えている」

「それは？」

「こちらもまた、改めよう」と言って崇は続ける。

「この神社では、和布と共に昆布の仲間である『荒布《あらめ》』も奉納するらしい。これなどは『和布』『荒布』で『和魂《にぎみたま》・荒魂《あらみたま》』を連想させる——。そして主祭神は、撞賢木《つきさかき》厳之《いつの》御魂《みたま》天疎《あまさかる》向津媛《むかつひめ》命。つまり、瀬織津《せおりつ》姫だとされている」

「瀬織津姫……」

何度も耳にしている神名だ。それこそ、つい数ヵ月前にも聞いている。

「きみは『祓詞《はらえことば》』を知っているだろう」

「祓い給い清め給え——？」

「それは『略《りゃく》祓詞』だ」

崇は言うと「祓詞」を暗唱する。

「掛《か》けまくも畏《かしこ》き伊邪那岐大神《いざなぎのおおかみ》、筑紫の日向《ひむか》の橘《たちばな》の小戸《おど》の阿波岐原《あわぎはら》に御禊《みそぎ》祓へ給ひし時に生《な》り坐《ま》せる祓戸《はらえど》の大神等《たち》、諸諸《もろもろ》の禍事《まがごと》罪《つみ》穢《けがれ》有《あ》らむをば、祓へ給ひ清め給へと白《もう》す事を聞《め》こし食せと、恐《かしこ》み恐みも白す――」

ああ。

いつも祟が、彼らの社殿や本殿の前に立って、ぶつぶつ小声で呟いている詞だ。

さまざまな神社の境内《けいだい》入り口の辺りに祀られている、穢れを祓ってくれる神たち。だから我々は、まずそれらの神々にお参りをしてから改めて本殿に向かうのだという。

瀬織津姫は、と祟は続けた。

「この『祓戸の大神等』の一柱《ひとはしら》で、『大祓詞《おおはらえのことば》』――つまり、中臣《なかとみ》氏が担当していた祭祀に用いられる祝詞《のりと》――『高天原《たかまがはら》に神留《かんづ》まります――云々』で始まる祝詞の中に登場する。この祓いの祝詞によって祓い清められた国中の罪穢れは、

『速川《はやかわ》の瀬に坐《ま》す瀬織津姫と言ふ神、大海原《おおうなばら》に持ち出でなむ』

瀬織津姫が大海原に持って行ってくれる。それを、潮流の中に坐す速秋津《はやあきつ》姫が全て呑み込んで海底深く沈めてくれる。すると今度は、根の国に通じる場所に坐す気吹戸主《いぶきどぬし》が、息吹と共に根の国に送ってくれる。そしてそれら全てを、根の国に坐す速佐須《はやさす》良《ら》姫という神が、いずこともなく放り投げ、結果として全ての罪穢れが跡形もなく消滅する――というわけだ」

「なるほど……」

奈々は頷いたけれど、少し首を傾げる。

四大神たちが「穢れ」を持ち去ってくれるのは良いけれど、結局それらはどこへ行くのか。「いずこともなく」というのは、どういう意味なんだろう。その上、本当にそれで「穢れ」が「跡形もなく消滅する」――？

納得できない。

この方式では「根の国」中が「穢れ」だらけになってしまわないのか。そんな環境の中に住んでいるという、速佐須良姫の身は一体どうなってしまうのか……。

例によって、どうでも良いような小さな事柄に引っかかってしまう悪い癖が出た。今は「和布刈神社」――。

心の中でそう思い直していると、やがて電車は門司港駅に到着した。

ここを始発駅にしている鹿児島本線は、小倉、博多、熊本などを通って遥か鹿児島まで向かうのだけれど、それにしてはプラットホームも二面しかない、のんびりとしたローカルな駅だった。

改札口を出ると、コインロッカーに荷物を預け、タクシー乗り場へと向かう。神社までは駅から三キロ弱らしいので歩いても行かれるが、予定がぎっしりと詰まっているようなので、ここは時間の節約。

タクシーに乗り込んで行き先を告げると、

「今言った瀬織津姫は、実に謎の多い神でね」

奈々の隣で、崇が口を開いた。

「『記紀』や神話には、全くと言って良いほど姿を現していない。しかし伊勢神宮や、兵庫県西宮《にしのみや》の廣田《ひろた》神社、そして今から行く和布刈神社では、天照大神の荒御魂《あらみたま》として祀られているという、正体不明の神だ」

「神社の主祭神にもなっている重要な神のはずなのに」奈々は驚く。「正体が不明なんですか」

「今まで何度も登場した女神――素戔嗚尊《すさのお》と天照大神との子神である、宗像《むなかた》三女神の市杵嶋姫命《いちきしまひめ》と同体だという説や、こちらも謎の神・菊理姫《くくり》、更には豊《とよ》受《うけ》大神、木花之開耶比売《このはなさくやひめ》、豊玉姫命《とよたまひめ》……などなど、さまざまな説が溢れかえっている」

「そんなにも、同体神が……」

と言って、奈々はふと思う。

「まるで、わざと正体不明にしてしまったような女神ですね」

「おそらく……そういうことだと思う」

　意味不明なことを口にして続けた。

「そして、和布刈神社の神宝は、潮の干満を自在に操ることができる『満珠《まんじゅ》・干珠《かんじゅ》』と呼ばれる宝珠で、これらは潮の満ち引きを自在に操ることができる力を持つと言われている。『日本書紀』仲哀紀に書かれている神功皇后が得た『如意珠《にょいのたま》』のことだ。皇后はこれらの珠を、海神《わだつみ》・安曇族の祖ともされている磯良《いそら》から、貰い受けたのだという」

「安曇磯良《あずみのいそら》……」

　その人物に関しては、五年ほど前に信州——安曇野に行った時、詳しく聞いた。安曇族の祖神であり、別名を「磯武良《いそたけら》」と呼ばれることから「五十《いそ》猛《たける》」、つまり素戔嗚尊の子に比定《ひてい》されている神ではなかったか。九州北部を本拠地として「日本の王」とも呼べるような勢力を持ち、あの神功皇后の三韓征伐にも招聘されたと伝えられている。

　そのために、彼を称える神楽歌が歌われたが、それが現在、わが国の国歌である「君が代」の原型となったのだという。

「君が代」というと、誰もが『古今和歌集』「賀歌」の最初に載っている「よみびと知らず」の、

わがきみは　千代に八千代に　さざれ石の
　巌となりて　苔のむすまで

の歌を連想するが、崇に言わせれば、この歌の本歌こそが磯良を称える歌だったということになる。

　この話には奈々も驚いたが、事実この歌の二番の、源三位頼政《げんざんみよりまさ》の歌詞（詠んだ歌）には、彼ら海神《わだつみ》——安曇族や隼人たちを象徴する鳥である「鵜《う》」も登場している。「鵜飼い」を日本で初めて行ったのは安曇族や隼人たちで、この方式を用いた漁は彼らの専売特許だった。

　事実——またこれも崇から聞いたのだけれど、

「日出《ひい》ずる処《ところ》の天子が、書を日没《ひぼっ》する処の天子に云々」という書を送って隋の帝・煬帝《ようだい》を激怒させたというエピソードで有名な『隋書倭国伝』にも、わが国の人々は「小さい輪を鵜の首にかけ、水に入って魚を捕らえさせ、日に百余頭」も獲《え》ているとあるらしい。

　そのように「鵜」といえば、安曇族・隼人たちを象徴する言葉の一つとなっていた。

　また、彼らがやがて日本全国に散らばってゆくと、各地に「安曇」を象徴する姓氏や地名が残された。たとえば「安住」「渥美」「熱海」「海部」「安《あ》角《ずみ》」「安津見《あづみ》」「小明見《あすみ》」「安曇川《あどがわ》」、そしてもちろん奈々たちが足を運んだ「安曇野」。

　しかしその一方で、司馬遼太郎《しばりょうたろう》の『街道をゆく』などでは、安曇族関係の土地で暮らす人々は、

「容貌がひねこびて背がひくく」

「なんとも侘びしげ」

「ひねくれ者ぞろい」

などと、差別的とも取れてしまうような、酷い書かれ方をされている。未だに、自分たちの名称が「安曇」由来だということを頑なに否定している人々も、実際にいる。

　安曇族の祖である磯良が「君が代」のモデルとなったほどの人物だというのに、一方で安曇族は酷く貶《おとし》められているのだ。この毀誉褒貶《きよほうへん》は、余りに激しい。どうして過去の人々は、そこまで安曇族や磯良を貶める必要があったのか……これは大きな謎。

　今回は安曇野に続いて、更にそんな点を追いかけて行くらしいから、奈々もちょっと楽しみ。


　やがてタクシーの左手の窓に、本州と九州を結ぶ長い関門橋が見えた。橋の向こう側のたもとは下関、壇ノ浦。

　実は去年、奈々たちは下関までやって来ている。しかし、その時も事件に巻き込まれてしまい、すぐ近くまで来て——しかも当初の予定に入れていたと

いうのに――和布刈神社に立ち寄れなかった。だから、今回はそのリトライ。

関門橋のたもと近くに、稲荷神社だろう、赤い鳥居が小さく見えた。タクシーは、そのまま大きな橋をくぐる。左手前方に「和布刈神社」と白く刻まれた、大きな自然石の社号標が目に留まった。

タクシーはその手前を左斜めに進み、大きな石灯《いしどう》籠《ろう》脇の駐車場で停まる。もうここが、和布刈神社境内らしい。奈々たちは精算して車を降りると、手水《てみず》舎《や》で口と手を清め、改めて境内を歩く。右手に授与所が見え、その先に白い明神鳥居が立っている。その向こうが、神社拝殿のようだった。

授与所の前方には、境内から海へと降りる十数段の石段があった。崇の説明によれば、まさにこの場所で「和布刈神事」が執り行われるのだという。

「以前にも、ごく簡単に話したことがあるが」

崇は資料を広げた。

「念のために説明しておくと『和布刈社速門古記』には、

『毎年十二月晦《つごもり》の夜、海中にて和布《め》を刈り、元朝《としのはじめ》の神供《みそなえ》とし（中略）是《これ》、安曇磯良、海底に入り、潮涸瓊《しおひるたま》・潮満瓊《しおみつ》の法を、気長足姫尊《おきながたらしひめ》（神功皇后）等に授りし遺風なり』

と、書かれている。この、毎年元旦の深夜――現在は旧暦元旦の午前二時頃――の神事は、神功皇后が磯良から『満珠・干珠』を授かった様子を、和布や荒布で見立てて執り行われるというわけだ。和布は神の依《よ》り代《しろ》とされて、万物に先駆け自然に繁茂する非常に縁起の良い品と考えられているようだからね。また、刈り取った和布は万病に奏功すると考えられて、朝廷や領主に献上していたらしい。神事に参列した人々は、その和布の一部を撤饌《てっせん》――お下がりとして頂いて、身を清め、ワカメ漁解禁の日とするという。伝承によれば、実に千八百年以上の歴史を持つという。だから松本清張《まつもとせいちょう》も、自著『時間の習俗』の冒頭に、とても詳しく書いている」

崇は、別のコピーを開いた。

「『神主たちは、巨大な竹筒の篝火を先頭に、狩衣の袖をまくり、裾をからげて、石段を降りてゆく。(中略)赤い篝火に浮かんだ禰宜の姿は石段から棚になっている岩礁の上に降りた。海水は神主たちの膝まで没する』

『一人の神主が背を屈《かが》めて海中の若布を刈る。その刈られた海の幸は、傍に控えている別の神主の捧げた白い桶に納められた。

祝詞が、一段と高く奉せられ、声が寒夜に冴えた』

『この瞬間は、沖を通る船も灯を消してゆく。対岸の壇ノ浦側でも、人家は戸を閉めて暗い。古来この神事を見るものには神罰が下るとされているからである』

『神官は社殿の階《きざはし》を昇り、いま刈ったばかりの若布を土器に盛り、豊玉姫命、彦火々出見《ひこほほでみ》命、安曇磯良命など五柱の前に奉り、そのほかは和布桶のまま献《けん》供《ぐ》する』

――とね」

これは……想像していた以上に、厳《おごそ》かな神事だ。まさに「神《かむ》ながら」の祭祀ではないか。

更に、古来この神事を目にしてしまうと神罰が下るというのも恐ろしい。確か伊勢や出雲でも、そんな言い伝えの残る神事が執り行われていたはずだ。その際には、近くの家々は全て明かりを消して戸締まりをし、決して外を覗いてはならぬ――というような……。

そんな石段の一番上に、今日は一人の老人が腰を下ろし、身じろぎもせずじっと海を見つめていた。信心深い老人なのかとも思ったが、この神社では「海葬」も行われており、遺灰はこの海峡に撒かれるのだという。もしかすると、遺族を散骨した老人なのかも知れない。

奈々たちは、そのまま鳥居をくぐって進み拝殿の前に立つ。

拝殿前面脇に立てられた五角形の木製の説明板――駒札《こまふだ》には、謡曲「和布刈」と、和布刈神事について記されていた。能にも、この神事をテーマにした曲があるらしい。

能自体も「神事」としての芸能なのだから、その中で「神事」が演じられるという、二重の「神事」だ。物凄く念が入っている……。

二人は参拝する。

この社の御神体は、非常に古い磐座《いわくら》――磐境《いわさか》だそうで、もちろんここから目にすることはできない。

参拝を終えて奈々が振り返ると、目の前には関門海峡の真っ青な海が広がっていた。

明るい陽射しを受けてキラキラ輝く海面を眺めながら、何気なく奈々は、

「やはりこの神社は、関門海峡を見つめているんですね。とても綺麗な海」

と呟くと、崇は急に立ち止まり、いきなり方位磁石を取り出して少しの間眺めていたが……やがて、何か言いたげにそれを閉じた。

二人で境内を散策する。

本殿裏には朱塗りの「早鞆稲荷社」が建ち、その隣には「恵比寿社」が、その脇には、

舟みえて霧も迫門《せと》こすあらしかな

という、室町時代の連歌《れんが》師・宗祇《そうぎ》の句が刻まれた石碑が建てられていた。また同じく本殿脇には高浜《たかはま》虚子《きょし》の、

夏潮の今退く平家亡《ほろ》ぶ時も

という有名な句が刻まれた石碑が、そしてその少し先には今の松本清張の小説からだろう、

「神官の着ている白い装束だけが火を受けて……云々」

という、和布刈神事の描写が刻まれた文学碑が建てられていた。

それらを見学して、奈々が再び授与所前に戻ろうとすると、

「ああ……」

崇が古い自然石の碑を見て嘆息した。何かと思って奈々も覗き込んでみると、その大きな石には紙垂《しで》が揺れる注連縄が巻かれ、

「猿田彦大神」

と刻まれていた。

そうだ、と奈々は納得する。

以前に崇から「猿田彦神は隼人の王」だったという話を聞いた。猿田彦神は決して、天孫・瓊瓊杵《ににぎ》尊たちを先導しただけの神ではなく、おそらくは九州の大半を治め——ということは当時の、いわゆる「日本国」の大半を治め——やがて大和や伊勢にまでその力を及ぼした「大神」だったのだと。だから「隼人の王」である猿田彦神が、この「速門神社」に祀られているわけだ。理屈が通る。

納得していると、突然崇はスタスタと授与所に入って行く。

奈々もその後を追って入ったが、やけに顔つきが真剣だったので、崇が巫女や神職に何かを尋ねている間、その場に置かれていた御由緒に一人で目を通していた。

そこには「御神宝」という項目があり、例の「満珠・干珠」について書かれている。これが神社の御神宝のようだ。この「満珠・干珠」の神宝は、

「和布刈神社の北の海上一里の所にある奥津島辺津島（今の満珠干珠島）に納められており、和布刈神社には満珠干珠のしるしが古より代々宮司家に継承されている。

普段は金銀白銀で秘封されているが、年に一度、和布刈神事の際に宮司の手により御神前に授けられ

ている。全国に皇后ゆかりの神社がある中この満珠干珠のしるしが継承されているのは唯一和布刈神社だけである」

とあった。相当に由緒正しい神宝であり、やはり磯良と深く結びついているということなのだろう……と思っていると、

「ありがとうございました」

神職たちに挨拶する崇の声が聞こえ、奈々たちは授与所を後にした。

「どうしたんですか？」

驚いて、後を追いながら尋ねると、

「ああ」崇は目を輝かせる。「さっき参拝した際に、奈々くんが言っていたことだ」

「私が？　何か言いましたっけ」

「神社の向いている方角だ」

ああ、と奈々は頷く。

「関門海峡を見ている――」

「そうだとしても、拝殿の向きが少し違っていると感じた」

それで、方位磁石を取り出して何かを確認していたのか。

「大抵の神社の拝殿は、南か東、あるいは何か大切な物がある方角に向いている。しかしここは、微妙に方位が違うし、神宝が納められているという『満珠干珠島』とも方角がずれている。しかも、目の前には関門海峡しかない。それを、神職に訊いてみたんだ」

「すると？」

「きちんと教えてくれた」崇は、元来た鳥居に向かって足早に歩く。「和布刈神社は『陰神《いんしん》』であるため、拝殿は当然『陽神《ようしん》』を向いているそうだ」

「いんしん……ようしん？」

「女神と男神だよ。あるいは夫婦神だ。そこで、具体的にどこの神社を向いているのかと尋ねたら」

崇は立ち止まって奈々を見た。

「海の向こうの『和多都美《わたづみ》神社』を向いていますと言われた」

「わたづみ神社って？」

「彦火々出見尊と、豊玉姫命を主祭神としている神社だ。しかも、そこには安曇磯良の磐座——つまり、墓があるとされている。そして俺は、豊玉姫命は瀬織津姫と同体の神だと考えている」

「えっ」

「そうなると、ここ和布刈神社と和多都美神社には、同じ神が祀られていることになるが——この点に関しては、後で改めて詳しく話そう」

「はい……。それで、その神社はどこに？」

「対馬だ」

「対馬って——」

「対馬島《つしまとう》とも呼ばれている、九州本土と朝鮮半島との間に浮かぶ長崎県の島だ。知っているだろう」

はい、と奈々は頷く。

「もちろん知っている……と言うより、地図で見たことはありますけど——、でもそこに、そんな神社が？」

「迂闊《うかつ》だった」崇は悔しそうに呟いた。「対馬といえば『延喜式神名帳』に記載されている神社だけでも、約三十社。島全体では百三十もの神社が鎮座していると聞いた」

「百三十！　祠とか、小さな社ではなく？」

「それらも含めたら、膨大な数に上るらしい」

「どうしてそんな数多くの神社が——」

「謎だ。だから、それも含めて確かめに行こう」

そう言うと、すぐに崇はタクシーを呼んだ。

「予定変更だ」

「まさか、今から対馬へ？」

驚いて尋ねる奈々に向かって、崇は携帯を操作しながら「いいや」と答える。

「どちらにしても、今日は良い時間の飛行機がないようだし、航空券の手配もしなくては」

「飛行機……」

「仕方ない」崇は苦笑した。「フェリーの半分の時間で行かれるからね。あっという間だ。但し、志賀《しか》海《うみ》神社はどうしても外すことはできないから、今日は予定通りにまわって博多に戻り、明日の朝早く対馬に渡ろう。日程に余裕があって助かった」

迎えのタクシーが到着すると、奈々たちは再び門司港駅まで戻る。コインロッカーから荷物を取り出し、ちょうど出発しかけていた鹿児島本線に急いで飛び乗った。

席に座ると崇は早速、地図を広げて確認する。すると、和布刈神社拝殿は、正確に対馬・和多都美神社を向いているとは言えないようだった。

しかしむしろ、そう言われていることに、何か意味が隠されているのだろう。

たとえば——。

三輪山《みわやま》を御神体としているという奈良の大神《おおみわ》神社拝殿も、現実的には三輪山の頂上を向いていない。

そして何故、拝殿が三輪山山頂を向いていないのかという理由について大神神社では「直接山頂を伺うのは非礼であり、畏れ多いから」と説明している。

だが、この場合はちょっとおかしい。というのも、実は神社境内から山頂を伺う——直接拝観できる場所があるからだ。更に、以前は禁じられていたが、現在では、靴のままで山頂まで登ることが許されている。明らかに、神社の説明とは矛盾しているではないか。

しかし「そう言われている」ことが重要なのだろう——。

電車に揺られている奈々の隣で、崇は何やら調べ物に夢中になっていた。やがて小倉に到着すると、二人は新幹線に乗り換えて博多へと向かった。

ホテルにチェックインした後で、福岡空港まで出て、明日の対馬行きの航空券の手配をするらしい。奈々も言ったように、福岡空港が博多駅から近くて本当に助かった。

その後に、改めてＪＲに乗って志賀島《しかのしま》・志賀海神社に向かう。この程度の予定変更とハードな行程は、いつものことで慣れっこだし、崇も言っていたように今回は二泊三日。まだまだ心身共に余裕はある。でも――。

〝変な事件にだけは、巻き込まれませんように〟

奈々は心の中で、九州の神様、安曇の神様に向かって祈った。

*

大槻たちを乗せた車は、南警察署を出発するとすぐに山道に入った。下流へは行かず、鹿谷川沿いの急な山道を、中流まで一気に登り、そこから川に沿って上流へと向かうらしい。

先月も、この川の中流近辺までは、やって来ている。川は相変わらず時には広くゆったりと、また狭くなって白い水しぶきを上げ、いくつもの渦を呑み込むように流れていた。

道がくねり始め、大槻たちの体は左右に振られる。しかし、運転席の警官はスピードを緩める気配はない。対馬で暮らすからには、この程度の山道は普段から走り慣れているのだろう。

もっと先には、国の天然記念物に指定されている、標高五百メートルを越える「洲藻《すも》白嶽《しらたけ》原始林」があるが、目的地はそのかなり手前だ。だが、白嶽よりは低いとはいえ、辺りはすでに昼なお暗い鬱蒼《うっそう》と繁る木々に覆われている。木々の合間から覗き見れば眼下には村落が、そして遥か彼方には青い海が見えた。

「川の向こう岸が白壁村ですが」雁谷が助手席から振り向いた。「今は、このまま津州寺に向かいます」

目をやれば川向こうの林の中に、ポツリポツリと民家の屋根が見える。しかし、この状況で「村」を形成できているのかと思えるほど疎《まば》らだった。緊急時にはどう対応するのかなどと、いらぬ心配までしてしまう。

しかも、津州寺はまだ山を登った場所らしい。

「こりゃあ、また凄い場所だな」

大槻が、座席の天井近くに取りつけられたグリップを強く握り締めながら言うと、

「なんせ、鬼瘤山《おにこぶ》の麓なもんで」雁谷が答えた。「『鬼瘤』っちゅうのは、鬼の瘤のようなごつごつした山肌だとか、鬼も転ぶような道が続く峻険な山だとか、色々と言われとります。白獄はトレッキングやら何やらで、若い者《もん》が遊びに行くようですがね。こっちの山は人気がないのか、そんな話は余り聞きません」

「とにかく、大した所にある寺というわけか」

大槻が頷いた時、

「実は――」と松橋が、やはり体を左右に大きく振られながら口を開いた。「自分も、その津州寺の噂を聞いたことがあったのを、思い出しました」

「えっ」と雁谷は振り返る。「いいえ、もちろん私らは知っとりますが、良くご存知でしたな。山登りかなんかで？」

「いいえ」松橋は答える。「この島出身の知人から津州寺の名前を耳にしたんですが、少し変わった寺だと」

「変わった？」

眉根を寄せる大槻に、

「はいはい」

松橋に代わって雁谷が答えた。

「普段はひっそりとしていて静かな寺ばってん、八月のお盆の祭には、近所の村人たちが全員集まりよります。出店《でみせ》が並ぶようなことはなかですが、皆で酒や肴《さかな》を持ち寄って飲み食いするとです」

「楽しそうじゃないか」

「まあ……」雁谷は、奥歯に物が挟まったように応える。「地元の人たちにとっては、どうでしょ……」

「何かあるのか」

ええ、と雁谷は頷いた。

「その祭――では、誰も殆ど口をきかんらしいで

す。飲んでいる間も、食べている間も」

「喋らない？」

「はあ。折角《せっかく》の祭なのに、最初から最後までほぼ無言で、喋る時もひそひそ話だと」

ただの会合――いや、会合ならば何かしら喋るわけだから、単なる顔見せではないのか。

「この辺りの祭は、そういうものなのかね」

「そうなんじゃないですか」

「ふん……」

でも、と雁谷は言う。

「その時だけ、寺に秘蔵されている大きな獅子頭《ししがしら》がお披露目されて、皆で一心にありがたく拝むらしいか。とても古か寺宝だそうで。その時は地元のニュースでも流れてました」

「獅子頭……あの、獅子舞なんかで使われる獅子頭だな。それが、島のニュースになるほど大層な物だってことか」

「よその街――富山や熊本や金沢で見られるような、立派な物やなかばってん、歴史が古うて由緒正しか物だということで、獅子舞も舞われると」

「賑やかじゃないか」

「とんでもなか」雁谷は大きく首を振った。「笛も太鼓も掛け声もない中で、ただ淡々と獅子が舞う。それを誰もが、無言のまま眺めちょると――」

その祭――とも言えない祭の、周囲は深閑とした森。おそらくは、鳥の声と葉擦《はず》れの音しか聞こえない静謐《せいひつ》な空間。

お囃子《はやし》もなく、笑い声もない無言の観客の前で、静かに獅子舞が舞われる。その舞がおわると、拍手が起こるのだろうか。いや、何もないだろう。せいぜいが「忍《しの》び手《で》」くらいか。

むしろ不気味だ――。

獅子舞に関して言えば、それこそ長崎・諏訪神社の「長崎くんち」の獅子踊りや、長崎神社の「長崎獅子舞」は盛大だ。毎年の観客や参加人数も物凄いし、歴史も古い。

特に大槻たちの地元で開催される「長崎くんち」は、長崎・諏訪神社の祭りで、京都の「葵祭《あおいまつり》」、大阪の「天神祭《てんじんまつり》」と共に「日本三大祭」の一に数えられているほどだ。祭の当日は、諏訪神社本宮前の門前を埋め尽くす大観衆の前で、重さ百キロ以上の傘を担った「傘鉾入《かさほこいり》」から始まり、金色の玉を追う龍を模《かたど》った「龍踊《じゃおど》り」、船が荒波で翻弄される様を描いた、大勢の男たちによって引き回される「川船」、日本舞踊、阿蘭陀《オランダ》万歳、そして獅子頭——「獅子舞」などが披露され、その後は中華街や街中に出て、延々と祭が繰り広げられる。長崎を代表する、誰も彼もが大騒ぎの一大イベントだ。

しかし。

そういった大々的な祭とは正反対の、しめやかな祭が山奥の寒村で行われていたとは——。

大槻が、音を立てて流れる鹿谷川の急流を眺めていると、やがて車は津州寺に到着した。

門前の数台分しかない駐車スペース——というより、単なる空き地——に車は停まった。車を降りると、目の前にある築地塀に囲まれた門の脇には、擦れてしまっている文字で、

「真言宗津州寺派本山　津州寺」

と墨書された寺号板が掲げられていた。

門を入ると、田舎の民家の隣に本堂やら小さな祠やらが狭い境内にひしめき合っている。境内右手奥に見える何本もの色褪《いろあ》せた朱塗りの鳥居の先に祀られているのは、稲荷《いなり》ではないか。

確かに、昔は神社も寺も一緒だったというから不思議はない。特に、こんな山奥の寺では、何の区別もなくお祀りしていたのだろう。

「あちらが、寺務所兼自宅のようです」

雁谷が本堂横に建っている、古い公民館に玄関が設けられているような建物を指差した。

「住職の奥さんも入院され、お母様は百歳近いお年のため介護施設に入られたままということですの

で、今は誰もおりません。なので私が、本堂の鍵の場所を聞いて来ました」

そう言うと雁谷は、靴を脱いで本堂への階段を上り、隅でごそごそすると鍵を見つけ出し、大きな錠前を開けた。大槻たちもその後に続く。

「すぐに鑑識に入ってもらいますばってん、まず一通り見てみましょ」

雁谷の言葉に全員で本堂に上り、外陣《げじん》に立って中を眺める。

外見通り、余り広くはない。正面には、ぎろりとこちらを睨みつけている鬼のような形相の仏像——おそらくは不動明王像が、その両脇には、それより二回りほど小さな赤ら顔と白い顔の、こちらは人間の姿に近い仏像が立っていた。

「あの仏像の後ろにある壇の中に、獅子頭がしまわれとるそうですが、今回その鍵までは手が回らんやったです。鑑識が入った時には、自宅共々、開けて中を確認してもらいます」

「そうだな」大槻は頷いた。「事件と直接の関係はないと思うが、念のために頼む。もちろん自宅もだが、何かメモ書きのような物が残っているかも知れないからな」

そして、苦笑しながら壇を顎で指した。

「あの中にあるのは獅子頭だと言っても、まさか今回遺体から消えた『首』とは関係あるまいが」

「首を落とされたのは、この寺の住職自身ですしね」松橋が応える。「いくら『頭』つながりといっても、さすがに事件とは無関係でしょう」

「まあ、どちらにしても次の祭は開かれそうもないから、可哀想に獅子頭の出番は当分なしだな」

いや。祭どころか、この古寺の存続自体が危ういだろう……。

大槻は、辺りを見回した。

実を言えば、もっと古びて蜘蛛の巣だらけの寺なのではないかと想像していたが、内陣《ないじん》は小綺麗に整頓されていた。それほど大きくはないが、不動明王像も両脇侍像《わきじ》も、天井から吊り下がっている所々色の剝げた天蓋《てんがい》も、その下に置かれている高座の色褪せた畳も、古ぼけてはいるがきちんと揃っている。

もちろんその周囲には、大槻にとっては何が何やら分からぬ仏具や、鐘のような物も並べられていた。唯一知っている仏具は、赤い座布団の上に載っている年季の入った木魚くらいだ。

内陣にも足を踏み入れてみたが、事件の手掛かりになりそうな物は全く見当たらない。ごく普通の本堂といったところだった。

あとは自宅の捜索だが、こちらは鑑識の報告を待つことにする。

殆ど無駄足だったかも知れないが、噂だけではなく、寺がきちんと存続していた事実を確認できたことで良しとして、後は白壁村の人たちの話を聞いて南署に戻ることにした。


しかし結局。


帰り道で何軒かまわった聞き込みも、全く収穫はなかった。

「口が固いですね」松橋は嘆息する。「誰もが驚いてはいたものの、自分から喋ろうという気が全くありませんでした。我々と関わることを、拒んでいる雰囲気でしたね」

「特に、顔見知りの寺の住職の事件だからな」大槻も苦い顔で応える。「自分の言葉が、警察や世間に広まったと村で言われるのが嫌なんだろう」

などと会話していると、再び雁谷が部屋に飛び込んで来て二人に告げる。

「第一の事件の被害者・仲村真に関する、新たな情報が入りました」

「おう。それは？」

尋ねる大槻に雁谷は、真剣な顔つきで告げる。

「どうやら仲村は、地元で女性——真の母方の従姉との間でトラブルを抱えとったようです。ただ——」松橋はつけ加える。「その女性は、この間の台風の際に亡くなっとうと」

「なにい」

「女性の名前は」雁谷は、メモに目を落とした。

「美沼香《みぬまかおり》、五十四歳。やはり、白壁村の住人だと」

真の遺体が発見された鹿谷川は、白壁村を通って流れている。

津州寺も白壁村から遠くはない。ということは、村人たち誰もが寺の、あの奇妙な祭に参加していたはず。

やはり今回のキーポイントは、

〝白壁村か……〟

村が、今回の事件とどう関わってくるのかは分からないが、仲村真や美沼香に関する情報と同時に、村自体についても調べる必要がありそうだ——。

大槻は硬い表情のまま、大きく腕を組んだ。

＊

奈々たちは博多駅で昼食——高菜を目一杯載せた細麺の美味しいとんこつラーメン（と生ビールを一杯ずつ）——を摂って、再び門司港行きの鹿児島本線に乗り込んだ。

途中、香椎《かしい》駅で香椎線に乗り換えて終点の西戸崎《さいとざき》まで。志賀海神社は、西戸崎からタクシーで約十分というから、博多から一時間足らずだ。

連休中なので少し心配だったが、明日の福岡空港発のANAも二名分予約できたので一安心。この便に乗れば、対馬空港には午前中に到着できる。今日の予定も、遠征しての参拝は次の志賀海神社だけなので、かなりゆったりまわることができそうだ。

「時間があれば、帰りに香椎宮に寄ろう」

乗り換え通路を歩きながら、壁に貼られた香椎宮のポスターを見て崇が言った。

「香椎宮が鎮座しているのは、熊襲《くまそ》征伐のためにこの地を訪れた第十四代・仲哀《ちゅうあい》天皇が崩御された地だ。しかも、その死も非常に怪しかった。というのも天皇は、神功皇后と共に筑紫国まで熊襲征伐に乗り出した際に、香椎宮に出向き、臣下の武内宿禰《たけしうちのすくね》と三人で、自ら琴を弾いて託宣――神託を求めた。すると皇后に、住吉大神の神託が降りたのだが、仲哀天皇はその言葉を信じず実行に移さなかったため、そのまま崩御されてしまう。『古事記』によれば、明かりを灯してみたら、既に亡くなっていた。あるいは『書紀』には、こうある。

『即《すなわ》ち知りぬ、神の言《みこと》を用ゐたまはずして、早く崩《かんあが》りましぬることを』

――とね。つまり。仲哀天皇は『神託を聞かなかった』ために、突然、崩御されてしまった」

とんでもなく、怪しい……。

奈々の心を読んだように、崇は続けた。

「これは間違いなく、住吉大神――つまり、武内宿禰による暗殺だろうな。但し、この辺りの話は長くなるから今は省略するが」

奈々たちは、香椎線のホームへ降りる。

するとそこには、可愛らしい二両編成の列車が停まっていた。現在は、通勤通学の乗客で朝晩混雑するようだが、もともとは貨物列車の路線だったらしい。このローカルで素敵な列車に乗って、目的地まで約二十分。

列車が出発すると、

「この志賀海神社だが」早速、崇が口を開く。「今向かっている博多湾の北西部、志賀島《しかのしま》に鎮座している。但しこの場合は『島』と言っても、実際は『海の中道《なかみち》』という、全長八キロにも及ぶ細長い砂州によって、九州本土と陸続きになっているんだ。その『海の中道』が、玄界灘《げんかいなだ》と博多湾を分けていることになる。明後日、帰る前に博多湾沿いに南に移動して『糸島《いとしま》』に行こうと思っている」

「糸島？」

「『魏志倭人伝』に書かれている『伊都国《いとこく》』にも比定されている場所で、『島』という名称の半島だ。海底が隆起して、あるいは何らかの自然現象で、島と陸地が繋がったのかとも思って調べたが、どうやらそんなこともないらしい。志賀島は、今は『海の中道』で一年中陸地と繋がっているが、昔は満潮になると本当に『島』になった。ところが糸島は、そんなことはなく、最初から半島だったにもかかわらず『糸島』と名づけられていたそうだ」

「何故ですか？」

「分からない」崇は首を横に振った。「実際に足を運んで、現地の人の話を聞けば、そんなことも判明するかも知れない——。だが今は志賀海神社だ」

崇は続けた。

「博多湾の総鎮守であり、全国の『海神』の総本社といわれ、玄界灘を望むこの神社の主祭神は、表津《うわつ》綿津見神《わたつみ》・仲津《なかつ》綿津見神・底津《そこつ》綿津見神の『綿津見三神』で、それぞれの相殿《あいどの》として、応神《おうじん》天皇、神功皇后、玉依姫《たまよりひめ》が祀られている。この三神は、もちろん伊弉諾尊《いざなぎ》が黄泉国《よみ》から戻って来て『筑紫《つくし》の日向《ひむか》の小戸《おど》の橘の檍原《あわぎはら》』で『禊《みそ》ぎ除《はら》へ』を行った際に、住吉三神と共に生まれた神々だ。『古事記』や『書紀』には、

『阿曇連《むらじ》等が祖神《おやがみ》ともちいつく神なり』

『阿曇連等が所祭《いつきまつ》る神なり』

——どちらも安曇族が崇め奉っている神だ、と書かれている」

「安曇族の祖神ということですね」

「そうだ。だから現在も、宮司は安曇氏の末裔の方が務めているという」

「現在も！」

「更に言えば、明日行こうと思っている対馬の和多《わた》都美《づみ》神社の神主である長岡《ながおか》氏も、系譜をたどれば安曇氏だという。どちらも、今も連綿とその歴史を受け継いで今に至っているということだ」

「そうなんですか……」

急に安曇族の歴史が身近に感じられてくる奈々に、崇は続けた。

「神社の創建は不詳だが、およそ千八百年ほど前に、志賀島の北方の勝馬《かつま》に奉祭されていた『表津宮』を、磯良が遷座して祀ったのが始まりとされている。同時に磯良も『志賀島明神』として奉祭されるようになった。だから、鎌倉時代に成立した寺社縁起の『八幡愚童訓《はちまんぐどうくん》』には、志賀島明神は安曇磯良だ、と書かれている」

「やはり、磯良ですか……」

そういうことだ、と崇は頷くと、

「『わた』や『あた』に関して、もう一度振り返っておこう」

と言って、信州での話を簡単にまとめる——。

まず——。

「わたつみ」という名称の起源に関しては諸説あるが、この場合は素直に「海つ霊《わたみ》」で「海神」と考えるべきである。

また「海神」の棲む場所である「海原」や「海洋」も「わたつみ」と呼ばれていた。朝廷の人々からすれば「海《わた》」や「灘《なだ》」など陸地でない場所には人が住めない。故にその近辺を住処《すみか》としている「水辺の者」たちは「陸《ろく》でなし」と呼ばれていた。

そして——。

「海神」は「若神《じゃくしん》」とも呼ばれ「石神《いしがみ》」「石上《いしがみ》」へと変遷した。この文字を「いそがみ」と読めば「磯神」となり、そのまま「磯良」神を表す名称になる。また「若神」は「海若《かいじゃく》」でもあり、この「海」を「あま」と読めば「あまのじゃく」となる。常に朝廷の人々に逆らい、何かにつけて邪魔になる人々のことであり、戦い破れて今は四天王たちの足下に踏みつけられている。

更に——。

平安時代の書である『新撰姓氏録《しんせんしょうじろく》』などには、この「海神」を「大和多罪《おおわたつみ》」と書き記している。これは「罪が多い」「罪深い」人々であるという意味と取れる。「わた」が「あた」へと変遷した理由にも、これらの悪意が関係していると思われる。

というのも「あた」の語源は、折口信夫《おりくちしのぶ》や大槻文彦《おおつきふみひこ》の言うように「仇《あだ》」だと思われるからだ。自分に害を加えようとする者であり、そこから怨恨・遺恨などと解釈されるようになった。母である伊弉冉尊《いざなみ》を焼死させてしまった迦具土神《かぐつち》は「仇子《あだこ》」と呼ばれている。

このように「海神」たちは、当時の朝廷から敵視・蔑視され続けた。ゆえに、日本各地にある「安曇」関係の土地でも、後裔であると名乗ることを嫌がる人たちもいるし、先ほどの司馬遼太郎も、そのように書き残している。

評判は非常に良くないのだ――。

「磯良を始めとする彼らを祀っている志賀海神社では」崇が一枚の資料を取り出した。「少し変わった神事が毎年、四月十五日と十一月十五日に執り行われる」

「それは、どんな神事なんですか」

「『山誉種蒔漁猟祭《やまほめたねまきかりすなどり》』だ」

「山ほめ……？」

「五穀豊穣や豊漁を祈り、感謝する祭だ。その時は神功皇后もご覧になり、『志賀の浜に打ち寄せる波が途絶えるまで伝えよ』とおっしゃったという。春の祭では、宮司によって種籾《たねもみ》が蒔《ま》かれるが、秋の祭では『山誉』と『漁猟』のみの祭となる。当日、本祓いや舞、磯良の祭られている摂社での神事などが終了すると、本殿前の斎庭《ゆにわ》に、宮司を始めとする神職たちが集まって、志賀三山と呼ばれる山々を祓い清め、

『あゝら良い山、繁った山』

と山を誉め称える。その後に、鹿に見立てられた

神籬《ひもろぎ》に向かって弓を引いて矢を射てから、今度は櫓を漕いで、

『磯良が崎に鯛釣る翁』

『よせてぞ釣る』


と謡い、鯛を釣る仕草をする」

「鯛を釣るんですね」奈々は微笑んだ。「面白いですね。まるで恵比寿《えびす》さまみたい」

「何……」

崇は、驚いたように奈々を見つめた。

「そう……だな。確かに……」

暫く何事か考えに耽っていたようだったが、やがて我に返ると、

「そして」と続けた。「この神事の中で、禰宜《ねぎ》によって謡われる神楽歌の中に、例の『君が代』が登場するんだ」

崇は資料をめくって説明する。

「祭の後半、鯛を釣る翁の場面で禰宜が、

『君が代は　千代に八千代に　さざれ石の
　いわおとなりて　苔のむすまで』

と謡う」

「そのままの歌詞じゃないですか」

「しかも、釣りをしている場面だしね。この歌は、海神である磯良を称えていると解釈して間違いはない。その後の歌詞は『新古今和歌集』などを経て多少変遷していったようだが、この部分は変わっていないからね。一説では、博多にある『千代』という地名も、この謡に由来しているという――」

崇は資料を閉じた。

「志賀海神社、そして安曇磯良は、わが国の根幹に関わる大きな存在というわけだ。特に九州の人たちにとってみれば、博多を出発して大陸に向かう船は、必ず志賀島を回らなくてはならなかったため、

その際には志賀明神に対して帆を下げる『帆礼《ほれい》』をして通ったという」

「それほど、志賀島は崇敬されていたんですね」

「だからこそ、江戸時代に志賀島で発見されたという『金印』問題でも注目された。

「金印……」

「一辺が二、三センチほどで、重さ約百グラムの純金製の印だ。『魏志倭人伝』に、倭の女王・卑弥呼に『金印紫綬《しじゅ》を仮し』──金印と紫の組紐を仮りに与えた──と書かれている」

細かい記憶は定かではないけれど、教科書で見た。とても小さな、しかし、どことなく威厳がある重たそうな金印。

「それならば、邪馬台国は北九州で決定じゃないですか」

「ところがね」崇は苦笑する。「その金印は偽物だとする説も、非常に根強いんだ。国宝に指定されてはいるものの、あくまでも偽物だと主張する側の論も、非常に信憑性がある。今ここで、この真偽問題には深入りしないが──。しかし、この『金印』が発見・発掘されたことに関して、誰もが完全否定しきれないという事実の方が重要だ」

「確かに……」

奈々は頷く。

その真偽はともかく「金印発掘」を、一笑に付すことのできない歴史背景を志賀島が持っているのは、厳然たる事実ということになる──。

窓の外を眺めれば、いつしか列車の左手に続く車道の向こうには海が、右手にはまるで砂丘のような白い砂の丘が続き、単線の線路が一直線に延び、海《うみ》ノ中道《なかみち》駅へと向かっていた。その次の駅が、終点の西戸崎だ。

西戸崎駅は、ガラス張りの駅舎の上に可愛らしいドーム状の屋根が載っている小さな駅だった。ホームからは、博多湾も一望できる、文字通り海を望む駅。奈々たちは改札を抜けると、駅前の小さなロータリー——というより、電車に乗ってきた家族を迎える車の待ち合わせ場所のようなスペースに出た。

ぐるりと見回すが、タクシーなど一台もいない。バス停もあるが、時刻表を見れば、一日の本数は数える程度。

それを見て、崇が言った。

「ここから一、二分歩いた場所にタクシー会社があるようだから、直接訪ねてみよう」

歩き始めると、確かにタクシー会社はすぐに見つかった。しかしその建物の中には誰もおらず、もちろんタクシーは一台も待機していなかった。全て出払っているのだろう。

ドアに張られた、海風に千切れ飛んでしまいそうな頼りない張り紙に、連絡先の電話番号が書かれていたので、崇が電話を入れる。ようやく繋がり、西戸崎から志賀海神社に行きたいと告げると、隣の駅——今通ってきたばかりの「海ノ中道駅」——から迎えに行くので、そこで十分ほど待っていて欲しいと言う。最初から分かっていれば、ひと駅前で降りてタクシーに乗ったのに、今となっては仕方ない。そこで迎えを頼み、二人で西戸崎駅前に戻って待つことにした。

実に長閑《のどやか》で、のんびりとした光景だった。

駅前にはマンションが建っているものの、他には民家と商店が何軒か見えるだけで、あとは畑と青い空。海水浴のシーズンともなれば違うのだろうが、今は道路を走る車も殆どなかった。

またしても携帯で調べ物をし始めた崇を横目に、奈々は駅舎の前で日向ぼっこをしている猫と、ニャゴニャゴ遊んで時間を潰す。猫の首には、洒落《しゃれ》たネクタイ（?）が締められていたので、どこかの飼い猫なのだろう。やけに人なつっこかった。

やがて、タクシーが到着すると早速乗り込んで、志賀海神社を目指す。

住宅地を抜けて少し行くと、左手に海が広がっていた。海水浴場だ。すぐにそんな砂浜も殆ど見えなくなり、タクシーは「海の中道」を志賀島へ向かって飛ばす。左右は青い海。道は片側一車線ずつの一本道。とても快適なドライブだ。

運転手は、例の「金印」のレプリカがあるらしい「金印公園」や、文永《ぶんえい》の役での蒙古軍を葬った「蒙古塚」などがあると説明してくれたが、今回は話を聞くだけにして、直接、志賀海神社へ向かってもらうことにする。

到着後、タクシーを降りるとすぐに「官弊小社志賀海神社」と刻まれた大きな自然石の社号標が目に入る。その横には二十段ほどの石段があり、登り切った所に鳥居が見えた。

奈々が早速、石段に足をかけると崇が「まず、これだ」と言って石段脇を指差した。そこには木製の入れ物に綺麗な砂が盛られ、

「御潮井（清め砂）」

と書かれた木札が、砂の山に差し込まれて立ち、

「御砂を体の左・右・左と振り清め御参拝ください」

と墨書されていた。こちらの神社では、塩ではなく砂で体を清めるらしい。そこで奈々たちも、それに倣って体を清めてから石段を登る。

登り切って鳥居をくぐると、左手には境内末社の「印鑰社《いんやく》」があり、そこには久那土《くなど》神などが祀られていて「入口の神」として「邪厄を祓う」とあった。いわゆる「祓戸大神」の役割を担っているのだろう。

更に進むとまたしても石段があり、こぢんまりとした公園のようなスペースに「万葉歌碑」が建てられていた。こちらは、奈々にも分かるような文字だったし、この歌は以前に崇から聞いていたので、きちんと読める。そこには、

「ちはやぶる鐘の岬を過ぎぬとも

われは忘れじ志賀《しか》の皇神《すめかみ》」

と刻まれている。確か『万葉集』巻七に載っている歌だ。

この歌に関して折口信夫は、

「長らく筑前の国に住んでいたが、自分もいよいよ都に帰ることになった。もうこの鐘ヶ岬を漕ぎ過ぎれば、お別れだが、（中略）志珂の社の尊い神様よ。私はこの後も決して、お忘れ申しますまい。何卒《どうぞ》海上をお守り下さいませ」

と解説しているが、安曇族が敢えて難所の鐘崎を経由するとはとても思えない。ゆえにこれは、朝廷の攻撃を受けた彼らの命懸けの逃亡の航海だったのだろう、と崇は言った。そう考えれば、この歌にある「われは忘れじ」という文句が、一層胸に響いてくる――と。

その意見には、奈々も同感だ。

自分たちの祖神を決して忘れはしないと心に刻み、彼らは故郷を追いやられて流浪の旅に出た、悲痛な歌なのだ……。

その歌碑を過ぎて、また数段石段を登ると、今度は大きな宝篋印塔《ほうきょういんとう》が立っていた。高さは三メートル程あるだろうか。福岡県の指定有形文化財になっているらしい。

それを眺め、左右を木々に囲まれた細い参道をしばらく行くと、前方に立派な楼門が見えた。奈々たちは、末社・大山津見神《おおやまつみ》（大山祇命）を祀る「山之神社」に軽く頭を下げると、最後の石段を二十段ほど登り、ようやく門にたどり着く。

楼門の前には、石の丸橋があったが、現在は通行止めになっているので迂回して門をくぐった。右手前方には拝殿と本殿が、左手奥には磯良を始めとする「神裔《しんえい》阿曇諸神《もろがみ》」を祀る「今宮神社」が鎮座している。

何はともあれ奈々たちは、御神木《ごしんぼく》の向こうに見える手水舎で手と口を清め、更に十段ほどの石段を登って拝殿に進む。拝殿前にも、清めの砂が置かれていた。こちらの神様は、よほど穢れが嫌いらしい。そう思って、奈々は再び自分の体にかけ、今日この場に来られたことを感謝して柏手を打つと、静かに手を合わせた。

参拝が済むと、二人で境内を散策する。

境内の右手、玄界灘を望む位置に明神鳥居が立っており、額束《がくづか》には「遥拝所《ようはいじょ》」とあった。対岸の摂社・大嶽《おおたけ》神社、あるいは伊勢神宮を向いているらしいが、もちろん青い海しか見えない。

近づいてみると、鳥居の向こうには大きな「亀石」が二基置かれ、その周りをぐるりと瑞垣が取り囲んでいる。本当に亀のように見えるこの石は、磯良が神功皇后のもとに推参した時に乗っていた亀を模しているらしかった。

しかし、何と言っても目を引くのは、拝殿と遥拝所から石段を降りた所にある二頭の鹿の像と、その近くに建てられている「鹿角庫《ろっかくこ》」だ。何しろ、白い漆喰塗りの小さな蔵は、前面と左右が格子状になっていて中を覗き見ることができるのだが、そこには無数の鹿の角が収められているのだ。由緒で確認すれば、一万本以上はあるという。

崇は言う。

「神功皇后が対馬で鹿狩りをして、こちらの神社に奉納した……云々という伝説が残されているようだが、もちろんそれだけの理由ではないだろう。もっと現実的な理由があったんだが——。でも、もうきみは、半分ほど知っているんじゃないか」

「どういうことですか？」

「今年の春に、磯良と猿田彦神を追って茨城に行ったじゃないか。『東国三社』巡りに」

「え……」

その東国三社の一社こそ「鹿島神宮」——。

「鹿島《しかしま》」だったではないか。

奈々は、半ば唖然としながら思い返す。

その時の崇の話によれば、平安中期に編修された

『延喜式神名帳《えんぎしきじんみょうちょう》』に記載されている三千近くの神社の中で、たった三社だけが「神宮」の称号を与えられていたのだという。

一社は、もちろん伊勢神宮。

そして、あとの二社は「鹿島神宮」と「香取《かとり》神宮」。

宇佐《うさ》神宮も熱田《あつた》神宮も、もちろん出雲大社も春日《かすが》大社も住吉《すみよし》大社も、まだ単なる「神社」だった頃に、伊勢神宮と肩を並べるほど重要視されていた「神宮」が、二社（二宮）も関東にあることにも驚いた。しかも両宮ともに「安曇磯良」に関連していたのだ。当時三社しか存在していなかった「神宮」のうち、二社が磯良や安曇族を祀っていたことになる——。

「志賀島の語源は色々と言われているようだが」崇は続けた。「俺としては、この場所は『志賀島』であると同時に、そのまま『鹿島』なんだろうと考えている。実際に東国三社、鹿島神宮の主祭神・建甕槌神《たけみかづち》に関して『琉球神道記《りゅうきゅうしんとうき》』は、鹿島明神も建甕槌神も安曇磯良と同体だと書いているし、香取神宮——鹿取神宮の主祭神・経津主《ふつぬし》大神も、実は磯良と深い関わりがある」

そして、と崇は一息ついて言う。

「東国三社の、もう一社の息栖《いきす》神社は、猿田彦神と非常に縁が深い」

確かにそうだった。つまり「東国三社」は、磯良の安曇族と、猿田彦神の隼人を祀る社というわけになる。

息栖神社の周囲には、現在でも「猿田」の姓を持つ人間が多いと、やはり「猿田」の名字を持っている地元の人から聞かされた。

その後、本殿裏に鎮座する磯崎社や、松尾社、秋葉社、熊四郎稲荷神社など、境内摂末社を見学し終わると、崇はまたしてもスタスタと社務所に近づいて行く。

おそらく先ほど同様、神職や巫女から、この神社にまつわる話を聞くのだろうと思って、奈々も急いでその後を追った。

ほぼ奈々の予想通りだったが、祟と神職の話が長引き、更にはその様子を見た宮司までもが加わった所に祟が、

「明日、対馬の和多都美神社に行く予定です」

などと言ってしまったおかげで、

「折角ですので、別室で」

宮司に言われて宝物展示室の一角に通され、そこでお茶までいただきながら丁寧なお話を伺うことになった——。


やはり、志賀海神社の宮司は、代々安曇氏が継いでいると説明してくれた。それだけでも凄い話ではないか。何しろ、あの伊勢神宮内宮・外宮でも、宮司の交替があったのだから。天皇家よりも古い家系図を持つという、天橋立《あまのはしだて》・籠《この》神社宮司の海部《あまべ》氏と同等のレベルだろう。

また「あずみ」は、ここでは「海積《あまづみ》」と表され、もちろんこれは「綿積《わだつみ》」のことで、その本拠地や主な活動地は博多湾付近であったと推測されているという。だが志賀島自体も無霜地帯で、とても肥沃な地だったため、神功皇后も、三韓征伐の際に立ち寄られた。

これに関しては『筑前国風土記逸文』にも、

「昔時《むかし》、気長足姫《おきながたらし》の尊、新羅に幸《い》でましし時、御船夜《よ》時来てこの嶋に泊《は》てき」

と書かれている——と言って、神職は資料を広げながら説明してくれた。

その際に皇后は、北九州を治める豪族たちを呼び集めた。しかし、安曇族を統べている磯良だけはなかなかやって来なかった。そこで皇后は、磯良が好む神楽を七日七晩舞わせたところ、顔に貝殻や牡蠣

をつけた磯良が、ようやく出現した。その場所が、志賀島の最北端にある『舞能《まいわざ》ノ浜』、皇后が志賀島に着かれた場所を『叶《かのう》ヶ浜』、皇后が馬を下りられた場所を『下馬《げば》ヶ浜』、志賀明神に奉祭して馬が喜びいないた場所を『勝馬』と呼んでいる——。

また現在、この神社で執り行われる神事は九十六種。特に有名なのは、崇も言っていた、四月と十一月に執り行われる「山誉種蒔漁猟《やまほめたねまきかりすなどり》祭」。

しかしその他にも、十月の「御神幸《ごしんこう》祭」がある。こちらでは、本来獅子舞であったと思われるが、龍の頭を掲げて舞う「龍の舞」。巫女たちの舞う神楽「八乙女の舞」。そして、顔を白い布で覆い、胸に羯《かっ》鼓《こ》を下げて静かに舞う「羯鼓の舞」——。

「それは、春日大社などで行われている『細男《せいのお》』ですよね」

崇が宮司に尋ねると、

「良くご存知ですね」少し驚きながら微笑んだ。「磯良が海から姿を現した場面を表現している舞といわれています」

「あの舞は、こちらがルーツだったんですね。いえ、当然と言えば当然の話ですが」

崇は一人で納得する——。

そして、正月の「歩射祭《ぶしゃさい》」。

こちらは、立烏帽子《たてえぼし》を被った、白の狩衣《かりぎぬ》白袴という出で立ちの射手衆たちが、馬に乗らずに徒歩で大的を射る祭だ。

また「七夕祭」では、博多湾一円の漁師たちが大漁旗を掲げ、航海の安全と大漁を祈願して、志賀海神社に参拝する。

摂末社《せつまつしゃ》も、境内に十二社。勝馬を始めとする境外にも七社あって、そのうちの一社が『風の神』を祀る大嶽神社である——。

思いがけなく拝聴した、そんな話の終りに、

「ぜひ、境外摂社の大嶽神社も、お参りを。西戸崎までの帰り道沿いに鎮座していますので」

先ほどの遥拝所から、伊勢神宮と共に遥拝してい

た境外摂社だ。というより、この場合も、伊勢神宮と大嶽神社は微妙に方角が違うようで、崇に言わせれば「どちらをメインに拝んでいるのか分からない」そうだ。

だが、そちらにも立ち寄ることにして、神職たちにお礼を述べた時、こっそり耳打ちされた。

「このように、非常に篤い信仰ある神社なんですが……実は、この社に伝わっていた古文書や系図が、貸借という約束だったにもかかわらず全て国に没収されてしまったため、情けないことに、重要な部分の詳細が現在手元にないんです」

「それは……」

絶句する奈々たちに向かって、宮司は微笑んだ。

「本日は、ようこそお参りに」

大嶽神社は、宮司の言う通り西戸崎まで向かう途中の海の中道沿い——正確には「沿い」ではなく、少し奥まった林の中——に鎮座していた。

タクシーにその場で待っていてもらい、目の前の朱塗りの鳥居をくぐったものの、そこから先の鬱蒼とした木々に囲まれて延びる石段がきつかった。

登り切って社務所で聞いたところによると、百十段だそうだが、かなり急だったし足下の石段も不安定だったため、実際よりきつく感じたのかも知れない。そのためかどうかは知らないがこの場所は、プロ野球の選手や地元の学生アスリートたちがトレーニングのために訪れる「アスリートの聖地」となっているらしかった。

そう言えば、熊野・速玉《はやたま》大社近くの神倉《かんのくら》神社の御神体「ゴトビキ岩」まで登る急勾配の鎌倉積みと呼ばれる、五百三十八の石段も強烈だった。そこでも地元の高校野球部の学生たちが走って登っていたことを思い出す。

きっと地元の学生アスリートたちも、この神社の石段を何往復もして鍛えているのだろう——と、またしても余計なことを考えてしまった。

大嶽神社の創建年代は不詳。

しかし、神社の建つ小高い山の麓には古墳も発見されているそうなので、もしもその古墳を祀る役目を担っていたとするならば、いうまでもなく歴史は古い。

主祭神は、志賀海神社の綿津見三神の弟妹の、志《し》那《な》津《つ》彦神・志那津比売神。更に時代が下ると共に、保食神《うけもち》などが奉祭されたらしい。

「志那津彦神は」崇が言った。「一般的には、祓戸《はらえどの》大神《おおかみ》の気吹戸主《いぶきどぬし》神同様に『風の神』とされている。しかし、この風を司る神というのは、安曇族の彼らにとって非常に重要な神だった」

「航海の際の風向きなどですね」

「もちろん、それもある。暴風が吹き荒れてしまうと船は沈没しかねないし、その一方で航海に適した風は安全に目的地まで運んでくれる。しかし、それだけではない」

「と言うと？」

「風は製鉄にも重要だ。前にも言ったように、安曇族や隼人たちは海洋産業だけでなく、製鉄業も大々的に行っていた。『隼人の王』とされる猿田彦神が『稲荷《いなり》神』――つまり、製鉄を意味する『鋳成《いな》り神』と考えられていたようにね。踏鞴場《たたらば》の人々は、常に良い風である北西風――『あなしの風』を待ち望んでいたというし、それでなくても製鉄時に使う鞴《ふいご》から出る『風』は必須だった。何しろこれがなくては、鉄が生まれない。そんな『風の神』を祀っているというわけだ」

「鞴……ですか」

「これが、先ほど言った『鹿』に繋がってくる。鹿皮で作った鞴が最上といわれていたからね。それだけじゃない。この鞴は後に、砂金を入れる袋としても使われた。そしてこの『砂金袋』が『金《かね》を吹く袋』――『福袋《ふくぶくろ》』と呼ばれるようになった」

「だから志賀海神社の人たちも、大嶽神社――風の神を尊崇して遥拝したわけなんですね」

奈々は納得して頷き、大嶽神社を後にした。

そんなこんなで、香椎宮は香椎駅から遥拝させていただき、またいつか改めて参拝することにしたのだが、崇は思いのほか上機嫌で、そのまま博多まで戻って来た。


夕食は、ホテルの外に出ることになった。

奈々の熱烈な希望で、美味しい「博多水炊き」を食べることに決まったのである。こういう時、崇は素敵（便利？）だ。アルコールさえ用意されていれば、食事の種類に関して一言も異を挟むことはないのだから。

奈々は、あらかじめ用意していたガイドブックを駆使して一所懸命に店を調べ、駅近くの美味しそうな専門店に電話で予約を入れてある。

シャワーで汗を流してから、時間通りに入店すると、こぢんまりとした個室に通された。

奈々たちは早速、地ビールを注文する。この後は地酒と決まっているが、取りあえず今日一日の、お疲れさま乾杯。

こちらの店では係りの女性が全て鍋の世話をしてくれるようなので、奈々たちはただ飲んで食べるだけ。申し訳ない程の幸せ。

運ばれてきた地ビールを飲みながら、二人で先ほど志賀海神社の宮司さんから聞いた話を振り返っていると、係りの女性が水炊きを用意しにやって来てくれた。

奈々たちの目の前で、白濁した鶏ガラスープが入った鍋の中に、順番に具を入れてくれる。メインの鶏肉以外は、白菜、水菜、長ネギ、舞茸など、実にシンプルな具材だけで……再び幸せ。

地ビールを空けてしまった崇は、すぐに地酒を注文する。何にしようか一瞬迷っていたが、明後日にまわる予定の糸島の地酒をもらうことにした。

女性が一旦部屋を出て行くと、

「でも、神職さんたちの話で一番驚いたのは」奈々も、グラスのビールを飲み干して言った。「神社に関する古文書や系図が、貸借という約束だったにもかかわらず、全て国に没収されてしまったという話です。余りに酷すぎませんか」

「おそらく昔は日本各地で、そういったことが頻繁にあったんだろう。特に志賀海神社の古文書などは、時の朝廷や政府にとっては決して表に出すことのできない史実が書かれ、あるいは描かれていたに違いない。だから、そのまま闇に葬ってしまった。それが現代までも続いているというのは驚きだったがね」

奈々もそう感じる。

自分たちにとって都合の悪い物は、初めからなかったことにしてしまう。これが、いつもの彼らのやり方。事実、今以て「君が代」のルーツですら公に認められていないのだから。

実に不条理だけれど……奈々は憤懣やるかたない気持ちを呑み込んで納得する。


日本酒が届くと、奈々たちはそれぞれ手酌で自分のぐい呑みに注ぐ。ふんわりと米の香りが立って鼻をくすぐった。

一口飲むと、

〝美味しい〟

精米歩合がもっと高い大吟醸酒も、それはそれで美味しいけれど、こんなその地方独特の純米酒も好きだ。少しだけ心を立て直したところに、崇が鍋を突《つつ》きながら、

「そうだ」と言う。「志賀島の『金印』で思い出したことがある」

「邪馬台国・卑弥呼が授与された」

「まさに、その邪馬台国の話だ。今の磯良の話に繋がるんだ」

「安曇磯良の？」

「先ほども宮司さんが口にしていた部分だ」と崇は言う。「彼がようやく姿を現した時、磯良に向かっ

て神功皇后は、

『なぜ、おまえはこの大事な時に遅れてきた』

と、強く問い質した――」

いきなり話が戻ったらしい。

奈々は我に戻ったように、崇を見つめて聞き耳を立てる。

「磯良は、顔の前に白い布を垂らして、

『私は海人族なので、長い間海の底におりました。そのため顔は海草や貝で覆われてしまいました。そのような醜い姿で皇后さまの前に出るのが、とても恥ずかしかったのです』

と答えたという。このエピソードが、話に出た志賀海神社や春日大社で舞われる『細男』の舞の元になっていることは間違いない。これは前にも言ったが、上田秋成《うえだあきなり》の『雨月物語《うげつ》』の『吉備津《きびつ》の釜』には『磯良』という名前の女性が登場する。とても貞淑な妻だったが、夫の浮気によって怨霊となってしまう。その浮気の原因こそ、磯良の醜い顔だったのだろうともいわれているほど『磯良』というのは醜貌の代名詞だった。しかし当然、磯良の顔に海草や貝が付着しているわけもなく――」

「入れ墨……ですね」

奈々は応えた。

安曇族――海神《わだつみ》たちの多くは、男女大人子供にかかわらず、皆が入れ墨を入れていたと聞いた。それは現実的に鮫《さめ》除けでもあり、同時に一種の魔除けでもあったんだと。

「その通り」

崇は首肯する。

「彼らの容貌が、大和の人たちには醜く見えたというわけだ。そしてこのことが『邪馬台国』北九州説の傍証になる」

「えっ。それはどうして」

「『魏志倭人伝』に、こう書かれているからだ。海を渡ってやって来た彼らが見た倭人たちは、

『男子は大小となく、皆黥面文身《げいめんぶんしん》す』

『断髪文身、以て咬竜《こうりゅう》の害を避く』

——男子は大人子供の区別なく、誰もが顔や体に入れ墨を入れている。

——髪を短く断ち、体に入れ墨を入れて、鮫などの大魚や、人を襲う水鳥などの危害を払っている。

とあり、後にそれが飾りになったとまで書かれている。邪馬台国を畿内とした場合の『狗奴《くぬ》国』を『熊野』と仮定したとしても、その地方の人々が顔に入れ墨を入れていたという説は聞いたことがない」

「そう……ですね」

「その一方で、糸島での弥生中・後期の遺跡からは、黥面を施したと思われる人物が描かれた木板が発掘されている。また、古墳時代の埴輪の一部からは、黥面を表しているような物も出土しているが、これらは全て近畿よりも西で、現在のところ畿内における『黥面文身』の存在の可能性は、ほぼ否定されているようだ」

「実際のところ神功皇后は、磯良の黥面を嫌ったんでしょう」

「もちろんだ。その他にも、履中《りちゅう》天皇などは『刑罰として』黥面させたと書かれているから、決して良い意味には取られていなかった。もしも自分たちの祖先が黥面していたとするならば、そこまで嫌悪しなかったはずだ」

崇は言うと、ぐい呑みを空けて注ぎ足す。

「俺は、邪馬台国は各地に移動して存在していたという考えだから、大和・奈良にその大々的な痕跡があっても全くおかしくはないと思う」

それも前に言っていた。

邪馬台国という名の「海神たちの都《みやこ》」は、日本各地を移動しつつ存在していた。奈良や京都を例に出すまでもなく、都は何度も遷っている。東京だってそうだ。明治になって京都から「東の京都」として遷って造られたのだから。

「この『魏志倭人伝』に書かれている『黥面文身』を、大和朝廷が嫌悪していた——という事実の整合性がとれない限り『卑弥呼が統治していた邪馬台国』は、北九州ということになる」

「卑弥呼の国……ですね」

「そうだ。そして、この『黥面文身』から、またもう一つの事が分かる」

「それは？」

　ああ、と答えて崇はぐい呑みを傾けた。

「彼ら安曇族たちは、さまざまな紋様の入れ墨を入れていたんだが、それは自分たちが帰属する国を表す紋様だったらしい。つまり当時の邪馬台国は、いわゆる『倭国大乱』の後、卑弥呼によって完全に統一――統べ合わせ、まとめ上げられていたわけではなく、それぞれの国が独自性・独立性を保ちながら、一人の女王によって統括・統治されていたことになる。卑弥呼は絶対女王だったわけではなく、あくまでも北九州における連合国の宗主的な立場にいたと思われる」

「なるほど」

　そして、と崇は言う。

「彼らを実質的にまとめたのが、安曇磯良というわけだ」

　話が戻った。

「だから明日、対馬に行くんだ。安曇磯良の墓があると言われている、和多都美神社にね」

　しかし……

　まさか今回、対馬に渡るなどとは、全く予想もしていなかった。

　北九州をまわると言われて出発したのに、まさか――崇の嫌いな――飛行機にまで乗ることになろうとは。

　そういえば、対馬は日本より韓国に近い島だと聞いたことがある……。

〝あっ〟

　韓国で思い出した。外嶋たちとの会話だ。

「ちょっと良いですか」

　と言って奈々は、ホワイト薬局での話を、崇に伝えた――。

世間では、しばしば「古文・漢文不要論」が持ち上がり、それについての論争が交わされている。それに伴って、原文読解の「必要・不必要」論争も。

しかし「古文・漢文不要論」はともかく、原文云々に関して言えば、一般の我々は古文にも漢文にも日常的に接しているわけではない。それなら美緒が言ったように、誰かに訳してもらった文章を読めば充分で、わざわざ原文に当たることもないのではないかとも思える。

それこそ韓国では漢字を捨てて、今はほぼ百パーセント、ハングル文字を使用している。これは日本で言う「ひらがな・カタカナ」のようなものなのだから、日本も「古文・漢文・漢字」をなくして「ひらがな・カタカナ」だけになったとしても、日常生活には殆ど何も支障がないのではないか。

だがその一方――これはあくまでも外嶋の個人的な体験だそうだが――あるテレビ番組で、古文の仮名文字を誤って読んだまま最後まで訂正も入らず、そのまま放映されたという。これでは、きちんと理解できていない我々は、間違った情報しか得られないことになる。それどころか、間違っているかも知れないという認識すらできない。

そういったことを含めて、何かの機会に崇に尋ねてみて欲しい――と外嶋に言われた。

奈々の話が終わると、崇はゆっくり口を開いた。

「韓国の国字であり、純粋な表音文字であるハングルは、一四四三年に李《り》氏朝鮮王朝の第四代王の世《セ》宗《ジョン》の発議で作られた物だという。この世宗は、朝鮮王朝時代の歴代君主中、最も優れた君主といわれていて、史書などの編纂に尽力した名君だ。その彼が、ハングルを作ったんだが、もともとこの文字は『訓民正音《フンミンジョンウム》』といって『民に訓《おし》える正しい音』という意味だった。つまり、漢字を読み書きできない一般民衆のために、朝鮮語の音を書き記すことのできる文字として作られた文字だったんだ」

「まさに平仮名・カタカナ同様で、誰でも言語を学べるようにという意図のもとに作られた、素晴らしい文字だったんですね」

「間違いなくね」と崇は言う。「しかし一九四八年に、公用文は原則としてハングルだけを用いて表記するという法律が制定された」

「法律ですか！」

「そうだ。そこまでした結果、その数十年後には、全ての教科書から漢字が消えてしまう。ところが、それ以前に発行された大部分の専門書などには当然、漢字が多用されている。故に博士論文を書こうという大学院生ですら、過去の論文を理解することが困難になってしまったという。たった四、五十年ほど前に漢字で書かれた文章を読める人間が韓国から殆どいなくなってしまった、とまで言われているようだ」

「まさかそんな……」

「そのため、この大きな弊害に気づいて、少しずつではあるが漢字教育も復活してきているらしい。しかし、失われた四十年はとても大きく『抽象度の高い漢字由来のボキャブラリーを失ってしまった』『文化の断絶が起こってしまった』と考える人もいるらしい。やはり一度手放してしまった文化の溝を埋める作業は、非常に困難を極めるんだろう」

その点は……何となく理解できるような気がする。生まれてから現在まで四、五十年以上全く見たことがない文字や言葉をいきなり見せられ、今からこれを勉強しろ、覚えて理解しろなどと言われても、到底できるわけがない。よほどの覚悟がない限り、どう考えても不可能だ。

「翻《ひるがえ》って、わが国ではどうだったかと言えば」

崇は、地酒を一口飲んで続けた。

「中国から入って来た漢字は、見事な『文化変容』を遂げたんだ。もとの意味を残しつつも、日本語の中に取り入れられて消化吸収された。もっともこういった作業は、以前にも話したが、わが国の人々の最も得意とする分野だから」

「確かに……そうですね」

奈々は納得しながら、昔、崇から聞いた、中国から伝播してきた数々の風習が「文化変容」した例を思い出す——。

まず「節分」。この行事は、季節の変わり目に起こりがちな体調不良・病などを鬼に見立て、奇妙な面を被った方相氏《ほうそうし》がそれらを追い払うという宮中行事の「追儺《ついな》」が元だったけれど、それがいつしか、一般家庭での「豆まき」へと変化した。

そして「七夕」。これは、宮中で行われていた裁縫の上達を願う『乞巧奠《きっこうでん》』の儀式が民間に流布したものだ。

織物と言えば、織物の神・西王母《せいおうぼ》もいる。三月三日の桃の節句も、元はこの西王母の生誕を祝う風習だったという。

また、五月五日の「端午《たんご》の節句」。こちらは紀元前、中国戦国時代の楚《そ》の国の政治家で詩人・屈原《くつげん》が、国を憂《うれ》えながら汨羅《べきら》の淵に身を沈めた。そのため、楚の人々は彼の霊を慰めようと、竹の筒に米を入れて、汨羅の淵に投げ入れた。これが端午の節句に粽《ちまき》を食べる風習の起源——。

まだまだたくさんあるけれど、今すぐに思い出すのはこんなところ。そんな話を伝えると、

「ああ」崇は頷いた。「そういった道教《どうきょう》的な風習と同様に、漢字もわが国で文化変容して『万葉仮名』が生まれた。漢字本来の意味だけではなく、音を借りたりしてね。そしてそこから、無数と言っても良いほどの『仮名文字』が誕生した。それらの仮名が、明治三十三年（一九〇〇）に『一音一文字』に統一されたんだが、その他の仮名文字も、昭和の初期くらいまでは『変体仮名』と呼ばれて、ごく一般にも使われていた」

幼い頃に、奈々も見たことがある。

祖父が、奈々には読めない変わった文字で手紙を書いていたのを覗き見した。変体仮名は何となく分

かるものの、漢字は全く読めなかった。そこで祖父に尋ねてみたが「そのうち読めるようになるよ」と微笑み返された思い出があるが、未だに読めないままでいる……。

わが国では、と崇は続けた。

「かなり中国語の意味や音を残し、更に和語——訓読みだけでなく、日本独自の意味まで足していった。だから、白川静《しらかわしずか》は『漢字は国字である』とまで言い切った」

「えっ。それはちょっと——」

「かなりセンセーショナルで自家撞着《じかどうちゃく》しているような意見だから、誤解を招かないように正確に言い直しておけば『日本で使用される漢字は、日本独特の文字——国字である』ということになる。来日して日本語を学んで『たった一字の漢字に、これほど豊かな意味の含みがあるとは、思いもしなかった』とまで言った人もいると聞いたことがある。だがその一方で韓国では、そういった変容・変換が行われなかった。白川静のように『漢字は国字』——『漢字』を『国字』に文化変容してしまおうという考えが、残念ながらなかったんだろうな。故に、漢字はあっさり廃止されてしまった」

「そう考えると……」奈々は、しみじみ頷いた。「日本語は、とても幸運でしたね。奇跡と言っても良いほどに」

ところが、と崇は言う。

「そんな日本語にも、何度か消滅の危機があった」

「奈良とか平安時代ですか。それとも、戦乱の時代とか」

「違う」崇は首を横に振った。「明治、そして戦後の昭和だ」

「そんなに最近なんですか！」

啞然とする奈々に、崇は続けた。

「まず明治だが、初代文部大臣の森有礼《もりありのり》によって、英語を公用語にするべきだという案が提出された。これは、近代化に向けて英語が非常に重要だと感じた森が、簡易化された英語を日本の母国語にしようと考えたんだ」

「そんな……。でも、結局は否定されたんですよね。こうして現在も、日本語が国語になっているんですから」

「ああ。しかし、激しく反対したのは、当時のアメリカ語学会の重鎮である、ウィリアム・ホイットニーだった」

「アメリカの人に……」

「彼は、森の提案を強くたしなめた。母国語は各人種の魂なのだから捨ててはならない、むしろもっと豊かに育てる方に力を注ぐべきだと説教したという。まさにその通りで、まずここで日本語は米国人のホイットニーによって救われた」

崇は苦笑して続ける。

「そして昭和。こちらはまず『讀賣報知《よみうりほうち》』——現在の読売新聞と報知新聞の合併新聞に『漢字を癈止《はいし》せよ』という社説が載った。こちらもかなり過激な内容で『漢字がいかにわが國民《こくみん》の知能發達《はったつ》を阻害してゐるか』という論を張った。漢字が存在しているおかげで、国民の語学力が育たないんだと」

「どういう意味ですか？」

全く理解できない奈々が首を捻ると、

「一例を挙げれば……」と崇は言った。「戦前・戦中に使われていた『八紘一宇《はっこういちう》』という言葉がある。この言葉は初代天皇・神武が『この世界に生存する全ての人々が、一軒の家に住むように仲良く暮らすべきである』という、世界平和の理想を掲げたものとして『書紀』に載っている。この辺りに関しては、色々と説明しなくてはならない点が多いんだが、今は一応、その通りだとしておこう——。するとここで、この『八紘一宇』という思想は素晴らしいと教え込まれてしまった人々は、源泉を辿ろうとはせずに、考えることを止めてしまう。つまり、わざと難しい言葉や漢字を使うことで、人々の思考を停止させようとしたということだな」

でも、と奈々は更に大きく首を捻る。

「そうすると、今の『古文・漢文不要論』とは、真逆の理論じゃないですか」

「まさにね」崇は笑った。「しかし、結論だけが一致している点は、歴史の皮肉だ。とにかくここでは、軍国主義の連中が、一般の人々に漢字のもたらす『思考阻害』を利用して、彼らの批判能力を封殺したと主張している。これは、ある種の凄まじい差別思想でもあるんだが、その上『國民學校六年間の課程は、漢字と仮名交じりの文章教育で『精力の大半を消耗』してしまうため、これも止めるべきだと言った」

主張しているレベルには天と地の差があるにしても――薬局で美緒が主張していた意見と、根本は同じだ。漢字の勉強に費やす「無駄な」時間を省略して、もっと他の有用なことに時間を割くべきだという……。

「しかし結局」崇は続ける。「この意見は全く受け入れられず、その後も漢字と仮名の教育は進んだ。ところがその後、今度は『小説の神様』と呼ばれた作家・志賀直哉《しがなおや》から、もっと過激な『日本語廃止論』という意見が世に出された」

「あの志賀直哉ですか！」

奈々は叫んでしまったが――。

よく考えれば、彼の小説を読んだことがあったかなかったかというレベル。『暗夜行路《あんやこうろ》』や『小僧の神様』という、作品の題名くらいは知っているものの、いつ読んだのか、どんな内容だったのかも、完全に忘れ去ってしまっている。

「そ、それで？」

急いで尋ねる奈々に、

「ああ」と崇は答える。「志賀直哉は、六十年前に森有礼が提案した案件を、今こそ実現すべきではないかと主張した。そして『今ならば実現出来ない事ではない』とね」

「日本の作家、しかも『小説の神様』とまで呼ばれた人が、そんなことを！」

「しかも直哉は森と異なって、わが国の母国語を、フランス語にするべきだとまで言った」

「フランス語？」奈々は唖然として尋ねる。「どうしてまた――」

「彼はまず、森有礼の提案した、母国語を英語にという意見は間違っていなかった、と認めた。その時に英語を採用していれば『吾々の学業も、もつと楽に進んでゐたらう』と言っている。別に尺貫法を知らなくても生きて行けるし『万葉集も源氏物語も』今より多く、世界中の人々に読まれていたろうと主張した」

「だって！」奈々は驚く。「それらは、日本語で書かれていたから価値があったんじゃないんですか。いいえ、もちろん英訳されて、世界に広まっているわけですけど……」

うまく言い表せない。その意見は間違っていると思うけれど、きちんと言葉に――日本語にできなかった。

「でも……どうして志賀直哉は、数ある言語の中からフランス語を選んだんでしょう」

「直哉曰《いわ》く、フランス語は世界中で一番美しい言語だからだそうだ」

「えっ」

「フランスは文化の進んだ国で、その文学的な境地でどこか日本人と共通するものがあり、言語もフランスの文人たちによって洗練されているのだから、フランス語が一番良いとね」

「単なるブラックジョークか、それこそ敢えて人々の思考を促すつもりで言ったとか」

「俺も最初そう思って、直哉の書いた『国語問題』という小文に目を通してみたんだが、彼はかなり真剣に訴えていた」

「そんな……」

「もちろんそこで、彼の意見に反対する意見・論文も出た。学習院大学名誉教授の大野《おお の》晋《すすむ》を始めとする数多くの人々が、激しく異を唱えた。まず、志賀直哉の理論には準拠が伴っておらず、全く論証になっていない。また、言語切り替えの方法論もない。更に『文化』の定義が曖昧で、日本人の世界観を理解していない。果たして志賀は『万葉集』や『源氏物語』をきちんと読んでいるのだろうか——などなどだ」

こちらもかなり強烈な反論だけれど……何となく納得できる気がする。

眉根を寄せながら頷く奈々に、

「反論者たちはこう結論づけた」崇はぐい呑みを空けながら続けた。「日本語が不完全で不便だとする考え方は、日本語の文字や表現に関する点のみであり、日本語自体に問題があるわけではない。もしもあるとするなら『使い手であるわれわれの能力に問題がある』——のだとね」

「確かに……。それで結局、タタルさん自身は、どう考えているんですか」

もちろん、と当然のような顔で崇は答える。

「『古文・漢文不要論』は、全く話にならないと思っている。そして、外嶋さんのような体験例がある以上、できる限り原文に当たることも必要だと思う。しかしそんなことより何より、もっと重要なことがある」

「さっきの韓国の話ですか？」

違う、と崇は首を横に振った。

「古文・漢文不要論者たちが言及していない、最も根本的なことだ。気がついているが、知らないフリをして、敢えて避けているんじゃないかとさえ思ってしまう」

「日本人の心？」

「それもあるだろうが、そんなにナイーブで美しくはない、もっと現実的な問題だよ。たとえば、今の外嶋さんの話で、誤ったまま放映されて訂正も入らなかったという件だ。これが相原くんの言うように『単なるミス』だったら良いとしても、もしもこれが、誰かによって『意図的に』行われていたらどうなんだろう。実際にぼくらは、専門家のようには当時の文字や言葉を知らない。とすれば、今のテレビ番組や専門家たちの『言葉』を、一方的に受け入れるしかなくなるわけだ」

「確かにそうです……」

「そうでなくとも、原文の書写間違いもある。コピー機のない昔の話だ。誰もが書写して後世に残していたわけだから、これは実際にいくつも散見される。また、図版などに添付されているキャプション——見出しや説明文の間違いもある。また、文章の流れでしか解読できないような文字もある。いずれ、コンピュータなどによる解読も進んでいくだろうが、誤読はなくならないだろう。だからその時点で——正確な文字は把握できないにしても——少なくとも、これは誤読じゃないか、と気づく程度の知識が必要になってくる」

「でも……その程度の知識といっても、余りに膨大すぎます」

「だから、皆で少しずつ最低限知れば良いんだ。学校の授業程度でもね。現実問題として、わが国でも数多くの変体仮名が読めなくなってきている。現在の仮名やカタカナは、これ以上失われることはないにしても、古典籍に関しては危うい。どこかで歯止めをかけなければならない。専門職の人間だけに任せるのではなく一般の俺たちも、多少なりともね」

理屈は分かるけれど、現実問題としてかなり難しいのではないか。奈々は、少し絶望的な気分になってしまった……。

《逆流》

あなたはたびたび地獄の火と言われるけれど、
それを見たことはありますまい。
それよりわたしの紅《あか》い口を見てください、
いつでもほほえんでおりましょう。

南警察署に戻った大槻たちは、今朝の遺体は津《つ》州《しゆう》寺《じ》住職の鵜澤《うざわ》祝《はふり》で間違いないという鑑識からの報告を受けた。死亡の推定日時と、鵜澤の妻からの捜索願の時期も一致したらしい。これで、先ほどの「小旅行」も無駄足にならずに済んだというわけだ。

津州寺と鵜澤の自宅は鑑識に任せることにして、大槻たちは先月の被害者・仲村真《なかむらしん》と白壁《しらかべ》村に関する資料に目を通す。

確かにあの辺り——鬼瘤《おにこぶ》山山麓は地形的な理由で、たびたび台風や大雨、鹿谷《ししたに》川の氾濫被害に見舞われているようだった。そのため、ますます若者たちは村を離れ、村に残った人々も、それを留める術もなかったようだ。

ただ仲村真だけは例外で、勤務先での事故が直接の原因とはいえ、白壁村の母親が一人暮らししている自宅に戻って来た。当初は、どこか町に近い場所に二人で住もうとしていたようだが、年老いた母親の、先祖代々の墓のあるこの土地を死んでも離れぬという強い反対に遭い——実際に、先祖の墓は仲村家の広い庭の片隅に建っていた——結局は古い実家で一緒に住むことになったらしい。

以前に真が勤めていたという福岡の建設会社にも連絡を入れてみたが、真は非常に真面目できちんと勤務していたという情報を得ている。女性社員からも「良い人」「優しい人」と人気は高かったという話だった。

ところが対馬に戻ってから、

〝女性トラブルか……〟

大槻は報告書に視線を落とす。

その女性は、真の母親の若子《わかこ》の姪の香《かおり》。真とは従姉弟《いとこ》になる女性だ。

年齢は真より六歳ほど年上で、一人娘の綾女《あやめ》もいた。夫の壮平《そうへい》は数年前に村を襲った大雨で命を落としていた。これは完全に事故で、消防団に属していたため災害救助に出かけ、その際に崖崩れに巻き込まれてしまったらしい。

その香に真は近づいていたようだった。従姉弟《いとこ》同士だから、親しくしていたところで別に不思議はないとも思えたが、噂によれば、真はそれを越えた関係を持とうとしたという。そのために娘の綾女は、真を心の底から嫌っていたらしい。

しかし香は、台風で自宅が倒壊し、亡くなった。綾女は、その時たまたま村を離れていたので命は助かったが、二十八歳にして家族を失ってしまったことになる――。

今のところ、真たちに関する情報はこの程度だったが、むしろ良くここまでの内輪話を収集できたものだと思う。先ほど村をまわった感触では、とてもこんな情報は得られそうもなかった。やはり地元の警官や雁谷たちと、いわゆる「余所者《よそもの》」として警戒されている大槻や松橋たちとの差なのだろう。あるいは、ここでようやく村人たちの本音が表面化してきたというところなのか――。

〝しかし……〟

大槻は、先ほどの村落の風景を思い出しながら首を捻った。

この「白壁村」という名前は不思議だ。

どこにも「白壁」の家や蔵などは見当たらなかったし、もちろん城壁址《あと》のような物も存在していなかった。

ひょっとすると、昔は存在していたが台風や洪水

で損壊・倒壊してしまったのかと思い、雁谷にも尋ねてみたが、

「そう言われれば……」と初めて気づいたようで、

「そげな話は、全く耳にしたことがなか」

と言われてしまった。

岡邊《おかべ》村は、まだ分かる。岡の辺——近くの村という意味だろうから。但し、見たところ「岡」というよりは「山麓」だったが、白壁村に関しては想像がつかない。そういうものだと思っとりました——。

そんな話を松橋や雁谷と交わし、一旦長崎県警に引き上げようと、対馬空港発・長崎空港行きの最終便の時刻を調べていた時、若い警官がドアをノックして駆け込んできた。

「どうした」

尋ねる雁谷に警官は「はっ」と敬礼する。

「また、そ、その——事件であります」

「何だと」

「せ、清掃業務の魚谷《うおたに》さんが、署からの帰り際に発見し、大急ぎで戻って来られました」

「何を発見したんだ」

「お、男の遺体を」

「なにい」雁谷は目を剝いた。「どこでや」

「すぐ近くであります」

「だから、どこなんや」

「小浦《こうら》と曲《まがり》の中間辺りの道で」

「すぐ近くやないか！」

「ですので、そのように——」

「それで」と松橋は、大槻も一番尋ねたかった質問をぶつけた。「被害者の首は」

はっ、と警官は直立不動のまま真顔で答えた。

「ついております。普通の遺体です」

大槻は安堵したように——というのもおかしいが——警官に告げた。

「すぐ行こう」

帰りの飛行機どころではなくなった大槻たちは、

パトカーに同乗して現場へと向かう。

雁谷たちの言葉通りの近さで、あっという間に到着すると、すでに立ち入り禁止テープを張り廻らし始めている警官たちに、被害者はどこだと尋ねる。

「こちらです」

と案内されて、道端のブルーシートがかけられた場所に移動する。警官がシートをめくると、そこには血塗《ちまみ》れになった男性が、道路脇の草むらに倒れていた。

確かに「首」はついている。しかし、洋服もズボンも赤黒い血に染まっていた。必死に這いずってきたらしく、血痕が道路や草むらの中に点々と残されていた。どうやら、犯行現場はここではないようだ。とすれば当然、凶器は見つかっていないだろう。犯行現場ともども、血痕をたどって突き止めなければなるまい。

「それで……」警官が、おずおずと告げる。「あちらに、第一発見者となりました魚谷さんが……」

「ああ」と雁谷が答えて、全員で移動する。

赤色灯を点滅させて停まっているパトカーの側に、白髪交じりの定年の上限年齢に近そうな男性が、警官に付き添われて立っていた。その男性は雁谷を見つけると、縋《すが》るような目つきで足早に近寄ってきた。

魚谷政男《まさお》という名前らしい。もちろん雁谷とは、もう長いつき合いだそうで、

「何がどうしたんね、魚《うお》さん」

雁谷の質問に、たまに大槻と松橋を横目で見ながら親しげに、しかし震え声で喋り出す。

「いつもの時間に仕事を終えると、南署を出てそんまま帰った。バスを降りて歩いとったら、途中の道端の暗処《くらすみ》にの、何かが落ちとる思ったんよ。近寄ってみたら、人が倒れとる。こりゃ大変だと思うて、もっと近寄って見たらこげなことに——。本当《ほん》に、顔がしゃちこばっちまった」

「道路や草むらに、血痕がありますな」大槻が尋ね

る。「被害者はどこかから、這ってここまで来た」

「知らんばい」魚谷は、眉を大きく寄せながら答えた。「でも、きっとそうやろうと思います」

「と言うと」

「わしが見つけた時は、まだ息があったんで」

「なんやて！」雁谷が叫んだ。「まだ生きとったんやと」

はあ、と魚谷は頷く。

「男の手が、ひくひく動いたんで『どうしたんね』と声をかけました」

「そうしたらどうだった」

詰め寄る雁谷から身を引きながら、魚谷は小声で答える。

「最後に言いよりました」

「何と？」

「多分……『最強《さいきょう》』」

「はあ」

「一息置いてから……『苦行《くぎょう》』」

「どういう意味ね」

「わからん」魚谷は硬い表情のまま首を傾げた。「それを最後に、事切れちまったんで……」

「何が『最強』――あるいは『最凶』だと」

尋ねる松橋を見て、魚谷は首を横に振る。

「んね……分からん」

「では『苦行』は、寺の修行とかかね？」

津州寺を思い出したのだろう、勢い込んで訊く雁谷に、魚谷は再び答えた。

「自分には、なんも……」

その様子を見ながら、松橋は大槻に尋ねた。

「どう思われます、警部補」

「さあな」と大槻は松橋を見る。「全く想像がつかん。というより、この事件が今までの二つの首なし殺人事件と繋がっているのかどうかも、まだ不明だ。全く別の事件かも知れん。とにかく今は、被害者の身元特定が優先だ。被害者の残した言葉に関しては、改めて明日にでも考えよう」

「はい」

大槻は遺体の搬送許可を下ろすと、現場に残って聞き込みを始める雁谷たちを残して、松橋と共に一旦、南署に戻ることにしたが、どちらにしろ、一日二日はこの島を離れられそうもない。

〝一体、何がどうなっているんだ〟

大槻は夜空に輝く白い月を見上げると、大きく嘆息した。

＊

見事な快晴の朝。

奈々は崇と二人、福岡空港にいた。

空港は、想像以上に博多駅から近かった。地下鉄空港線に乗って、二駅五分。待ち時間を入れても、十分足らずで到着する。羽田や成田空港のシチュエーションが常識となっている奈々には、とても博多のような大都会から移動してきたとは思えないほどだった。

取りあえず、空港カウンターにチェックイン。福岡空港発のこの便に乗れば、対馬空港には十時台に到着する。帰りの便は、対馬空港発十七時前の便を押さえてあるので、向こうでの時間もたっぷりある。

続いて、保安検査場で手荷物チェック。

搭乗する飛行機は百席未満だから、手荷物は一人一つまで。しかも、大きな手荷物は必ず預けなくてはならないと聞いて、わざわざ身軽な服装とバッグ一つでやって来たのに、崇は例によって引っかかる。自分のせいなのに面倒臭そうな顔をして、バッグからスキットルを取り出すと蓋を開け、検査員のチェックが済むと再び大事そうにしまった。

手荷物検査を無事に（？）パスして、搭乗口へ向かう。

対馬行きは、一番端のゲートだった。かなり遠そうなので、まだ時間は充分すぎるほどあったが、そのまま向かった。搭乗ゲートまでたどり着くと、時間が早いため、乗客の姿は殆ど見えなかった。ガラガラの座席にゆったりと腰を下ろして、奈々たちは搭乗便まで運んでくれる空港バスの到着を、のんびり待つことにした。

「さて、いよいよだな」

昨日こちらに来てから急に対馬行きを決めたのに、崇は意気込む。対馬に渡ることを決心してから、かなり真剣に色々な情報を仕入れ（昨晩も、地酒を一人二合ずつしか飲まずに）夜遅くまで勉強していたようなので、崇にすれば本当にそんな気分なのかも知れない。

「対馬は」早くもスキットルの蓋を開けて一口飲みながら言う。「九州本土より韓国の方が近い。その距離、わずか五十キロメートルというから、韓国からの観光客もとても多く、島中に韓国語——ハングル文字の看板が溢れているそうだ」

「近いとは聞いていましたけど、五十キロメートルだったんですか」

奈々は改めて驚く。

東京から鎌倉までの距離と殆ど変わらない。

それなら当然、観光客の人数に比例するように、ハングル文字の看板も増える。ただでさえ、今や都内でもJRや地下鉄の駅名などが、中国語やハングル文字で併記される流れらしいのだから。

「対馬は」崇は言う。「南北八十二キロ、東西十八キロの細長い島だ。奄美大島《あまみおおしま》より少し小さく淡路島《あわじしま》よりやや大きい、本州も含めてわが国第十位の面積を持つ島だが、その九割ほどが森林で占められており、周囲はほぼ全てリアス式の海岸線に囲まれている。島崎藤村《しまざきとうそん》の『夜明け前』ではないが、対馬の道も殆どが『山の中』だ」

変な喩えをすると、崇は続けた。

「元々は『津島』と記されていたらしい。『津』——つまり港であり、人の集まる場所がある『島』だとね。それが『対《つい》の島』という名称になった。実際に、島の中央付近には大きな湾が深く入り込んでいて、空から見下ろせば、二つの島がかろうじて繋がっているように見えるからね。その『対島』が、やがて『対馬』と表記されるようになった」

だが、と言って崇は奈々を見た。

「対州馬《たいしゅうば》という日本在来の小型の馬はいる。しかし、他の土地のように何頭もの馬を飼う広い土地を持っていない。それなのに『対馬』という名称を戴いている」

「どうしてですか？」

「邪馬台国と一緒だろう」

「ああ……」

邪馬台国や卑弥呼という名は、中国からの蔑称だと聞いた。少なくとも「好字」ではない。とすれば「対馬」も、朝廷からの蔑称ということか——。

「この島の歴史は古く、遥か縄文時代から人が住み始めていたという。事実、縄文・弥生時代の遺跡も多く残っているようだからな。そんな人々は、九州から壱岐、そして対馬へと渡って行ったんだろう。また一方、韓国からも渡来していたと思われる。対馬は雨こそ多いものの、台風にさえ見舞われなければ、温暖で住みやすい気候の地だったからね。そこで、段々と移住する人々が増えていった」

「『魏志倭人伝』にも載っているほどですから」

「その上この島は、日本で初めての『銀』の産出地としても有名なんだ」

「初めての銀！」

驚く奈々の前で、崇は資料を広げた。

「『書紀』天武天皇三年（六七四）三月の条に、こうある。対馬国司守《こくしのかみ》の忍海造《おしぬみのみやつこ》大国《おおくに》が、

『銀《しろかね》始《はじ》めて当国《このくに》に出《い》でたり。即《すなわ》ち貢上《たてまつ》る』

と言って、銀を献上したとね。事実、対馬の玄関口である厳原《いづはら》には、銀を司るといわれる対馬固有の神『諸黒神《もろくろがみ》』を祀っている『銀山神社』や『銀山上《じょう》神社』が鎮座している。そして、産出した銀は、対馬国特産品の調《ちょう》——租税として大宰府に納め

られるようになった」

「当時はそれほど特殊で、全国的にも有名だったんですね」

「但し、産出は明治の頃までだったようだがね。さて――」

崇は言う。

「そんな対馬は、激しい歴史の波に呑み込まれることになる。何と言っても、日本と韓国との国境の島だ。これは、必然的な運命だったろうな。むしろ、平穏な時期の方が少ないほどだ。遥か昔から小競り合いは起こっていたと思われるが、やはり頭に浮かぶのは『白村江《はくそんこう》の戦い』だろう」

「天智天皇……ですね」

「そうだ。天智二年（六六三）に、わが国は天智天皇の命《めい》の下、唐・新羅の連合軍に襲われた百済《くだら》を救うために軍を出したが、連合軍に待ち伏せされ、日本史上に残るほどの大敗を喫した。この時に、以前から百済と行き来していた大将軍の安曇比羅夫《あずみのひらふ》も命を落としてしまった。実はこの頃が安曇族の絶頂期で、一族の大黒柱だった比羅夫を失って以降、彼ら一族は坂を転げ落ちるように衰退してゆく」

「比羅夫って……数年前に行った穂高《ほたか》神社に祀られていた人ですよね」

「その通りだ。毎年、穂高神社で大々的に執り行われる『御船祭《おふねまつり》』の祭神――主人公だな。玄界灘を行く軍船を模した船が各町で曳航され、最後は神社境内で激しくぶつけ合うというこの祭は、まさに白村江の戦いを再現している」

そんな話を何も知らなかった奈々は、とても不思議だった。長野県中部の、海のない山奥に鎮座している穂高神社で、どうして船の祭が執り行われるのか。しかし、この地に逃げてきた安曇族が祀る神が、比羅夫たちのような「海神」であれば、当然「船」や「海」に関係する祭が執り行われる――。

「だがこの戦いの結果」崇は言う。「百済は滅亡し、わが国も連合国の侵攻に備えて『防人《さきもり》』を置かなくてはならなくなってしまった」

主に東国から、わが国の防衛のために徴兵された人々だ。

出立前に彼らが祈りを捧げたという鹿島《かしま》神宮——「志賀島」神宮——に参拝した時に、その話を聞いた。『万葉集』にも、彼らの残した哀切極まりない歌が数多く載っている。というのも、彼らは無理矢理に徴兵された上に、任務を終えるとそのまま放り出されて帰国の途に就かなくてはならなかった。ゆえに、その途中でほぼ全員が餓死してしまい、運の良い人間だけが故郷の東国の土を踏むことができたという。彼らにとっては、文字通り「片道切符」の旅だ……。

「そして、次に起こった大きな事件は」崇は続ける。「寛仁《かんにん》三年（一〇一九）の『刀伊の入寇《といのにゅうこう》』だ。刀伊——中国東北部に住む『女真族《じょしん》』と呼ばれる人々が、五十隻余りの海賊船に乗って対馬・壱岐に来襲し、更には北九州にまで攻め込もうとした。ちなみに、この『寇』という文字は『敵《かたき》』『害を加える』『仇《あだ》』という意味だ。その言葉通り、対馬では百人以上が殺害され、二百人以上が拉致されてしまったという。しかし九州に攻め入った際、大宰府軍に撃退され撤退したものの、およそ半月に及ぶ戦いで、わが国も甚大な被害を被った。一説によれば、命を落とした者は四百人以上ともいわれている」

「当時の日本の人口は何人なのか知りませんけど、かなり大きな被害だったんでしょうね」

「一説では五百万人ともいわれているが、決して少なくはないな。しかし、まだ対馬の戦災は収まらない。ついに文永《ぶんえい》十一年（一二七四）の『文永の役』、その七年後の弘安《こうあん》四年（一二八一）の『弘安の役』——いわゆる『元寇』が起こった」

「鎌倉時代の『蒙古《もうこ》襲来』ですね」

そうだ、と崇は首肯した。

「この『元寇』という言葉は、水戸黄門《みとこうもん》つまり徳川《とくがわ》光圀《みつくに》が初めて使用したとされているが——フビライ率いるモンゴル帝国の軍隊が日本を襲った。これらの戦いは、鎌倉時代の絵巻物にも残されているが、当時としては世界最大規模という八百隻余の艦隊が、日本に押し寄せてきた。特に文永の役では、厳原の小茂田《こもだ》浜で激しい戦闘が繰り広げられたという。対馬の当時の守護代でもあった宗助国《そうすけくに》たちは、元軍一千人に対して、わずか八十人で立ち向かい、一族も含めてその殆どが戦死してしまったといわれている」

「でも……千対八十なんて……」

「だが、彼らが応戦している間に、その報せを博多まで届けることができた。だからその地には『小茂田浜神社』が建立され、現在も彼らの霊を慰める大祭が執り行われているらしい」

無謀な戦い――とは言い切れない。

宗助国たちは、日本の国を護るために自分たちの命を捨てる覚悟を決めたのだろう。そうでなければ、千対八十の戦いに挑みはしない……。

奈々が複雑な気持ちで頷いていると、

「そして」崇は話を続ける。「昨日行った志賀島をも巻き込んで、大きな戦いとなった元寇では、二度とも台風――暴風雨が九州地方を襲い、元軍の船は次々に沈没してしまい、撤退を余儀なくされた。地上戦では、わが国は元軍の戦法の前に惨敗に次ぐ惨敗だったから、実に危ういところだったが、結果的には幸運に恵まれて日本の勝利で幕を下ろした」

その辺りの話は、さすがに知っている。「神風が吹いた」という伝説だ。しかし、そのことが後に「日本は神に護られている国」と思い込み――とんでもない戦いに突入してしまったのも、事実。

「その後も」崇は言う。「室町時代の応永《おうえい》二十六年(一四一九)の、対馬・壱岐を目標とする『応永の外寇』なども起こった。この時は、仁位《にい》浦の奴加岳《ぬかだけ》で一万七千人対六百人という、無謀と思われるほどの戦いが繰り広げられたが、ここも何とか撃退している」

またしても、物凄い戦力の差だ。

運命的に、常に圧倒的不利な状況での戦いを強いられざるを得ないのだろう。そう考えると、対馬の人たちの不屈の精神が窺える。

「功績が認められ、対馬藩主の宗《そう》氏は、豊臣秀吉《とよとみひでよし》や徳川家康《とくがわいえやす》たちから一目置かれた。同時に、この島が日朝交流の重要な拠点でもあったため、度重なる国内の戦乱の中でも、宗氏は秀吉らに土地を安堵されて戦国時代を生き残った」

崇は、ペットボトルのお茶を一口飲んで続ける。

「やがて対馬は、明治四年（一八七一）の廃藩置県の改革や合併後に、長崎県に組み入れられた。戦後ずっと、衣料や食料、そして医療も福岡県に頼っていたため、当初は誰もが福岡県への編入を希望していたようだが、その決議は否決されてしまい、長崎県のままで今に至っているというわけだ」

福岡県が好き嫌い、長崎県が良い悪いというような問題ではなく、他国との戦争だけでなしに、日本国内での政治的な諍いにも巻き込まれてしまっている。対馬は国境の島というだけでなく、さまざまな事件に翻弄されてきた。

それが宿命だと言ってしまえば簡単だが、現実的にはとても言葉では言い表せないような運命を背負って、今存在しているわけだ。

想像もしていなかったような話に奈々が嘆息していると、崇は更に続けた。

「そして近代、明治三十八年（一九〇五）に起こった日本海海戦では、ロシアのバルチック艦隊との主力決戦が対馬沖で勃発する。この戦いは別名を『対馬沖海戦』――『Battle of Tsushima』と呼ばれたが、東郷平八郎《とうごうへいはちろう》を大将とした日本の連合艦隊は、敵の意表を突く作戦によって、この戦に大勝した。しかしその後、第一次世界大戦、第二次世界大戦へと突入してしまい、わが国は『ポツダム宣言』の受諾――つまり、無条件降伏を呑む。そして昭和二十年（一九四五）の終戦――実質上の敗戦後、占領軍であるGHQは、歴史上に照らし合わせて対馬は日本国領土であると認めた。だが韓国には、対馬は自国領だと主張する意見も根強く残っているらしい。何しろ、釜山《プサン》から対馬までフェリーで一時間半だからね。さて――。搭乗受付も始まったようだ」

崇の言葉に奈々が視線を移せば、いつの間にか大勢集まっていた乗客が、ゆっくり立ち上がり、ゲートに向かい始めていた。

ロビーへの到着が少し早すぎたと思ったけれど、崇の長い話を聞くにはちょうど良い時間だった。奈々たちも立ち上がって、搭乗口へと向かった。

チケットをチェックしてゲートを通過し、やって来た空港バスに乗って搭乗便まで移動する。

バスを降りて間近に眺めれば、それほど大きくはない――というより、むしろ小さな――プロペラ機だった。搭乗口までのタラップも十段ほどしかなく、大丈夫なのかと何となくドキドキしてしまうが、崇に言わせれば、プロペラ機の方がジェット機より、エンジンが止まってしまった際の安全性(?)は高いらしい。というのも、プロペラ機はそのまま滑空できるから不時着し易いとのことだが――そんな話を聞いて安心できるわけもない……。

機内のシートは、八割ほど埋まっていた。

奈々たちは、それぞれ狭いシートに座り、カチャリと軽い音を立ててシートベルトを締める。

フライト時間は三十分ということだったが、実際に空を飛んでいる時間は十分程度らしい。本当にあっという間だ。

キャビン・アテンダントが、にこやかな笑顔で機内の説明を始め、飛行機は機体を揺るがすような大きなプロペラ音と共に、ゆっくりと滑走路を走り始めた。

＊

大槻たちは、深夜にいたるまで捜査本部にいた。

日付も変わろうかという頃に、殺害現場の特定とそれに伴って被害者の身元が判明したためだ。

被害者は、現場に落ちていた持ち物その他から、長崎市在住の米倉誠之《よねくらまさゆき》四十二歳。地元の「週刊　NAGASAKI」という雑誌に所属している記者だった。少し離れた場所で、米倉が乗り捨てたと思われるレンタカーも見つかった。空港で借りて、その車であちこちを取材していたらしかった。

その雑誌社に連絡を入れると、まだデスクで仕事をしていた人間が電話に出た。松橋が事件の顚末《てんまつ》を伝えたところ、男性は大あわてで、自分は詳細を認知していないので今すぐ編集長に連絡を取ってみます、という返事だった。

電話を切ってしばらくすると、編集長の金森《かなもり》という男性から、折り返しの連絡が入った。当然、とても驚き声も上擦《うわず》っていたが、確かに米倉は三日前に対馬に渡ったはずだと言う。ぜひ取材許可をくださいと言われて、その余りの熱心さに金森が許可したらしい。

そして一昨日、何かをつかめたようだというメールも届いたと言った。

「それは」松橋は、スピーカーホンに切り替えた電話のこちら側から尋ねる。「どんなメールでした？」

「具体的な話は書かれていませんでした。しかし、この対馬の事件に関して、かなり重要な鍵をつかめそうで、詳細については帰社してから報告します、もう少し突っ込んで調べてから戻りますという内容だったので、委細承知したと返事をしました」

松橋は、大槻たちと視線を交わし、頷き合った。

「もちろん、あなたの手元に」松橋が続けて尋ねる。「そのメールは残っていますね」

「は、はい。会社のパソコンですが」

「では、後ほど改めて確認させてください。あと、どうして米倉さんは、事件にそれほど熱心だったんでしょう。おたくの雑誌は、そういったことをメインに調べていらっしゃるとか？」

いいえ、と冷静さを取り戻した金森は答えた。

「うちでは、その名前の通り長崎県関係のさまざまなニュースを扱っています。『長崎くんち』の際には大きな特集を組みますし、その他にも春になれば各地の桜祭り、八月には精霊流《しょうろうなが》しや灯籠祭、原爆犠牲者慰霊平和祈念式典などと同時に、普段は政治問題や、今回のような社会的事件も扱っていますので、米倉の訴えも、その一環と思って取材許可を下ろしました。彼に関して言えば、対馬へは個人的に釣りや山登り――トレッキングなどで、しばしば出かけていたようですから、個人的に思い入れがあったのかも知れません」

「トレッキング……」

松橋は、昨日の雁谷の言葉を思い出して尋ねる。

「たとえば、鬼瘤山トレッキングとか？」

「さあ……」金森は電話の向こうで首を捻った様子だった。「そこまでは何とも」

「そうですか」

松橋が応え、その後は米倉に関する具体的な話――現住所や家族構成や勤務状況などを聞き、また改めてそちらに伺うことになると思います、と告げて電話を切った。

一夜明け、捜査員たちは活発に意見を交わしていた。

「やはり」松橋は言う。「これらの事件は、全て繋がっていそうですね」

ああ、と大槻は頷いた。

「米倉は、事件の核心に触れるような何かをつかんだ。それを犯人に知られてしまった。そのために襲われ、命を落とした可能性が高い」

「ということは逆に言えば、米倉がつかんだ情報は犯人にとって、その口を塞いでおかなくてはならないほど重要なものだったというわけですね」

「では！」雁谷は身を乗り出した。「やはり彼が魚谷さんに言い残したメッセージも、重要やったということですか」

「だが『最強』あるいは『最凶』。そして『苦行』じゃあ、何の手掛かりにもならんぞ」

首を横に振る大槻を見て、松橋も首を捻る。

「『苦行』は確かに、津州寺などの寺を連想させますが……しかし『最強』は全く不明です。もしかして、対馬弁では？」

「いやあ。そげな方言は、聞いたことありません」

「どちらにしても」大槻は言った。「あの言葉の詮索は後回しだ。被害者が、ただ単に記事のセンセーショナルなタイトルを考えていたとか、最期の昏睡・混乱状態の中で口を突いて出た言葉だったとか――いくらでも可能性は考えられる」

「確かに」

頷く松橋の隣で、

「ばってん」雁谷が言った。「同一犯に襲われたとすると、よくもまあ首を落とされずにすみましたな。いくら小浦――市街地の近くだからといって」

「現場は、小浦と曲の間でしたっけ」

「はあ。具体的な現場は、恵比寿《えびす》さんの祠の側だったようです」

その場所で、大きな血溜まりが発見されたのだ。凶器は見つかっていないものの、事件現場に間違いないだろう。

「やはり」大槻は腕を組む。「あの場所と、鬱蒼とした木々に囲まれた山の中とでは大違いでしょう。市街地近くであれば、犯人にしてみれば一刻も早くその場から立ち去りたかっただろうし、また魚谷さんのように人が通りかかるかも知れない。そんな気配を感じたという可能性もある」

「それで犯人は、被害者の首を落とさずに逃げたちゅうわけですか」

「多量の出血だから、間違いなく命は奪ったと考えたんでしょうな。ところが、その時点で米倉は絶命しておらず、厳原の街を目指して、血塗れのまま這った。もしかするとここの、南署に助けを求めようと思ったのかも知れない」

「まさか、そんな」

「どちらにせよ」大槻は二人を見た。「もう一度、聞き取りが必要だな。まずは、仲村真が近づいていたという香の一人娘の綾女。可能であれば、住職・鵜澤祝《はふり》の奥さんの寿子さんと、一応、母親のキクさんが入っているという介護施設にも足を運んでみるか」

「『やすらぎの苑《その》』ですな」

「長崎の『週刊　NAGASAKI』編集部は？」

「取りあえず県警の人間を行かせて、メールのチェックを依頼しよう。手配してくれ」

「分かりました」

「さて……」

大槻は顎の先を指でつまんだ。

「仲村若子と鵜澤寿子の入院している総合病院から行くか。あくまでも二人の体調次第だが、運が良ければ一緒に話を聞くことができるかも知れない。その帰りに、ダメもとで『やすらぎの苑』にまわって鵜澤キクだ」

「では」雁谷が二人を見た。「念のために連絡を取って確認してみますけん、少々お待ちを」

そう言うと、急いで部屋を飛び出す。


しばらくして。

大槻たちが資料に目を通していると、雁谷は息を切らしながら戻って来て告げた。

「総合病院は、少し時間をいただければ問題なかとのことでした。しかし、やはり『やすらぎの苑』の鵜澤キクの方は、おそらく無駄足になってしまうのではなかかと――」

いや、と大槻は言う。

「現状、ここまで来てるんだ。折角だから、立ち寄ってみよう」

その言葉に松橋と雁谷は「はいっ」と大きく応え、三人は部屋を出た。

《寒流》

トゥーメには、トゥーメには
バラの花が咲いている、
血のように赤いバラが。

奈々たちを乗せた機体は、朝日に輝く壱岐《いき》島や、美しいリアス式海岸を眼下にして約三十分——実質十分のフライトを終えると、対馬空港に着陸した。

この空港は、昭和三十八年（一九六三）に建設計画が立てられたものの、その後さまざまな紆余《うよ》曲《きょく》折《せつ》を経て、十二年後の昭和五十年（一九七五）に、ようやく開港したという。どことなく複雑そうな歴史を持っている。

二階建ての小さな空港ロビーには、歓迎の看板や対馬の案内図と共に、国の天然記念物の「ツシマヤマネコ」の可愛らしい写真やイラストがたくさん飾られていた。

この「ツシマヤマネコ」は、沖縄・西表島《いりおもてじま》だけに生息している「イリオモテヤマネコ」同様に、わが国では対馬だけに生息している、やはり同じく絶滅危惧種に指定されている、とても貴重な山猫なのだという。一見、普通の茶ネズと白の縞模様の猫だが「イリオモテヤマネコ」のように精悍《せいかん》そうな印象ではなく、むしろ少しおっとりしていて、何となく淋しそうな顔つきをしている——と奈々は感じた。

奈々たちは到着ロビーを出ると、すぐにタクシー乗り場へと向かう。色々とまわってもらわなくてはならないので、時間で借り切ることにして、

「取りあえず北に上がって、木坂《きさか》の海神《かいじん》神社へお願いします」崇は言った。「その後で、仁位《にい》の和多都《わたづ》

美神社《み》、というように南に下りてきてください。その後で、もう何ヵ所かまわりたいので」

「承知しました」

運転手が応えたので、奈々は崇に「そこは遠いんですか？」と尋ねたが、

「大したことなかです」代わりに運転手が答えた。

「一時間もあれば着けるでしょ」

「片道で一時間！」

奈々は驚いたが、運転手は言う。

「もっと北の西泊《にしどまり》海水浴場までの半分もなかばってん、どうちゅうこともなかですよ。ただ、くねった山道を飛ばしますけん、注意しとってな」

「は、はい……」

奈々がシートベルトをしっかり締める姿をバックミラー越しに確認すると、運転手はアクセルを踏み込んだ。

いきなり坂を下る。空港は、かなり高台にあったようだ。いわゆる「山岳空港」だ。少し広い道路に突き当たると、タクシーは大きく左に曲がり——というより、今やって来た方向へと戻るように百八十度近く回って、片側一車線の道を走る。

すぐに道は両側を林に囲まれ、それが途切れた空間には遠く山が見えた。時折、開けた空間には民家が建っているが、またすぐに木々や崖がそそり立つ道に戻った。

やがて景色が大きく開け、美しいリアス式海岸沿いの道を走ると、前方に朱塗りの大きなアーチ橋が見えた。

「万関橋《まんぜきばし》ですばい」

運転手が、チラリと外を見て説明してくれた。

「明治三十三年（一九〇〇）に、日本海軍が浅茅湾《あそう》から長崎の軍港の佐世保《させぼ》へ直接行き来できるように、人工の瀬戸を造りましてね。その上に架けたのが、長さ二百十メートルのこの橋で、今は上島《かみじま》と下島《しもじま》を結ぶランドマーク……ちゅうんですか。それになっとります」

確かに立派で大きな橋だ。海面からの高さも、二、三十メートルはあるのではないか。目を丸くしながら眺めていると、あっという間に車は橋を渡り終え、再び遥か左右に海を眺める山道に入った。

「この近くの鴨居瀬《かもいせ》に、住吉《すみよし》神社ちゅう古い社もありますが、こちらも後で良いですか？」

尋ねる運転手に崇は、

「はい。帰りに寄ってください」と、時計を眺めながら答えた。「ちょうどお昼を挟むと思うので、その後に鴨居瀬・住吉神社と、そして小船越《こふなこし》の阿麻氐留《あまてる》神社も」

この「小船越」は、今の万関橋のある「大《おお》船越」が誕生するまで、島の東西の行き来の場になっていたそうだ。といっても瀬戸ではなく、細い陸地だったという。その地を越えて船を運び、あるいは港で船を乗り換えて往来していたので「船越」という名前がついたと、崇は奈々に説明した。

「阿麻氐留さんとは」運転手は、その言葉にまたしても感心したように応えた。「また随分と珍しい神社も行かれますなあ。とっても小さな神社やけど」

「本来であれば、厳原の『オヒデリ様』も行ってみたいんですが、さすがに時間的に無理だと思うので、せめてこちらだけでも」

「おひでりさま？」

尋ねる奈々に、崇は答える。

「何度も言うように『アマテル』は男性の太陽神だ。女性神である『アマテラス』と混同されがちだ。――というより、わざと混同させられている部分もあるが、こちらの阿麻氐留も当然、男性神だ。そしてここには、阿麻氐留の后神と思われる女性神の『オヒデリ』という名の神が存在しているらしい。しかし、下島の西の端の阿連《あれ》という地に祀られているそうだから、こちらから行くとなると白嶽《しらたけ》という山を越えなくてはならない」

「白嶽は少し険しい山でして、トレッキングなんかのコースになっとります。ああ、そうだ」運転手は言う。「そういえば、この間、あの山の近くで、何やら物騒な事件が起こった言いよって、確か長崎県警が――」

「ということで」崇が運転手の言葉を遮った。「山越えはとても無理だから、今回は阿麻氏留神のみで許してもらいます」

「それでは一旦、和多都美神社も通り過ぎて、このまま海神神社に向かいます」運転手がバックミラーを覗き込む。「しかし、お客さんは色々調べてまわっておられるようなんで、折角ですから、ちょっと珍《めずら》しか物をご覧に入れましょ」

と言うと、山道を少し登った所で車を停めた。

「これですばい」

言われて奈々が窓から道端を覗き込むと、そこには円筒形の上部を斜めに斬り落としたような（太い竹槍の先のような）形の白い石の道標が立っていた。まだ新しそうな碑だったが、斜めの部分には対馬と思われる図が描かれ、その下の柱の部分には「対馬のへそ地」と刻まれている。

崇が運転手と共に車を降りたので、奈々もその後ろに続く。

「伊能忠敬《いのうただたか》をご存知でしょ」

ええ、と崇は答える。

「江戸後期の地理学者で、五十歳半ばを過ぎてから全国を測量して歩き、日本初の測量地図を作成した人物ですね。しかもその地図は現在見ても、実に細かい所までほぼ正確だという」

「はいはい」運転手は言った。「その忠敬さんが、最後に測量したのが、ここ対馬だったと言われとるんです。その測量の結果、この辺りを対馬の中心と定めまして」

「そうなんですか！」

石碑を見下ろしながら驚く奈々に、運転手は笑いながら言う。

「いや、本当はもう少しこの山の奥なんだそうです。でも、それじゃ誰も気がつかんだろうち、この国道沿いに碑を造ったちゅうわけです」

　しかし――。

　タクシーは、ここまで左右にうねった長い山道を走ってきた。当然、当時は泥や草だらけの獣道だったろう。忠敬たちはその道を何日も、いや何ヵ月もかけて徒歩で測量したのだ。考えるだけで、気が遠くなってしまう……。

「ほう」車が走り出すと、崇は膝の上に広げた地図に視線を落として運転手に言った。「この辺りには、恵比寿神社がいくつかあるんですね」

　はあ、と運転手はハンドルを握って答える。

「恵比寿さん言うたら、海の神様で守り神様、大漁の神様ですから、この島には、ようけあります。この近くにも二つ三つありましたかね。調べて寄りましょか」

「なるほど……」

　何か思う所があったのだろうか、崇はそれだけ言うと口を閉ざしてしまった。

　やがて、

「はい、到着しました」

　運転手は言って、車を海神神社前に停めた。

　実は、大きくうねる坂道で少し車酔いしてしまっていた奈々は、ホッとしながらタクシーを降りる。大きく深呼吸すると、美味しく澄んだ空気が胸に流れ込んできた。

　広場のような境内を前にすると、石造りの立派な明神鳥居があり、その脇には「国幣中社　海神神社」と刻まれた社号標があった。しかし、鳥居の額束には「水」の文字の上に「毎」が載っていて「海」という文字を表しているらしく、

「𣴎神神社」

　と刻まれている。まるで古代文字（？）のようで不思議な感じを受ける。それを眺めながら境内を進むと、辺り一面は誰もいない公園のようで、鳥居が何基か見えるのと手水舎の存在だけが、この場所が

神社だと教えてくれていた。

奈々は、その先の由緒板に目を落とす。

「主神　豊玉媛命《とよたまひめ》
合殿　彦火火出見尊《ひこほほでみ》
　　　鵜茅葺不合尊《うがやふきあえず》
外二神
この外に摂社・末社十七座
本社は、延喜式神名帳所載、対馬上県郡の名神大社、和多都美神社に比定され、神功皇后の旗八流を納めた所として八幡本宮と号し、対馬国一ノ宮と称されたもので、明治四年に海神神社と改称、国幣中社に列せられた」

——云々。

〝対馬国の一の宮……〟

それにしては、余りにも閑散としている。もちろん、神事や祭の日は違うのだろうけれど、境内には今、奈々たち二人しかいない。他県の一の宮——たとえば島根の出雲大社とか、長野の諏訪大社とか、京都の上賀茂・下鴨神社などとは、比べるまでもなく静かだ。しかし一方、そのために何かとても厳かな雰囲気に包まれているのも事実。

奈々は再び祭神の名前に目を落として、

「豊玉姫命……」

思わず呟くと、

「豊玉姫命は、昨日の和布刈《めかり》神社でも登場したな」

「そう……でしたっけ」

「刈ったばかりの和布《わかめ》を捧げる神だ」

「ああ」

そう言われれば、そのような気も——。

何となく思い出した奈々に向かって、崇は言う。

「豊玉姫命は、海神・豊玉彦の娘と言われている。弟神には、安曇氏の祖神で穂高神社祭神になっている、穂高見命――宇都志日金折命《うつしひがなさく》。妹神には、玉依《たまより》姫《ひめ》命がいる。その豊玉姫命は、天孫・瓊瓊杵《ににぎ》尊の子である彦火火出見尊――火遠理《ほおり》命――『山幸彦《やまさちひこ》』と結婚して、彦波瀲武鸕鶿草葺不合《ひこなぎさたけうがやふきあえず》尊を生んだ。その鸕鶿草葺不合尊が、妹神の玉依姫と結ばれて『神《かん》日本磐余彦《やまといわれひこ》命』――神武天皇がお生まれになったのだという。ちなみに、山幸彦の兄である『海幸彦《うみさちひこ》』は、隼人の祖神といわれている」

　言葉で説明されると、何が何だか分からなくなり、頭の中のニューロンがこんがらがってしまいそうだが、図にすればつまりこういうこと。

　鸕鶿草葺不合尊が自分の叔母である玉依姫と結婚する……という点に関しては、時代を考慮すれば別に不思議でも何でもない。そこに引っかからなければ――そして、神様の名前をサラリと読み流してしまえば――むしろ分かりやすい系図だ。

「だから宗教学者の島田裕巳《しまだひろみ》は、『天』と『地』――この場合は『海』でもあるが――の神が、

『合わさることで、天皇が生まれるという物語』

　であり、

『こうした神々の結婚は日本だけではなく、世界の神話にも見ることができます。それが「ヒエロス・ガモス（聖なる結婚）」と言われるもので、世界を創造した天の神と地母神《ちぼしん》が結婚する物語』

　なのだと言っている」

　確かに天皇家の祖神は、二代にわたって「海神」の娘神を娶っている。それが「聖なる結婚」ということになるのか……。

「この神社は」崇がつけ加えた。「そこにも書かれているように、神功皇后が旗を八旒《りゅう》――八本納めたところから『八幡（旗）』で、八幡宮発祥の地ともいわれている」

「八幡宮発祥の地！」

「全国四万四千余社の八幡宮の総本社は、現在もちろん大分県・宇佐八幡宮だ。しかし、宇佐神宮創建の五〇〇年代以前に、こちらの社は創建されて遷座

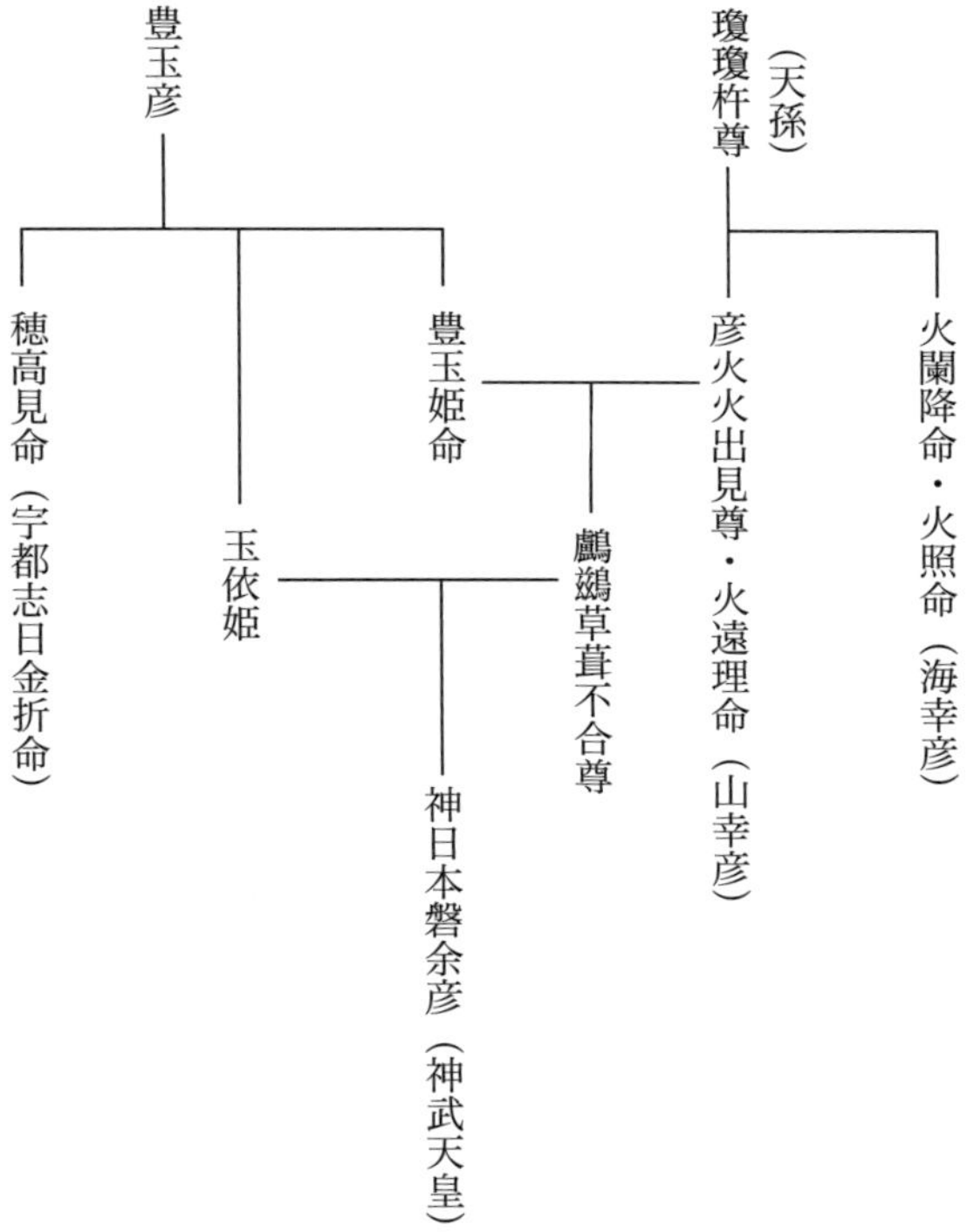
（天孫）
瓊瓊杵尊
火闌降命・火照命（海幸彦）
彦火火出見尊・火遠理命（山幸彦）
豊玉彦
豊玉姫命
玉依姫
穂高見命（宇都志日金折命）
鸕鷀草葺不合尊
神日本磐余彦（神武天皇）

し、その地名を取って『木坂八幡宮』と称したという。だから、神功皇后が三韓征伐の帰途に旗を納めたという伝説が真実ならば、年代的にこちらの方が古くから存在していたことになる」

なるほど、と奈々は納得する。

しかし、どちらにしてもかなり古く、由緒正しい神社であることに間違いはない。

やがて、と崇は続けた。

「明治になって――その理由は不明だが――現在の『海神神社』に改称された。しかし『海神』は『わたつみ』と読めるから、次に参拝する予定の『和多《わた》都美《づみ》神社』と混同されてしまわぬように、読みを『かいじん』としたという」

神社の遷座や改称は、いつもの話だ。

我々は、歴史ある古い神社と聞くと、太古からそのままの状態で存続しているのだろうと勝手に思い込んでしまうが、殆どの社は、それぞれ祭神の交替や遷座を繰り返して、現在に至っている。


その最も大きな理由としては、明治維新と太平洋戦争敗戦だろうが、その他にも――常陸《ひたち》国「東国三社」で見てきたように――さまざまな理由によって、その姿を変えている……。


奈々たちは、段差の違う危うい石段を登る。

今度は、目の前に注連縄が張り巡らされた大きな岩が出現した。ここから石段は直角に左に折れ、その頂角の部分にその岩はあった。何か謂われがあるのだろうかと思って崇に尋ねると、

「何か不思議な『気』を備えている岩だそうだ」崇は苦笑して答える。「俺には分からないが」

いわゆる「パワースポット」ということなのだろうか。奈々もそういった感覚を持ち合わせていないので何とも言えないが、岩の周辺は一種独特な清々しい雰囲気に包まれていることは間違いなかった。優しいけれど凜としていて、思わず居住まいを正してしまうような感覚……。

二人は更に石段を百段ほど登って狭い踊り場に到達すると、なおも七十段ほど。またしても鳥居をくぐって、最後の六十余段の石段を登った。低い小さな物までカウントすれば、結局三百段ほどの石段を登り切ったことになるのではないか。

そしてようやく二人の前に、立派な拝殿が姿を現した。拝殿と言うよりは舞殿《まいどの》に近いから、おそらくここで何らかの祭や神事が斎行されるのだろう。その奥には年季が入った本殿が、その脇には小さな摂社が五、六社並んで鎮座しており、それぞれの額には、殆ど判読不可能になってしまっている文字で「天道神」「今宮神」「貴船」などと書かれていた。

本殿背後に鬱蒼と茂る深い杜《もり》を眺めていると、

「この社叢《しゃそう》は」と崇が言った。「伊豆山《いずさん》と呼ばれる山の一部で、古来、斧を入れてはいけない原生林だそうだ。現在は天然記念物に指定されている」

それで、先ほどの岩の周囲といい、どこか厳《おごそ》かな雰囲気を醸し出していたのだろう。同じ「天然記念物」である「ツシマヤマネコ」も、ここに生息しているのか。

「伊豆山は」崇は続ける。「神が『厳《いっ》く』山という意味で名づけられたと言われているが、おそらく『嚴島《いつくしま》』と同じ意味を持っているんだろう」

「『居着《いつ》く』――そこに居ろ、という意味ですね」

そうだ、と崇は頷く。

「継体《けいたい》天皇の時代、常陸国の夜刀《やと》神たちが山に『祭り上げ』られて、そこを降りるな――その場所に居着けと命じられたようなものだな。また『いず』の『い』には『夷《えびす》』という意味もある。この文字は『大』きな『弓』を持った辺境の人々を表していて『夷衆《いず》』と呼ばれていた。まさに海神や隼人たちのことだな」

そういうことだ。「出雲《いずも》」の「出《いず》」だ……。

帰りの参道を下りながら先ほどの岩を再び眺めると――気のせいとは思うけれど――その背後に広がる原生林に「何者か」が、今も棲まわれているように感じる。

　足下に気を配って下りながら、崇は言う。

「この地域には『ヤクマ祭り』という祭事が残っている。毎年、旧六月の初午《はつうま》の日に地元の人々が海岸に集まって石を拾い集めて積み、『ヤクマ』と呼ばれる人間の背丈を超えるほどの高さの三角錐の塔を拵えるんだ。その『ヤクマ』に御幣を差し、酒を撒いて、伊豆山の方角に向かって拝礼する。これは一種の天道信仰——太陽信仰であり、同時に母子信仰でもあるといわれている。昔に比べれば、規模こそ小さくなりつつあるようだが、現在もきちんと行われているようだ」

「やはり、太陽信仰なんですね……」

「アマテル・アマテラス神のね」

　崇は頷くと、二人は再びタクシーに乗り込んだ。

　次は、和多都美神社だ。


　タクシーが、先ほど通った山道を南へと下り始めると、崇が口を開いた。

「次の和多都美神社の祭神も、やはり彦火火出見尊と豊玉姫命だ。今も言ったように、この彦火火出見尊はいわゆる『山幸彦《やまさちひこ》』で、彼の兄の火照命《ほでり》は『海《うみ》幸《さち》彦』。彼らの話は、知っているだろう」

　はい、と奈々は頷く。

「『海幸山幸《うみさちやまさち》』ですね。兄の大事な釣り針をなくしてしまった弟の山幸彦が、竜宮城まで探しに行ったという……」

「まさに、その竜宮城のモデルとなった場所こそが、次の和多都美神社だといわれているんだ」

「えっ」

　驚く奈々と、無言のまま大きく頷いている運転手を眺めながら、崇は、

「一応『海幸山幸伝説』を振り返っておこう。もともとはインド辺りから来た伝説というし、厳密に言えば『古事記』『日本書紀』『御伽草子』などで細かく異なるが、今は最もオーソドックスと思われる話

をしておこう」

そう言うと、奈々に向かって話し始めた——。


遠い昔、この国に二人の兄弟がいた。

兄の火照命——あるいは火闌降命《ほすそり》——の海幸彦には、海に出て魚を取る「海の幸」が備わっていた。また、弟の火遠理命《ほおり》——あるいは彦火火出見尊——の山幸彦には、山に行って鳥獣を射る「山の幸」が備わっていた。

ある日、二人はそれぞれの道具を取り換えて漁や狩猟を試みたが、どちらも一向に獲物を得ることができなかった。そこで海幸彦は山幸彦に弓矢を返し、自分の釣り針を渡すように言った。しかし山幸彦は慣れない釣りで、兄から預かった釣り針をなくしてしまっていた。

そこで山幸彦は、代わりの新しい針を作って返そうとしたが、海幸彦は怒って受け取ろうとせず、元の自分の釣り針でなくては決して許さないと言い張った。

山幸彦は仕方なく自分が所持していた十拳剣《とつかのつるぎ》を潰し、千もの新しい釣り針を作って農具——箕《み》の中に山盛りにして返そうとしたが、それでも海幸彦の怒りは収まらず、山幸彦の謝罪を拒んだ。絶望した山幸彦は、浜辺で海を見つめて嘆き苦しむ。

するとそこに、海神の「塩筒老翁《しおつちおじ》（塩椎神）」がやってきた。事の一部始終を聞いた塩筒老翁は「それでは、私が策を立てて差し上げましょう」と言い、すぐに竹を細かい目に編んだ無目籠《まなしかたま》を作り、彦火火出見尊をその中に入れて海に沈めた——あるいは、小舟に乗せて海に沈めた。

山幸彦は、いつの間にか眺めの良い浜辺に辿り着き、海神《わたつみ》の宮殿にたどり着く。その宮殿はこの世の物とは思えないほど立派で大きな高楼が照り輝き、門の前には畔《ほとり》で桂の樹が枝葉を茂らせている涼しげな泉があった。呆然とその木の下に佇んでいると、一人の乙女が泉の水を汲みにやって来た。

その乙女こそ竜宮城の主《あるじ》である豊玉彦《とよたまひこ》の娘、豊玉姫命だった。

彼の姿を一目見た豊玉姫命は宮殿の中へ走り帰り、両親に「立派なお客さまがいらっしゃいました」と告げた。それを聞いた父の豊玉彦は、丁重に宮殿に迎え入れた。山幸彦が、ここまでやって来た理由を説明すると、豊玉彦は海中の魚という魚を呼び集め、失くした釣り針を知っている者はいないかと尋ねた。誰もが「知らない」と答えたが、鯛のアカメ（赤鯛）だけが病気でやって来ていなかった。

そこで豊玉彦は、アカメを無理矢理に呼び寄せると、その口の中に釣り針が刺さっているのを見つけた。まさにそれは、海幸彦の釣り針で、なくしてしまった釣り針を無事に取り戻すことができた。

その後、山幸彦は豊玉姫命と結婚し、三年もの間、宮殿に滞在した。

そこでの暮らしはもちろん楽しかったが、やはり山幸彦は望郷の思いを抑えることができなくなる。豊玉姫もそれを感じて父に告げると、その話を聞いた豊玉彦は「故郷までお送りしましょう」と言い、鯛の口から取り出した釣り針を手渡しながら、山幸彦に向かって教えた。

「この針をお兄さんに返す時には『貧針《まじち》』と呼んで、兄の幸を奪い取り、手を後ろに回してお渡しなさい。そしてお兄さんが高い土地に田を作ったなら、あなたは低い土地に。低い土地に作ったなら、あなたは高い土地に作りなさい」

と忠告する。そして、潮満瓊《しおみつたま》（潮盈珠）と潮涸瓊《しおひるたま》（潮乾珠《しおふるたま》）の二つの玉を手渡して、

「潮満瓊を海の水に浸せば、潮が満ちてきます。お兄さんが抵抗したら溺れさせてしまいなさい。その後で哀れみを乞うようなら、今度は潮涸瓊を水につけて潮を引かせて助けてやりなさい。そうすれば、お兄さんはあなたに従うようになるでしょう」

と告げた――。

〝和布刈神社で聞いた。『満珠・干珠』の話だ〟

あちらでは、安曇磯良《いそら》が、神功皇后に与えたことになっていたが、しかしどちらにしても、これらは「海神」たちの宝だったことになる……。

先ほど通ってきた「対馬のへそ」を窓の外に眺めながら心の中で納得していると、崇は続けた。


山幸彦は故郷に帰ると、豊玉彦から教わった通りのことをしたので、兄の海幸彦は散々に痛めつけられてしまい、

「私は過ちを犯した。今後はあなたの子孫の末々まで、あなたのための俳人《わざひと》・俳優《わざおぎ》となりましょう」

と言って哀れみを乞うた。

この「俳人」「俳優」というのは「滑稽で面白おかしい身振り手振りで歌い舞い、見ている人々を楽しませる人」のことである。

更に海幸彦は、

「これからは、狗人《いぬびと》として仕えます。どうか哀れんで下さい」

とまで言った。

そこで海幸彦の後裔である「隼人」たちは代々、天皇家となった山幸彦の子孫のため、現在に至るまで側を離れることなく、怪しい者に対して吠える犬の役をしてお仕えしている。

この行為が「吠《ほ》ゆる狗《いぬ》」いわゆる「狗吠《くはい》」の始まりとなったのである——。


「ちなみに」と崇は書紀のページを開いた。「この『俳優』の部分は『神代下第十段一書第四《あるふみ》』などには、こう書かれている。

『是に、兄（海幸彦）、著犢鼻《たふさき》して、赭《そおに》を以て掌《たなうら》に塗り、面《おもて》に塗りて、其の弟《おとのみこと》に告《もう》して曰《もう》さく、「吾、身を汚すこと此《かく》の如し。永《ひたぶる》に汝《いまし》の俳優者《わざおきひと》たらむ」とまうす』

——海幸彦は褌《ふんどし》をして、赤土を手のひらと顔に塗ると弟の山幸彦に向かって『私は、このようにして

身を汚しました。今から永久にあなたの俳優者になりましょう』と言った、とね。その後で、足をあげて辺りを踏み回り、更に海に溺れ苦しむ卑屈な舞を面白おかしく演じて、山幸彦への永遠の忠誠を誓ったので、彼は兄・海幸彦を赦した――。

この辺りの伝承に関して岡本雅享《おかもとまさたか》は、こう書いている。

『大嘗祭などの折、隼人が朝廷で演じた「隼人舞」は、海幸彦が山幸彦に服従を誓った時に、掌と顔面に赤い土を塗って、水に溺れる様を演じたのが起こりとされる。隼人舞は、隼人たちが両手にもつ楯・槍を天皇の前で伏せることによって、服属の姿を再現してみせる服属儀礼が芸能化されたものともいわれる』

――と。つまり、この話は『海幸彦の隼人が、山幸彦の天皇家――朝廷』に服従したという逸話だ。だからこれらの卑屈な舞や行為も、海幸彦が進んで行ったというよりは、むしろ強制されたと考える方が妥当だろうな。だから沢史生《さわしせい》も、

『王権に服属させられたハヤトは、隼人司に管轄され、朝廷に上番して宮門の警固や獄吏・密偵などに使われた。また朝廷の儀式のさいには、犬の遠吠えのマネをさせられた。さらに隼人舞を奉仕するときは、ハヤトの遠祖・海幸彦が山幸彦（天皇王権）に降り、フンドシひとつで卑屈に命乞いするさまを演じさせられもしたのである。（中略）頑強に抵抗したハヤトに対する王権の憎悪が露骨に感じられる』

――と言っている」

〝確かに……〟

そういうことだろう。

しかし、奈々は首を捻りながら、

「それにしても」崇に尋ねた。「以前にはあれほど威張っていた海幸彦が、一転して媚びへつらうというのもおかしいですよね。何も、自分の弟に対してそこまで卑屈になる必要もないんじゃないですか。しかも山幸彦は釣り針をすでに手に入れていたにも

かかわらず、すぐに兄に返しに行こうともせずに、三年もの間、ずっと竜宮城で楽しく暮らしていたんですから」

「それはそうだ……」

「それなのに、突然戻って来たかと思うと、兄の海幸彦と激しく争い始めた——というより、自ら戦いを挑んだ。そのきっかけはともかく、物語の前半と後半——竜宮城に行く前と、帰って来てからとで、山幸彦の性格が大きく変わってしまっています。それまでは兄に従順な弟だったけれど、突然、兄との対決すら辞さない人間になってしまった」

「確かに、論理的ではないな」崇は、ゆっくりと首肯した。「何か意味があるかも知れない……。改めて後でじっくり考えてみよう。うん、実に面白い」

崇にそこまで言われてしまうと……それ程のことを言ったつもりはなかった（単なる思いつきで口にした）奈々は、かえって戸惑ってしまった——。

この「海幸彦山幸彦伝説」は、思っている以上に奥が深い話なのかも知れない。「竜宮城」などが登場してくると「浦島太郎」伝説も思い起こさせられる。そういえば「亀」が登場するではないか。

「その後」と崇は続けた。「豊玉姫命は竜宮城で懐妊したが、天神である山幸彦の子を海中で産むわけにはいかず、陸に上がって来た。そして山幸彦に向かい、

『私は今晩、子を産みますが、決して御覧にならないでください』

と念を押して産屋《うぶや》に入ったが、その屋根に萱草《かやくさ》代わりの——安産のお守りともいわれている鵜《う》の羽根を葺《ふ》き終えないうちに産気づいた」

「鵜の羽根ですか」

海神——つまり安曇族や隼人たちを象徴する「鵜」だ……。

「とても怪しい部分だな」

崇は、奈々を見て笑うと続ける。

「そう言われた山幸彦は、逆に不思議に思い、櫛の

先に火を点《つ》けて産屋を覗いてしまう。するとそこには、大きな鰐——八尋《やひろ》の大和邇《おおわに》——が大蛇の如くうねっていた。その姿を見られたことを恥じた豊玉姫命は、生まれた子を置いて海へと帰ってしまった。そのため、その時に生まれた御子を『鸕鷀草葺不合《うがやふきあえず》尊』と呼ぶ。鵜の羽根で屋根を葺くのに、まだ葺き終わらぬうちに生まれたという意味——というわけだ。ちなみに、この『櫛の先に火を点けて覗く』という行為も、とても怪しいんだ。というのは、伊弉《いざ》諾《なぎ》尊が、黄泉国《よみのくに》に行ってしまった伊弉冉《いざなみ》尊の姿を、やはり櫛の歯に灯を点して覗き見た。そして伊弉諾尊は、怒った伊弉冉尊に襲われて必死に逃げ帰ることになる」

「なるほど……」

奈々が納得していると、一本道の向こうに跨《また》がって立つ、大きな朱塗りの鳥居が姿を現した。しかしこの鳥居は和多都美神社のものではなく、この先にある「神話の里」という自然公園キャンプ場の入り口を示しているらしかった。

タクシーは鳥居をくぐって進む。道は大きく曲がり、その先に、和多都美神社が姿を現した。

＊

朝一番で鳴った携帯の着信ディスプレイを覗くと「片山悟朗《かたやまごろう》」とあった。

その名前を見た小松崎良平《こまつざきりょうへい》は、訝しむ。

随分昔、何度か一緒に仕事をしたことのあるジャーナリストで、現在は確か長崎県に本社を置く「週刊 NAGASAKI」の社会部記者になっている男ではなかったか。年齢は小松崎より五、六歳下のはず。

山のように資料が積まれた机の前で「もしもし」と出ると、

「お久しぶりです。片山です。今、ちょっと良かですか」

朝っぱらから元気な声だが少し上擦って、何か焦っているようにも感じる。

「おお。元気でやってるか」

「はい」

と言って片山は、相変わらず「週刊　NAGASAKI」でこき使われて大変だ……などという近況を伝えた。

「俺の方は相変わらずだが――それで」小松崎は椅子に座り直して尋ねる。「どうしたんだ、急に」

はい、と片山は答える。

「最近、長崎・対馬で起こっている事件なんすけど、何か聞いてますか」

「首なし死体が、続けて発見された事件か」小松崎は答える。「テレビのニュースや新聞記事程度なら、知ってる。随分とまた陰惨な事件みたいだが」

「そうなんす」

片山は、一つ嘆息して説明する。

先月の半ばに、皮袋に入れられた、対馬在住の仲村真、四十八歳の首なし死体が、対馬・美津島《みつしま》町の鹿谷《ししたに》川沿いで発見された。

続いて今月、やはり対馬の津州《つしゅう》寺という寺の住職・鵜澤祝《うざわはふり》七十二歳の首なし死体が、空港近くの鶏知《けち》の浜に打ち上げられていた小舟の中で、発見された――。

「酷い事件だ」小松崎は鼻を鳴らす。「俺も興味があったから、できれば取材したいと思っていた。そうか、長崎には片山がいたんだっけな」

「その通りです」片山は言った。「それで、自分の直属の上司の米倉《よねくら》さんという方が、取材に行かれました。対馬には何度も遊びに行ったことがあるから、詳しいということで」

「確かに、そっちからは近い」

「飛行機で三十五分すから。ところが米倉さんは、取材半ばで亡くなられてしまって……。しかも」声をひそめる。「殺されたとです」

「何だと」

「県警の話によりますと――」

と言って、片山は説明する。

おそらく、この一連の事件に関する重要な情報をつかんだらしい。実際に、編集長のもとにも、そんなメールが届いていた。しかし、それを犯人らしき人間に感づかれてしまい、そのために襲われ殺害されたのではないか――と。

「やっぱり首を落とされていたのか」

「皆にそう訊かれるんすが……そんなことはなく。ただ、かなり酷くやられたようで、全身血塗れだったと」

「そいつは……大変な話だな」

しかも、と片山は声のトーンを落とした。

「米倉さんは、亡くなる寸前にメッセージを残されとったようなんす」

「何だとお。それは？」

「『さいきょう』、そして『くぎょう』……」

「はあ？　どういうこった」

「全く何もかも」片山は脱力したように答える。

「県警も、これに関して何も言いようらんとです。それで、小松崎さんに何かアドバイスをいただけたらと思いまして。小松崎さんの名前は、我々の間では有名ですから。事件解決の実績も、たくさん残されていますし」

「それは、俺じゃねえよ。知人の男の功績だ」

「しかし、警視庁の警部さんのご親戚でもあると」

「岩築《がんちく》の叔父貴か」

岩築竹松《たけまつ》――。

警視庁捜査一課でも、江戸っ子叩き上げ頑固警部として知られている。事件の取材の件でも、小松崎と良く衝突していた。しかし、何故かとても気が合って仲は良い。但し二人とも生粋の江戸っ子なので、酒を飲みながら楽しく語り合っていると、周囲からは喧嘩しているように見えて、しばしば心配される。

「だが、警視庁という名前も善《よ》し悪《あ》しでな。地方の警察には、かえって煙たがられることもある。それに、叔父貴に関して言えば、もう定年間近のロートルだ」

「そんなこともなかとでしょう。とにかく、小松崎さんに事件解決の実績があるのは事実です」

「だから、それは俺じゃなく、俺の知ってる男が得意なんだ」

「じゃ、ぜひその方にもご連絡を」

「だが、そいつは実に変人でな。こういった警察絡みの事件は、余り好きじゃねえみたいなんだ」

「事件解決が得意なのに、好きじゃないってどういうことすか？」

「他人と関わるのが、面倒臭いんだろうよ」

「……何の仕事をされとる人なんすか。探偵さんなんじゃなかとですか」

「漢方薬剤師だ」

「は？」

「そこら辺に生えてる草や木の皮を、量り売りしてるんだ」

「人と関わってるじゃないすか」

「その通りだが……とにかく、色々と複雑怪奇、魑《ち》魅《み》魍魎《もうりょう》な男なんだよ」

小松崎は苦笑して、

「分かった」片山に言った。「今言ったように、俺も個人的に興味がある事件だし、おまえの上司まで巻き込まれちまってるんじゃ大変だ。俺で良けりゃ、協力しよう」

「本当すか！　ありがとうございます」

「そっちでは、自由に動けるか？」

「ある程度は大丈夫です。さすがに対馬に知り合いはいませんけど、仕事上、長崎県警には顔見知りが何人もおります」

「じゃあ、その男——タタルにも連絡を入れてみよう。もしかすると、間違って興味を持つかも知れないからな」

「タタル？」

そこで小松崎は、その呼び名の由来に関して一通り説明する。

「本名は、桑原さんとおっしゃるとですね」

「そうだ。『くわばら・たたる』っていう名前からして、こういった事件には持って来いの男だ」

何が「持って来い」なのかは良く分からなかったが、小松崎は笑い、現地到着以降の細かい打ち合わせを終えた。

今回もまた、面倒な事件の臭いがする。

幸い今は、急ぎの案件が入っていないから、それだけは幸運だった。だがおそらく、一泊二泊の旅になるだろうから、妻の沙織《さおり》に家を頼むと同時に、沙織の姉の奈々と連絡を取って、崇をつかまえてもらう。生憎《あいにく》と連休だから、二人してどこかに出かけているかも知れないが、何とか話をつける。

そう決心して小松崎は、長崎・対馬行きの準備を始めた。

＊

和多都美神社前で車を降りると、まず目に留まったのは海中鳥居——海の中に立つ鳥居だった。

話に出たばかりの、神が居着く島——嚴島神社の大鳥居と同じように、海の上に鳥居が見える。

但し嚴島神社ほど大きくもなく朱色でもない、石の明神鳥居だったが、こちらでは神社社殿に向かって三基が一直線に並び立っていた。

そういえば、やはり安曇磯良を祀っていた鹿島神宮にも、同じように海中鳥居があった……と思い出しながら、奈々は眺める。

今は、満潮時から少し潮が引いた時刻なので無理だが、干潮時には先頭に立つ鳥居の下まで歩いて行かれるし、逆に満潮時には一番手前——石段の上に立っている鳥居の台座辺りまで海面が上ってくるそうなので、社殿側から眺めれば三基共に海の上に立っているように見えるらしい。

「この神社の由緒書きによれば」

と崇は言った。

「『神代の昔、（中略）豊玉彦尊（大綿津見神）が当地に宮殿を造り、宮を「海宮《わたづみのみや》」と名付け、この地を「夫姫《おとひめ》」と名付けた』

——とある」

「いわゆる『乙姫』という呼び名ですね」

「そういうことだな。そして、豊玉彦命が造営した宮殿の『海宮』が、竜宮城だったことになる。ちなみに、その宮殿の規模は、高さ『一町五反余り』というから、百五十メートル以上。現在のビルの四十階くらいで、広さは『八町四方』というから、約二十三万坪——約七十六万平方メートルだ」

「想像がつきません……」

「東京ドーム約十六個、つまり東京ディズニーランドの一・五倍ほどだな」

と言われても、広さは思い浮かべられない。それでも——かなりの誇張はあったとしても——とんでもない規模だったことだけは理解できた。奈々は社殿に向かって歩き、鳥居をくぐって手水舎に行こうとしたが、鳥居の手前で崇は立ち止まり、

「これがそうか……」

大きく嘆息する。何かと思って崇の見つめている方向を眺めると——。

「三柱《みはしら》鳥居！」

思わず声を上げてしまった。

柱を三本立て、その上に笠木《かさぎ》や島木《しまぎ》や貫《ぬき》を配し、上空から見下ろすと正三角形になるように、三基の鳥居が組み合わされている、非常に珍しい造りの鳥居だ。眺めれば、鳥居のそれぞれの貫《ぬき》には、細い注連縄が張られ、白い紙垂《しで》が海風にゆらゆらと揺れている。

以前に崇と一緒に訪れた、京都・太秦《うずまさ》の木嶋坐《このしまにます》天照御魂《あまてるみたま》神社、奈良の大神教《おおみわきょう》本院、東京・向島《むこうじま》の三囲《みめぐり》神社など、わが国では、数社でしか目にする

ことができない。

しかも、今は殆ど干上がった池に立っているように見えるが、満潮時には海水の上昇に伴って水位も上がり、水の上に立つ「海中三柱鳥居」となるのだろうか。

木嶋坐天照御魂神社では、やはり涸れてしまった池のような場所に立っていたが「海中三柱鳥居」となると、さすがにここだけなのではないか。

三柱鳥居の中央——正三角形の中心には、亀の甲羅のような岩が置かれており、近くに立つ五角形の駒札には、この岩の説明が書かれていた。

「磯良恵比須《いそらえびす》

背面に鱗状の亀裂が見られるこの岩は今もなお神聖な霊場として祭られている。これを磯良の墓として伝説があるが、これは社殿が営まれる以前の古い祭祀における霊座か、それとも御神体石だったのではないかと思われる。

和多都美神社」


奈々は驚いて尋ねる。

「あの亀のような岩が、磯良の墓なんですか！」

「とも言われているようだ」崇は岩をじっと見つめながら静かに答えた。「この神社の社家文書には、磯良の諡号は『戎比古命《えびす》』だとあるようだから、この『磯良恵比須』という名称は、そのまま『磯良の墓』という意味になるな。但し、あの場所に必ずしも磯良が埋まっているというわけじゃないだろう。おそらく、埋葬地の『埋め墓』ではなく、『参《まい》り墓《ばか》』——魂にお参りするために造られたお墓ということだろう。そう考えれば、説明書きの言葉に疑問や矛盾がなくなる」

そういえば……。

この間も崇は、ちらりと三柱鳥居の話をしていた時に言っていなかったか。

　三角形は「結界」で、その中心には必ず「何か」が存在しているのだ——と。

　でも、と奈々は首を傾げる。

「この場合『戎——恵比寿』が遺体って……。一般に言う『エビス』と、たまたま同じ名称なんですか。もちろん名前だけが一緒で、本質は違うんですよね」

「いや」崇は首を横に振った。「同じだろう」

「まさか！　どの恵比寿も、全部『遺体』——」

「俺も、今気がついた」崇は、真剣な表情で答える。「まさに、その通りなんじゃないか」

「その通りって——」

「今は、まず本殿に参拝して、その後に話そう」

　崇は言うと二人揃って鳥居をくぐり、手水舎で手と口を清めると、微妙に折れ曲がっている参道を歩いて拝殿へ向かう。

　参拝を終えて拝殿脇を見れば、その奥、本殿手前の場所に二つの小さな社があった。こちらは、豊玉姫命と彦火火出見尊が、それぞれ単独で祀られている「濱殿御子《はまどのみこ》神社」という社らしかった。別々の場所に鎮座していたものが、いつの時代にか遷されてきたと由緒にあった。

　それらを軽く拝んで社務所に向かうと、その手前にまたしても三柱鳥居が立っているではないか。

　同じ境内に、こんな立派な三柱鳥居が二基も立っている神社は、わが国でも和多都美神社だけしか存在しないに違いない。

　そしてやはり、鳥居が形作る正三角形の中心には、先ほどの「磯良恵比須」よりも大きな、草むした岩が鎮座し「亀甲石《きっこうせき》」と表示があった。亀卜の神事が行われていた場所のようだったが、定かではないらしかった。

　だが、先ほどの亀甲石が「磯良恵比須」——磯良の墓であるとしたら、この岩も誰かの墓を表しているのかも知れない。それが誰なのかは、分からないにしても……。

その前で手を合わせて少し進むと「豊玉姫命之御陵墓」という案内があり、その先には、深い原生林に覆われた細い道が一筋、うねりながら続いていた。ケヤキ、イロハモミジ、ウラジロガシその他、無数の種類の木々が生息しているこの林は、長崎県の天然記念物に指定されているのだという。

奈々たちは入り口で軽く一礼すると、林の奥へと進む。両脇は鬱蒼としていたが、上空からは木漏れ日が差し込み、清々しい空間だった。気のせいかも知れないが、先程までよりまた一段と空気が清浄になったように感じる。

奈々は、一度に目にした二基の三柱鳥居が頭から離れず、歩きながら崇に尋ねる。

三柱鳥居に関しての「参り墓」という説は余り流布されておらず、夏至や冬至のレイラインだとか、どこかの場所を指し示しているのだなどという説が一般に流れている。

そんな中でも、かなり多いと思われるのが「日ユ同祖論」——日本人の祖先は、イスラエルの失われた十支族の一つであるという説から来る説明だ。殆ど都市伝説に近い印象を受けるが、意外と根強い。

たとえば、この三柱鳥居を二つ組み合わせると「ダビデの星」になるというものまである。しかし、これに関しては「組み合わせると」もなにも、現実に組み合わさっていないのだから、どうしようもない。そもそも十支族の頃に「ダビデの星」が存在していたのかどうかも不明だ。

また、その他の説によると、これはキリスト教の「三位一体説」——父（神）と子（イエス）と聖霊の三位一体——を表しているのだというものもあった。これは説得力があるかも……と感じて心が揺らいだ。

そんなことを歩きながら問いかけてみると崇は、「ああ」と軽く頷いてから答えた。「その説は、根本的に矛盾しているし、文字通り自家撞着《じかどうちゃく》している説だ」

「え？」

　そもそも、と崇は奈々を見た。

「『日ユ同祖論』が何年かに一度、必ず沸き上がってくること自体がおかしいと感じないか」

　確かに……そうだ。

　一旦沈静化しては、また数年後に表れて物議を醸す。まるで、誰かが仕掛けているかのように。

　ひょっとすると、そこにも何らかの理由があるのか――。

　崇は再び尋ねてくる。

「奈々くんは『三位一体』を表している像を見たことがあるか」

　そのような物など全く見たことがない奈々が首を横に振ると、崇は続けた。

「最も有名な、チェコの『オロモウツの聖三位一体柱』を見るまでもなく『神・子・聖霊』が一体となって彫刻されている。その他にも、石に刻まれた像などもあるが、それらも全て一体となっている。三柱鳥居のように、それぞれ独立した物体が正三角柱を模っている『三位一体像』など、どこにも存在していないよ」

「そうなんですね……」

「それに、日ユ同祖論によれば、景教《けいきょう》――キリスト教ネストリウス派の拠点に住んでいた秦氏《はたうじ》が、その信仰を日本に持って来たのだと言う。しかし、肝心のネストリウス派は『三位一体説』そのものを否定している。故にネストリウス派は、異端と呼ばれた歴史を持っているんだ。ということは、秦氏が景教を携えて日本にやって来ていたとしても『三位一体』に基づいた三柱鳥居などを造るはずはない。だから三柱鳥居は、日本固有の鳥居というわけだ」

「ああ……」

「まあ、先祖云々などと言い始めたら、我々はおそらく全員が一人二人の祖先に集約されてしまうだろう。全世界の誰もが、紀元前数千年というレベルでね。だからそういった説は、どこで勝手に線引きすかいかいかるか、という話に過ぎないと思う」

そういうことか……。

奈々は頷きながら、原生林の小径を進む。やがて道の脇に立つ石鳥居が見えた。額には「和多都美神社」とあるが、この先が豊玉姫命陵墓らしい。静かに厳粛にお参りくださいと由緒にあった。

二人はその言葉通り、粛々と細い参道を進み「豊玉姫之墳墓」と刻まれ、御神酒が供えられた古い岩の前に立つ。

〃今日はお参りさせていただき、ありがとうございました〃

奈々は心を込めて祈ると、その場所を後にした。

やがて再び社務所まで戻ると、例によって崇は、その場にいた神職と何やら話を始めた。それを横目で眺めながら、奈々は拝殿横に立つ、注連縄が巻かれた立派な松に近づいた。どうやら御神木らしい。

説明書きに、

「龍松《たてまつ》」

とあった。この松は、豊玉彦命の化身と伝えられ、その根が龍のように地面を這っていると書かれている。確かに太い根が地面に納まらず、拝殿に沿って見事に長々と地表に伸びている。まさに、龍がそこに横たわっているように……。

やがて神職との話を終えた崇が戻って来て、二人で拝殿の向こう側に鎮座している社、豊玉彦命を祀る「波良波《はらは》神社」を参拝すると、和多都美神社を後にした。

「今の話によれば」崇は言った。「『磯良恵比須』の説明書きにあったように、やはり昔からこの社では『エビス』はそのまま『遺体』という意味で用いてきたらしい。なかなか興味深い伝承だ。神社の古さを考えれば、ひょっとすると『ヒルコ』や『蛭子』の名称が、後付けということになるし、実際にそういう説もあるからね」

「え……」

奈々は驚きながら、再びタクシーに乗り込み、崇は運転手に告げる。

「では、小船越《こふなこし》の阿麻氐留《あまてる》神社と、続けて鴨居瀬《かもいせ》の住吉《すみよし》神社にお願いします。途中でお昼を食べられるような場所があれば、そこで簡単に昼食を摂って」

「はい」運転手はエンジンをかけた。「ここからすぐの名所、烏帽子岳《えぼしだけ》展望台はよろしい？　今日は天気も良いから、朝鮮海峡の向こうに韓国が見えるとですよ。但し、石段を百段ほど登りますが」

「いえ。そこはまた今度で」

あっさりと崇が答え、タクシーは坂道を下った。

しかし、改めて窓の外の景色を見ると、やけに「真珠」という看板が目に入る。そんなことを口にすると、

「はいはい」運転手が答えた。「今はそれ程でものうなりましたが、この辺りは昔から真珠の養殖が盛んでな。それでお金持ちも増えたんで『豊玉町』なんじゃないかという話がありますよ」

運転手が笑って、車は再び山道を飛ばした。

＊

鶏知の美津島総合病院は、大槻が想像していたよりも大きく、広い駐車場や中庭も兼ね備えた六階建ての立派な施設だった。

しかし、この島にある総合病院はここ一ヵ所なので、考えてみれば当然だ。搬送されてくる患者が非常に重篤な症状であれば、博多か長崎に運ばれるだろうが、そうではない傷病の患者は全てこの病院で対応するわけなのだから。

雁谷は受付で用件を告げて、院長と担当医に連絡を取り、仲村若子と鵜澤寿子の聴取が可能かどうか再確認すると、すぐに院長の許可が下りた。こちらも顔見知りの雁谷のおかげ。こういった点に関しては、狭い島は便利だ。長崎や福岡の病院では、院長

や主治医に会う許可を得る段階で、すでに時間を取られてしまうが、島に二ヵ所しかない警察署の巡査長と、一ヵ所しかない総合病院の責任者――しかも知り合いとなれば、話が早い。

主治医の話によると、寿子は少しずつ快復しつつあるということだった。心因性ショックでの入院なので、うまく行けば数日のうちに退院できるだろうと言った。しかし、ようやく立ち直ってきているところなので、できれば事情聴取は明日以降でお願いしたいと言われた。

大槻たちも、寿子や病院側に余計な負担はかけたくなかったので、主治医の言葉に従うことにした。

一方、真の母親の若子は、高齢で持病もあったためかなり時間がかかってしまったが、ようやく元気になり、食事も自力で摂れるようになったので、本人の希望もあり、明日にでも退院する手続きを取っているという。それなら、彼女が自宅に戻ってからでも良いかとも思ったが、

「今……」主治医が言った。「亡くなられた香さんの娘さんがお見舞いに来ておられてます」

「綾女《あやめ》さんが、来とるんかね？」

尋ねる雁谷に「ええ」と主治医は頷いたが、大槻と松橋は視線を交わした。綾女は、いずれ聴取したかった女性。降って湧いたように良いタイミングだ。運が良い。

ぜひ、二人一緒に事情聴取させてもらいたいと、大槻は告げる。

主治医は一瞬考えたが、

「分かりました。私が立ち会っているという条件でしたら」

「もちろんです。よろしくお願いします」

「はい」主治医は硬い表情で答えた。「では、取りあえず病室へ」

主治医が声をかけながら病室に入ると、明るく広い部屋のベッドで、若子は上半身を起こしていた。

かなり痩せてはいるものの、白髪もきちんと梳《くしけず》られ、退院間近とあって頬には少し赤みが差していた。そのすぐ側に若い女性が二人座っていたが、大槻たちの姿を見て驚き、退室しようとしたところを雁谷が止めた。

「あんたらにも、訊きたかことがあるけん、ここにおって欲しか。何《なん》も心配せんで良かけん」

女性たちはおどおどしながらも、コクリと小さく頷いた。素直な娘《こ》たちだ。

「美沼綾女さんは？」

大槻が尋ねると、右側に座っていた女性が頷いた。ショートカットの黒髪に浅黒い顔、くっきりとした目鼻立ちのせいか、意志が強そうな印象を受ける。最近亡くなったばかりの美沼香の一人娘で、今年二十八歳になるという。他に相談できる人間がいないので、申し訳ないと思ったが、若子に香の法要に関して相談に乗ってもらっていたと言った。

その隣に座っている、少し小柄な女性は綾女の友人で、一歳年下の猿沢瞳《さるさわひとみ》と名乗った。こちらは綾女と正反対で、色白でポッチャリとした顔に朱い唇が印象的な女性で、少しおっとりした印象を受けた。二人は、厳原の同じ食品加工会社で働いており、とても仲が良いらしかった。

瞳は厳原で一人暮らしをしているが、綾女は自宅のある白壁村から職場まで自分の軽自動車で通っているというから、二人は職場で知り合ったのかと思ったが、瞳の祖父母と両親は、今はもうなくなってしまった岡邊村に住んでいたという。だから、子供の頃からの知り合いだったようだ。

「このような時に、申し訳ありませんが」大槻は三人に謝罪する。「少し、お話を伺いたい」

後ろで松橋が手帳を開き、その後ろから主治医が見守る中、大槻は若子にお悔やみの言葉を述べると、改めて口を開いた。

「本来であれば、真さんの事件が起きた際に、お話を伺いたかったのですが、ようやく病院の許可も下りましたので。ご体調は、よろしいでしょうか」

はい……と若子は、弱々しく答える。

「何とか、ようやく」

「事件の話を聞いて、いかがでしたか」

「いや、未だに信じられん。一体、何がどうなってしまったのか。頭が混乱して……思い出すと胸が苦しゅうなって」

「お察しします」

横で大きく頷く雁谷を眺めながら、大槻も思う。この状況では、突っ込んだ質問は無理だろう。

「では、一つだけお聞かせください。あの事件に関して、何か思い当たるようなことはありませんか。どんな小さなことでも良いのですが」

「全く」若子は目を伏せた。「何一つも思い当たらんとです」

「事件より前でも構わないんですが」

「わしらには、何《なん》も」

「真さんの態度や素振りとか」

「急に姿が見えんようになって……」

若子は体を震わせると、皺だらけの両手に顔を埋めてしまった。

「思い出したくないんでしょう」主治医が止めた。「今日のところは、これくらいで」

これくらいも何も、殆ど何も尋ねていないに等しかったが、これが原因で退院が延びてしまうようなことになってはいけない。

「分かりました」

大槻は頷くと、綾女と瞳に視線を移す。揃って体を硬くする二人に大槻は、

「非常に繊細な質問になりますので、場所を移しましょうか」

「いえ」と綾女は若子に寄り添って慰めながら答える。「仲村のお祖母《ばあ》さまとご一緒に」

正確に言えば、若子は綾女の「大叔母」になるわけだが、普段からそう呼んでいるのだろう。大槻は頷き、

「では」と口を開いた。「亡くなられた真さんは、綾女さんのお母さまと親しかったとか」

はい、と綾女は上目遣いで頷いた。

「従姉弟《いとこ》になりますから」

「普段から、仲が良かったんでしょうか。それとも、親戚の行事の時にだけ顔を合わせる程度?」

「行事の時はもちろんですけど、普段も」

「真さんは、あなたのお家には良く来ていた?」

「ええ……わりと。同じ白壁村ですので」

「特に喧嘩したりもせずに?」

「はい」

と答えてチラリと若子に目をやったが、若子はベッドに背をもたせかけて目を閉じていた。

「ただ私は――お祖母さまには申し訳ないのですが、余り好きではありませんでした」

「と言われると?」

「いつも、おまえは本当はぼくの娘なんだよ、などと言ってからかうので」

「それは――」

尋ねるまでもない。

綾女が、真と香が関係を持って生まれた子だ、という意味だ。

しかし、それが本当だったとしても、そんなことをわざわざ本人に告げるものだろうか。

「あの子は」若子が苦笑する。「いつもそんな、つまらない冗談ばかり言っている、情けない子ばい」

それは、冗談なのか。

それとも本当に――。

しかし、こんな質問をこれ以上続けても無意味だと感じた大槻は、話題を変える。

「参考までに伺いたいんですが」と話を振った。

「津州寺のご住職が亡くなられたことはご存知ですね」

「噂で聞きました」若子は目を閉じたままで答える。「近頃は、何やら物騒な事件が多かこと」

「ご住職の奥様もショックを受けられて、現在こちらの病院に入院されているようなんですが、もちろんお知り合いですよね」

「ええ」

「では、ご住職に関して何かご存知のことをお話しいただきたい。何故、こんな事件に巻き込まれてしまったのかなど、思い当たることがあれば、どんな些細なことでも良いのですが」

「わしは何《なん》も……」若子は薄目を開けた。「あん人たちは良か人やったけん、ただ悲しゅうてならんとです」

「その他には何か」

「…………」

少し間を取って言葉を待ってみたが、何の返答もなかった。そこで、

「そういえば」と、再び話題を変え、わざと微笑みながら尋ねた。「あのお寺では、少し変わった珍しいお祭があると伺いました」

「珍しい？」

「いや、あなた方にとっては、何でもないお祭かも知れませんが、我々のような外部の人間にとっては、珍しく感じられたもので。何か、由緒ある獅子頭や獅子舞が登場するという――」

ああ、と綾女は初めて微笑んだ。

「『カンベ祭《まつり》』ですね」

「カンベ？　どういう意味ですか」

「分かりません……。お祖母さまは？」

綾女は言って若子を見た。すると若子は、うっすらと目を開いて「さあ」と答える。

「わしらも知らん。昔からずっと、そう呼ばれとるのでな」

「この島には」綾女が言った。「色々と珍しい名前の神祭《かみまつり》があります。例えば内院《ないん》の『カンカンまつり』やら、豆酘《つつ》の『タクズダマ』やら、阿連《あれ》の『オヒデリさま』やら、木坂《きさか》・青海《おうみ》の『ヤクマ』などという――」

「しかし」と松橋が割って入る。「『カンカンまつ

り』などとは違って、こちらは物音一つ立てない祭だとか」

「はい」

答える綾女に松橋は尋ねる。

「やはり、珍しいですね。何のお囃子もなく、しんとした中でのお祭なんて」

「祭というより『神事』でしょう」

「いわゆる『神楽《かぐら》』でもないわけですか」

「もちろん」

「なるほどね」大槻は頷いた。「そのお祭を、あなたがたは言葉通り、ただ『粛々』と行う」

「代々受け継がれてきた伝統なもんでな」若子が言う。「わしらも、同じように続けんばならん。それだけのこと」

だが、と大槻はわざと微笑む。

「毎年毎年同じように続けるというのは、大変でしょうな。実際に村の人口は年々、減少しているでしょうし」

「毎年ではありません」

瞳が思わず言葉を発し、全員が彼女を見た。

すると瞳は「あっ」と言って顔を赤くすると、下を向いてしまった。

「毎年ではない？」

大槻が尋ねたが、瞳は体を硬くしたまま俯き、一言も喋らなくなってしまっていた。

「そうなんですか」

彼女から視線を逸らして尋ねる大槻に向かって、

「はい」と、瞳に代わって綾女が答えた。「行われない年もあります」

「何年かに一度ということですね」

「不定期なんです」

「不定期？」

「いえ、祭そのものは毎年あります。でも獅子舞は、その年になってみないと行われるかどうかは」

「それは、どういう理由ですか。舞い手が揃わなかったとか？」

いいえ、と綾女は首を小さく横に振った。

「誰か村の長老が言い出して、初めて舞われるものなので」

「その年に誰か——長老が言い出さないと、獅子舞はない?」

「はい」

「では、その長老というと?」

「たとえば」綾女はチラリと見た。「お祖母さまのような方が」

「では、今年は?」

「なかろうね」若子が答えた。「色々と、余りに大変なことがありすぎた……」

そもそも、その寺の住職が殺されてしまっているのだ。祭自体が斎行されようもないだろう。

しかし——実に変わった風習だ。

実を言うと、最初大槻は「粛々と」執り行われることから、この祭は村の誰かの葬式代わりなのかとも考えた。だが、二人も亡くなっている今回——寺自体の存続が危ういことを差し引いても——執り行われないだろうと「長老」の一人である若子が言う。となると「逆」だ。大槻の当ては、外れてしまった……。

「大体」と若子が言った。「村の祭を、なしてそう気にするとね。あんたらには、関係なかろう。いちいち他人様《ひとさま》の信仰に軽々しく近づくものではなか」

そう言うと若子は、目を閉じて口を閉ざしてしまった。おそらく、これ以上の答えは返ってきそうもない。そこで、

「最後に」と大槻は問いかける。「『週刊 NAGASAKI』という雑誌に関しては、何かご存知ですかね」

三人は顔を見合わせたが、

「最近は」と、若子は冷たく言い放つ。「最近は、とんと目が悪くなっとるんで、雑誌はよう読まん」

「あなた方も?」

綾女と瞳に尋ねたが二人とも、

「何となく、名前だけは聞いたことがありますけど……」と首を横に振るだけだった。「その雑誌が、どうしたんでしょうか」

「いや」と大槻は、わざとはぐらかす。「今回の事件を、取り上げるとか取り上げないとか言っていましたもので」

「全く困ったもんや」若子は顔をしかめた。「ああいった人間は、いつもそうやって人様家《ひとさまんち》に断りもなく入り込んで来ようとする」

重い雰囲気を感じて、

「そういえば」大槻は、話題を変える。「あなた方の住まわれている『白壁村』なんですがね、どこからそんな名称が起こったのかご存知ですかな。と言うのもこの間、雁谷さんの案内で村を拝見させていただいたんですが、いわゆる『白壁の家』や、武家屋敷跡らしき物は見当たらなかったので」

短い沈黙の後、

「それは――」綾女が、じっと大槻を見た。「私たちには分かりません。生まれた時から、そういう名前だったので」

「若子さんも?」

大槻の問いに、若子は無言で頷いた。

「では」大槻は瞳を見る。「隣の岡邊村に住まわれていたという、猿沢さんもですか」

瞳は一瞬、ギクリとしたが、

「は、はい」小声で答える。「もちろん、私も……」

すると若子が、大きく咽《む》せた。

綾女と瞳、そして主治医が急いで彼女に駆け寄る。そして看護をしながら大槻たちに目で合図を送る。今日のところは、完全にこれ以上は無理ということだろう。

大槻も松橋と雁谷に合図を送り、改めて若子たちにお礼の言葉を述べると「また、何かありましたらよろしく」と告げて、病室を後にした。

「実に怪しいですね」

雁谷の運転する車が病院を離れると、バックシートで松橋が囁くように言った。

「彼女たちは、まだ何かを知っていて、それを隠していいます」

「そうだろうな」

大槻は頷く。素人でなければ、誰でも同じように感じるだろう。

「しかも、何か重要なことをだ。ただ、それが今回の事件に直接結びつくかどうかは別だが――」

大槻はシートに大きく寄りかかる。

「どちらにしても彼女たちは我々に、あれ以上口を開くつもりはなさそうなのも事実だ。こちらはこちらで、今できることをやって行かなくてはならんな。『週刊　NAGASAKI』の件もあるし、今の病院には、津州寺の鵜澤寿子も入院している。彼女からも話を聞かなくてはならない。もしかすると、何か新しい情報を手に入れられるかも知れん」

「はい」

松橋は力強く頷いたが――。
鵜澤寿子に関しては、何の収穫を得ることもできなくなってしまった。というのも、大槻たちが病院を立ち去った後、美津島総合病院のコンクリート舗装の駐車場に広がった大量の血の海の中で、寿子の遺体が発見されたからである。

《急流》

冗談も笑いももうたくさんだ、
涙がほしい、
ばらの花ではなく、
とがったいばらの冠がほしい。

奈々たちは、移動途中で見つけた地元の蕎麦《そば》店に入り、短い時間で簡単な昼食——「対州《たいしゅう》そば」の「もり」と、地ビールを一本ずつ——を摂った。

この「対州そば」は、縄文時代後期に大陸から伝わってきた蕎麦で、農地が少なく米が殆ど取れなかった対馬に、一斉に広まった。一般の蕎麦よりも風味が強く、蕎麦の原種に一番近いと言われているらしい。

それらを、とても美味しくいただくと、すぐ再びタクシーに乗って、住吉神社と阿麻氐留神社を目指す。もう、ここから二十分程度の距離だと言う。

すると崇が、

「じゃあ折角だから、今話に出た恵比寿に関して、ごく簡単に復習しておこう。どこで『遺体』と繋がって行くのかも含めてね」

と言って口を開いた。

「知っての通り、恵比寿は『七福神』の一柱だ。豊漁を司る神で、狩衣・指貫《さしぬき》姿で風折烏帽子《かざおりえぼし》をかぶり、右手に釣り竿、左手に鯛を抱いた姿が有名だな。そして、大黒天や弁財天や毘沙門天とは違って、唯一日本の神だ。この辺りも、以前に奈々くんたちと一緒に追いかけたね」

はい、と奈々は頷いた。

懐かしい。もう十五年以上も昔のことだ。

奈々の母校——つまり崇や小松崎の母校でもある

明邦《めいほう》大学——の後輩が巻き込まれてしまった事件で、その時は「七福神」と「六歌仙」を追いかけて京都まで足を運んだ。そして、筆舌に尽くしがたいほど悲しい結末を迎えてしまった。あの日々を思い出すたび、白い飛沫を上げながら音を立てて流れる貴船川《きぶねがわ》の清流が、脳裏に浮かんでしまう……。

「そんな恵比寿は」崇は言った。「『古事記』では『水蛭子《ひるこ》』、『書紀』では『蛭児《ひるこ》』とあり、この名称がやがて『エビス』と読まれるようになったとされ、今ではめでたい『恵比寿』という名前に変遷していった。但し『恵』の読みは『え』とは表記されず『ゑ』『ヱ』だから、正確に記せば『ゑびす』あるいは『ヱビス』なんだが、この点に関しては今は良しとしておこう」

どうでも良いような細かい部分に突っ込みを入れながら、崇は続けた。

「一方、この『ヒルコ』に関しては『記紀』の伊邪《いざ》那岐《なぎ》命——伊弉《いざ》諾《なぎ》尊、伊《い》邪《ざ》那《な》美《み》命——伊弉《いざ》冉《なみ》尊らの、国生み神話からきている。たとえば『古事記』では、彼らが淤能碁呂島《おのごろしま》に天降り、天御柱《あめのみはしら》を立て、その柱の周りを回って国土を生みだす際に、伊邪那岐命は左回り、伊邪那美命は右回りに御柱の周りを回り、お互いに声を掛け合い結婚した。しかし、女性である伊邪那美命が先に声をかけてしまった——間違った作法を行ってしまったために『子供のうちに入らない』『三年たっても脚の立たない』子である『水蛭子・蛭児』を生んだとある。そこで二人は、

『この子は葦船に入れて流し去《う》てき』

——葦の船に乗せて、流してしまった」

何度聞いても、悲しく不条理な場面だ。

足が立たない「蛭」のような子だからといって、あっさりと船に乗せて流してしまう。しかもこれは単なる比喩ではなく、本当に歴史書——『記紀』にそう書かれているのだ。

「これは」と崇は続ける。「一説によれば、近親相

姦によるタブーという、特定の関係にある男女の結婚の禁止、つまり『インセストタブー』を表しているともいう」

「インセスト……」

「あるいは、太陽の女神である『大日孁貴《おおひるめのむち》』――『蛭女《ひるめ》』に対する太陽の男神としての『蛭子』だったのだという説もある。この『日孁』――『蛭女』は震旦《しんたん》国、つまり中国の王の娘であり、彼女は太陽の光が体内に入る夢を見て妊娠した。そのため『ウツロ舟』に乗せられて流されたという伝説がある」

「えっ。やはり、流された――」

「蛭と水や川は、非常に近しいからね。故にこの『蛭子』は『船に乗せて流される』――『死に体』という運命が課せられており、祀られて神になる。事実『源平盛衰記《じょうすいき》』にも見られるように、摂津《せっつ》国に流れ着いた蛭子神は、海神・夷三郎《えびすさぶろう》として現れて、西宮《にしのみや》に祀られたという」

「『えびす宮』の総本社を名乗っている、西宮神社ですね」

「そうだ。神話では流し捨てられてしまった蛭子が、しかし中世以降は、海の守護神として祀られるようになった。川を流れてきた水死人や、海辺に漂着した死体を埋葬して、福徳をもたらしてくれる神として祀っていたという話は日本各地に残っている。事実、昔の漁村などでは、流されてきた鯨の胎児すらも『えびす神』として埋葬し祀ったという話もあるし、川を遡上する鮭を捕る際に『えびす』と声をかけながら殺すという風習もあったという」

「えびすと呼びかけて……殺す？」

　まさに、和多都美神社で聞いた通り「恵比寿は遺体」という話、そのままではないか。

「ただ、ここで重要な点は」

　崇は奈々を見た。

「戸矢学《とやまなぶ》が言うように、『蛭子、蛭児は、いずれも「ヒルコ」とは訓読するが、「エビス」とは読まない。蛭は訓読みで「ヒル」、音読みで「シツ」「テツ」。むろん「エビ」とも読まない』

　つまり、『ヒルコの神名からは、どのようにしてもエビスにはつながらない』ということだ」

「えっ」

「戸矢だけでなく、沢史生《さわしせい》も言っているように、この『蛭』という文字は、最初から『漂白神』を表していて『貶めるための卑字』だったことになる」

「そういうことだったんですね……」

　卑弥呼や邪馬台国だ。『魏志倭人伝』で、彼の国の人々が我々を「倭人」「邪馬台国」「卑弥呼」のような、いわゆる「卑字」で呼び表したように……。

　つまり、と崇は言った。

「根本的に逆だったんだろうな」

「逆？」

「『エビス』は、もともと遺体——水死体を呼ぶ名称だった。しかし『記紀』では逆に『エビス』の起源が『蛭子——エビス』なのだとした。そこには例によって、何かしら彼らにとって都合の悪い、隠しておきたい事実があったんだろう。だが『エビス』は、遺体や水死体ということに違いはないわけだったため、それがやがてめでたい『恵比寿』という名前に変遷して行き、ありがたい神として祀られるようになった」

　今まで、そんな例をたくさん見てきたように、不幸や不遇、あるいは悲惨な死を迎えさせられた者が神となり、いつしか崇《あが》め奉られる。そして神は、崇め祀ることによって、自分に降りかかってきた同じ不運や不幸が、我々に襲いかからないように護ってくれる——。

「ひょっとすると、奈々くんが昨日、志賀海神社で感じたことも、まさにその通りだったのかも知れないな」

「志賀海神社で？　何か言いましたっけ……」

「『山誉種蒔漁猟祭《やまほめたねまきかりすなどり》』の話をしていた時に言っていたじゃないか。『磯良が崎に鯛釣る翁』という謡が、まるで『恵比寿さま』だと。しかもその際に禰宜が『君が代』を謡う。あれは磯良に対する一種の『法事』なんだろうな。祈りと感謝を込めた」

「ああ……」

「今思うと『恵比寿』に関するそんな例が、いくらでもあった」

　崇は軽く嘆息した。

「たとえば――『恵比寿膳《ぜん》』という言葉がある。これは、通常の作法とは逆に汁物を左側に、ご飯を右側に並べて置く作法のことだ。あるいは、本来は膳の木目を横にすべきところを、縦にして据えることだ。いわゆる、普通とは逆にする不吉な作法――『あの世』の作法のことだ。つまり『エビス』という言葉自体が『あの世』を表していた。これは、昔《せき》人《じん》の常識だったのかも知れないな」

　すると、

「お話中、申し訳なかとですが」

　運転手が、バックミラーでチラリと崇を覗いた。

「遺体に関係あるかどうかは知らんですが、この島にもそげんな祭をやっとった村があったと聞きましたよ」

「それは？」

「『エビス祀《まつり》』言うてました」

「エビス祀？」

「後から向かう、鶏知《けち》や厳原《いづはら》の山奥の方の村で……岡邊《おかべ》村いうたか。もう、とっくになくなってしもとる村ですがね」

「対馬は、こうして海に囲まれているから、当然しばしば『エビス』が流れ着いたでしょうが、山奥の村というのは珍しい」

　崇は首を捻る。

「以前行った、信州・安曇野《あずみの》の穂高《ほたか》神社でも、山奥に鎮座しているにもかかわらず『御船《おふね》祭』という盛大な祭があった。しかしあれは、それこそ海神である安曇族を代表する人物、安曇比羅夫《ひらふ》を追悼する祭だった」

「つまり」奈々は呟く。「それも『エビス』――死人という意味だったんでしょうね、きっと」

その言葉に反応した祟は、奈々を見る。

そして、強く奈々の手を握った。

「確かにその通りだよ、奈々くん！」

「え……」

「あの神社の御船祭では、御船が神楽殿の周囲を三回廻ってから退場する。そして、この『三回廻る』というのは、まさしく『野辺送り』の風習に他ならない。言葉を換えれば、死者をあの世へと送り出す作法だ」

「そう……ですね」

ドギマギしながらも、奈々は頷いた。

以前にも、そんな話を聞いたことがあった。あれは確か、嚴島《いつくしま》神社でのことだったか……。

「ちなみに、その村は」と運転手は言う。「海から十キロ近く離れた場所にあったんですけど、川は流れとりました。ああ、そう言えば――」運転手は、バックミラーで奈々たちを覗き込んだ。「先月その川べりで、袋に入れられた死体が見つかったとです。しかも、首なし死体が」

「えっ」

奈々は息を吞む。

〝首なし死体？〟

しかし祟は、そんな話に全く興味がないかのように、運転手に問いかけた。

「その『エビス祀』は、どのような祭だったんですか？」

「さあ……」運転手は首を傾げる。「私らは見たこともありませんし、今言ったように、村もなくなってしもうたからねえ」

「そうですか……」

残念そうに祟が頷いた時、

「ああ。あそこばい」

運転手は左前方を指差した。

「あっこから入った先が、鴨居瀬《かもいせ》の住吉神社です」

車は、更に緑に包まれた細くうねった道を進む。するとやがて、目の前に大きな橋が見えた。しかし車はそれを渡らずに手前右手の斜面を下ると、神社に到着した。

すぐ目の前には、緑の森に囲まれた大きな入り江が広がっている。海面の手前には背の高い石灯籠が二基立ち、その間に石の神明鳥居が立ち、青い海を背景に鳥居と石灯籠の白さが際立っていた。

奈々たちは、拝殿と鳥居との間に停まったタクシーを降りる。しかしこのままでは、鳥居をくぐらずに参拝することになってしまうので、海面へと続く石段を降り、鳥居の正面に回り込む。海面近くの数段の石段には、入り江の波が寄せていた。

鳥居を見上げれば、先ほどの和多都美神社と同様に、こちらも「住吉神社」と書かれた鳥居の額は海を向いていた。おそらく、海から来る「誰か」を迎え入れるためなのだろう。

足下まで寄せる波を何気なく眺めると、赤紫色をした海草のような物が、海岸近くで波に揺らめいていた。何だろうと思って覗き込む奈々に、

「珊瑚《さんご》のようだ」崇が言った。「但し、普通に言う珊瑚——硬い骨格の物とは違って、この場所に生息している珊瑚は、細かい骨片で構成されているらしい。それがとても特徴的で、この辺りは『紫の瀬戸』と呼ばれているという」

良くもまあ、そんなことまで知っているものだと思ったが、崇は笑いながら携帯のディスプレイを見せた。そこには、赤紫の珊瑚の写真と説明があった。実に便利な世の中になったものだ。

奈々が微笑み返すと、

「ここの神社は」崇は真顔に返って言う。「あの由緒板に書かれているように、主祭神は鸕鷀草葺不合《うがやふきあえず》尊と住吉三神で、もともとの住吉神社ともいわれている」

「もともとの？　住吉神社の総本社は、大阪の住吉大社じゃないんですか」

「摂津国一の宮のね。しかし、住吉大社は神功皇后起源なんだが、同時期か、それ以前にこちらの鴨居瀬・住吉大社は存在していたという。何しろ、皇后が三韓征伐の帰途、この場所で応神《おうじん》天皇をお産みになった。その際の出産・分娩の血が、今の赤紫の珊瑚になったという伝説があるくらいだ」
「そんなに古く！」
「ところが、創建はもっと古い。というのも神功皇后は、豊玉姫命が——由緒板にあるように——鸕鷀草葺不合尊をこの場所でお産みになったことに倣って、ここで出産されたんだというからね」

気の遠くなるような話だ。

単なる「伝承」としても、レベルが違う。

そんなことを聞かされてしまうと、澄んだ海水の所々で揺れている赤紫色の珊瑚が、何か特別な歴史を紡いでいるように感じてしまう……。

奈々たちは、手水舎で手と口を濯いで参拝を終えると、美味しい潮風を胸一杯に吸い込みながら、タクシーに戻る。

車が動き出すと、崇は言った。
「住吉三神に関しては、もう何度も話しているけれど、この後もまわるから、ごくごく簡単に振り返っておこう」

はい、と頷く奈々の隣で崇は口を開く——。

住吉三神は、伊邪那岐《いざなぎ》（伊弉諾）尊が、伊邪那美《いざなみ》（伊弉冉）尊に会うために黄泉《よみ》の国に行き、必死に逃げ戻って来て、
「筑紫の日向《ひむか》の橘《たちばな》の小戸《おど》の阿波岐原《あわぎはら》」
で禊《みそ》ぎをした際に、安曇族が祀る綿津見三神と共に生まれた三神、底筒男《そこつつのお》・中筒男・上《うわ》筒男のことで、これらの神々は「住吉大神」あるいは「墨江《すみのえ》大神」と呼ばれる——。
「『住吉』を『すみよし』と呼び始めたのは平安以降で、それ以前は『すみのえ——すみのゑ』という呼び名だけだったからね。そして『墨の江《え》』といえば当然、浦島太郎の故郷だ」

「浦島太郎……」

それこそ、竜宮城ではないか。

和多都美神社だ。

安曇磯良の三柱鳥居が立っていた社――。

「更に言うと」崇は続ける。「鎌倉時代中・後期に書かれた『八幡愚童訓《はちまんぐどうくん》』によれば『住吉』も『鹿《か》嶋《しま》』も、同じ『鹿嶋明神』となる。つまり、
浦島太郎――墨の江――住吉神――鹿嶋明神（建甕槌神《たけみかづち》）――安曇磯良
と、全てが繋がる」

崇の話に頷きながら、奈々は思う。

〝磯良恵比須……〟

全てが、そこに収束して行くのか。

奈々は、自分の隣でシートに体を埋め軽く目を閉じている崇の横顔を、呆然と見つめた。

タクシーは、今やって来た道を戻って再び国道に出ると、南に向かって走り、しばらく行った所で道端に寄せて止まった。

「はい、着きました」運転手が、道路の向こう側を指差す。「あっこの長い石段を登った先が、阿麻氐留神社です」

どうやら駐車場がないらしい。

車に運転手を残して、奈々たちはタクシーを降りる。道を渡って石鳥居の前に立ち、一揖《いちゆう》する。鳥居の正面には、ようやく「阿麻氐留神社」と読み取れるほど擦れてしまっている額が掛かっていた。

五十段を越えるだろう石段を並んで登りながら、崇が言う。

「この辺りは、東の対馬海峡と、西の浅茅《あそう》湾を繋ぐ場所で、海上交通の要所だったらしい。昔は、ここで船を一旦陸揚げして、狭い道を移動していたことから、地名が『小船越《こふなこし》』となったという。大陸との行き来も大昔から盛んで、何しろこの少し先に鎮座している梅林寺《ばいりんじ》という曹洞宗の寺院は、欽明《きんめい》天皇の御世――五三八年に、日本で最初に仏教が伝来した

場所といわれている。つまり、日本初の仏教寺院が——当然、それほど立派な建造物ではなかったろうが——建立されたことになる」

「日本初の仏教寺院！」

それが、この地に？

今まで全く知らなかったけれど、対馬は一体どういう土地なんだろう。神社もさまざまな歴史を持っている上に、日本一古い寺院までもが存在しているとは——。

奈々が驚いていると、

「しかし」と崇はつけ加えた。「その時に百済《くだら》からもたらされた仏像は、神道を信奉していた物部《もののべ》氏によって打ち棄てられてしまった。だが後世、何とか回収されて、信州の善光寺《ぜんこうじ》に運ばれたという」

「長野の善光寺ですか！」

そういえば、善光寺には「日本最古の仏像」が祀られていると聞いたことがある。しかもそれは「絶対秘仏」なのだと。

だが、その仏像こそは、奈々たちが今まさに歩いているこの近辺に大陸からもたらされ、祀られていた物だという。これは仏教の宗派云々という以前に、体が震えるような話ではないか——。

やがて長い石段の先に、再び石鳥居が立っており、それをくぐって右に折れると、更に石段が続く。それらを最後まで登り切ると、ようやくのことで狭い境内に出た。

しかし、目の前に建っていたのは、小さく古い拝殿——と言えるのだろうか、まるで社務所のような建物だった。その奥に本殿が建っていたが、こちらも小さくひっそりとしていた。

しかしこの場所には「天照大神《あまてらすおおみかみ》」と対をなす男神の「天照《あまてる》」が祀られているのだ。

奈々は、

〝お参りさせていただき、ありがとうございます〟

しっかりと拝むと、崇と二人、再び長い石段を下って、タクシーに乗り込む。

「さて、今度は鶏知の住吉神社やね」運転手は、バックミラーで崇を覗き込みながら確認する。「空港を通り越して南に行くけど、まあ二十分くらいで着くでしょ。その後で、厳原の八幡宮ね」

「そのようにお願いします」

崇が答えると、車は国道を南へと走り始めた。

*

美津島《みつしま》総合病院を後にすると、大槻たちは厳原まで戻り、八幡宮近くに建つ介護付き老人ホーム「やすらぎの苑」へと向かった。

雑草の生えた狭い駐車場に車を停めて眺めれば、三階建ての古いホテルかマンションのような建造物で、入り口には「やすらぎの苑」と書かれた、やけに大きな看板がかかっている。建物横にある庭では、おそらく家族と思われる人間に車椅子を押してもらい、散策する老人の姿も見えた。

建物の中に入ると早速、雁谷が受付に行って来訪目的を告げる。ここの施設長とも顔見知りのようで、やはり話が早い。

「私もいずれ、ここにお世話になるかも知れんので」雁谷は笑った。「施設長さんとは、親《した》しゅうしとります」

ただの冗談ではなく、半分本気のように思われたが、大槻たちも施設長に挨拶をすると、担当の若い男性職員が呼ばれ、彼の案内で鵜澤キクの部屋へと向かう。

「それで」雁谷が担当に尋ねる。「キクさんの具合はどうかね」

はあ、と担当は応えた。

「特にこれと言った病気もなく……と言っても、認知症が進んでしまっとります。何《なん》しろ、今年で九十六歳になられますので」

「九十六か」

雁谷は声を上げたが、確かに大した長寿だ。

大槻の記憶によれば、最近のニュースで取り上げられていた今年の女性の平均寿命は、八十五、六歳ではなかったか。男性に至っては、まだ八十歳に届いていないと言っていたはずだ。

そんな中——今でこそ島の中心部に近いが——「やすらぎの苑」に来るまでは、病院も遠い不便な山奥にずっと住んでいたのだ。

大槻に、素直に感心しながら、

「ということは」と担当に尋ねた。「ひょっとすると、明治生まれかね」

はい、と担当は頷いた。

「明治四十三年（一九一〇）生まれになります」

「そいつはまた……」

つまりキクは、明治・大正・昭和・平成と生きてきたことになる。まさに歴史の生き証人ではないか。もしかすると、自分の寺である津州寺の風習その他はもちろん、白壁村や岡邊村に関しても、詳しい話が聞けるかも知れない——あくまでも、思い出せたならばという前提だが。

しかし、認知症の人は、過去の記憶は意外にしっかりしていることがあるという話を聞いたことがある。微かな望みではあったが、大槻はそんなことを期待して、担当の後に続いた。

部屋の中に入ると、キクは南向きの窓際の古ぼけた椅子に腰を下ろし、破れそうな団扇《うちわ》を手に窓の外を眺めていた。

空調も効いているし、今は秋なので団扇は必要ないと思われたが、それがきっと彼女の癖や習慣なのだろう。しかし、背中を丸めた姿の小ささと相まって、いかにも淋しそうに見える。白髪も殆ど抜け落ちてしまって頬もたるみ、小さな目も眼窩《がんか》に落ち窪んでいる。

先ほど会ってきた仲村若子とは大違いだ。これくらいの年齢になると、年齢が一回り違うのは大きいと感じた。担当が「鵜澤さん」と声をかけたが、キクは大槻たちの姿を認識したのかしないのか、チラリと横目で見ただけで、再び窓の外に視線を移してしまった。

担当が微笑みながらキクに近づき、

「鵜澤さん。今日はね、お客さまがお見えになってるよ。色々とお話を伺いたかって。お茶も用意しようからね」

と言ったが、

「何《なん》や、またか」キクは面倒臭そうに大槻たちを見た。「昨日も来とったろうに」

「昨日？　昨日も誰か来たんか」

雁谷が担当に尋ねると、担当は無言のまま首を横に振った。キクの「記憶違い」というわけだ。

一気に心許なくなってしまったが、大槻たちは椅子を用意してもらうと、正面に大槻と松橋と雁谷が、そして担当がキクに寄り添うようにして腰を下ろした。

大槻たちは、順番に自己紹介する。しかしキクは、聞いているのかいないのか、覚えようとする気が全くないのか、誰と顔を合わせることもなく黙ったまま座っていた。

全員の自己紹介が終わると雁谷が、今この島で色々と大変なことが起こっているがご存知か。もしも、何かご存知だったら話して欲しいと尋ねた。

するとキクは、白濁した目で雁谷を見た。

「それで、あんたは誰じゃ」

雁谷は軽く嘆息しながら、大槻たちを見回して答えた。

「南警察署の刑事ばい」

「刑事が、なしてこげん所におると」

だから、と顔を歪める。

「鵜澤さんのお話ば聞きたかけん、ここにおると」

「……何の話よ」

呆れ顔の雁谷を制して、大槻が代わって尋ねる。

「鵜澤さんは、津州寺にいらっしゃったようですが、それはいつ頃のことでしょうか」

「対馬海戦が終わった頃ばい」

「対馬海戦?」

「日本海海戦のことですがね」

耳打ちする雁谷に、大槻は尋ねる。

「ということは……日露戦争か」

「はあ」

雁谷が頷いたが――。

年代は合うのか。大槻が頭の中で計算していると、キクが口を開いた。

「ありゃあ酷い戦《いくさ》やった。大勢のロシア帝国軍の兵隊が、海岸線に流されてきよってな。それを必死に救助したが、大半は死体じゃった。それが、次から次に山ほど流れて来《き》よった」

少しおかしい。

大槻は首を捻る。

日露戦争が勃発したのは、確か明治三十七年(一九〇四)のはず。キクがまだ生まれる前の話だ。とすれば、人命救助も何もできるはずもない。


それに、キクが住んでいた津州寺は、鬼瘤《おにこぶ》山山麓の山寺ではないか。海岸線とは無縁のはず。おそらく、誰かから聞いた話が、まるで自分が実際に体験したことのように思えているのだろう。記憶が錯綜《さくそう》しているのだ。

しかし、そんなことには触れずにおいて、大槻は更に尋ねる。

「鵜澤さんのいらっしゃった津州寺は、白壁村と岡邊村の近くだそうですな」

「……白樺《しらかば》村じゃ」

「白樺?『白壁』ではなく」

「白樺じゃ」キクは繰り返す。「昔、あの辺りに白樺の木が、ようけ生えておってな。それで『白樺村』と呼ばれとった」

「…………」

大槻は松橋と雁谷を見たが、二人とも首を捻り、雁谷は「聞いたことありませんな」と耳打ちする。

それはそうだろう。

白樺と言えば、信州――長野県のような避暑地に繋っているイメージがある。いくら標高の高い村だといっても、本当に長崎県・対馬に繋っていたのだろうか。しかも、大量に。

大槻も口を閉ざし、今度は松橋が、

「非常に訊きづらい質問なのですが」と言って丁寧に尋ねた。「津州寺といえば、最近、鵜澤さんの息子さんたちから連絡はありますでしょうか」

「……」キクは、薄目を開けて松橋を見ると答えた。「もう何年も、何《なん》も言って来《き》よらん。死んどるんじゃないか」

「は……」

言葉に詰まる松橋を見て、担当が立ち上がり、三人の後ろに回って囁いた。

「生前は、毎月一度は顔を出されていました」

これも、キクの記憶違いらしい。

しかしこの場合――。

「いくら何でも、死んでしまったというのは」大槻がわざと苦笑しながら尋ねる。「言いすぎではないですか」

いや、とキクは言って、窓の外に視線を移した。

「きっと、この世におらんごとなっとる。首でも落とされての」

「えっ」

全員が目を見張り、部屋は水を打ったような静寂で満たされた。

〝どういうことだ〟

顔をしかめる大槻の横で、

「う、鵜澤さん」松橋が動揺を隠せないまま尋ねた。「首を落とされるって、どうしてまたそんな物騒なことを――」

「仕方なか」キクは相変わらず無表情のまま答える。「順番じゃけん」

「順番って……何のですか」

「決まっとろうが。歳の順ばい」

「歳の順？」

自分の息子が自分より先に死ぬのが「歳の順」だというのか？

まるで逆だ。

「で、でも」松橋は諦めずに問いかける。「もしも、もしもですよ、鵜澤さんの息子さんが首を落とされて殺されてしまったとしたら、そんなことをする人間がいるとおっしゃるんですか」

「人間とは、言っとらん」

「じゃあ、誰ですか」

もちろん、とキクは松橋を見る。

「エビスじゃ」

「エビス？　恵比寿・大黒の、恵比寿？」

「ばってん」キクは初めて口元を歪めた。「己《おのれ》がやったことをやられただけじゃ。仕方んなか」

「何だって！」

腰を浮かせかけた松橋を、大槻が制した。

いや。

これ以上話しても無駄なのではなかろうか。


今の話を順番にまとめると——。

キクがこの一連の事件をきちんと把握できていたとすれば、彼女が言っているのは、一人目の犠牲者である仲村真の首を落としたのは津州寺住職の鵜澤祝《はふり》で、祝はその罰を受けて首を落とされたことになる。しかも、その犯人は「エビス」だという。とすれば、その後に殺された「週刊　NAGASAKI」の記者の米倉誠之は、どういう立場になるというのか——。

一体、どこからそういう発想になるのだ。

大槻は嘆息し、松橋もゆっくりと腰を下ろした。

そんな姿を見てキクは、

「それで」と尋ねた。「あんたは誰じゃ。何で、ここにおる」


大槻たちは丁寧に挨拶し、キクの部屋を辞した。

「あんな様子なんです」歩きながら担当が言った。

「でも、今日は普段より調子が良い方です」

その言葉に顔をしかめ、軽く頭を振りながら出口に向かって歩いていると雁谷の携帯が鳴った。

応答した雁谷が、

「何だって！」

と、いきなり立ち止まって大声を上げる。

そして「うん、うん」「そりゃあ」と真剣な顔で話し込んでいたが、携帯を切ると青ざめた顔で大槻と松橋を見た。

「美津島総合病院ばい」

「どうしました」

「ついさっき、鵜澤寿子の遺体が発見されたとです！」

「遺体？」

「我々が立ち寄った後で、病院の屋上から飛び降りよったらしく、即死じゃと」

大槻と松橋は顔を見合わせて頷くと、三人は大急ぎで「やすらぎの苑」を飛び出し、再び美津島総合病院へ取って返した。

＊

奈々たちを乗せたタクシーは、再び万関橋《まんぜきばし》を渡ると、大きくカーブした道を、大船越《おおふなこし》や対馬空港入り口を過ぎ、鶏知へと向かった。

「この辺りの『鶏知』という名称も」崇は言った。「やはり、神功皇后にちなんでいるんだ。皇后が三韓征伐に出発した際、この島の山に登って四方を眺めると、遠方から鶏の鳴き声が聞こえた。そのために人家があることを知り、訪れた。そこで、鶏が鳴いた場所を『鶏知』と名づけたという」

確かにこの島は、どこもかしこも「神功皇后」に彩られている。

いわゆる「三韓征伐」が実際にあったのかどうかは別にしても、神功皇后がこの島をとても頼りにし、豊玉姫命を篤く信仰していたことは間違いないだろう。

「でも」と奈々は尋ねる。「以前に、神功皇后はあくまでも架空の人物だと主張している人々がいるという話を聞きましたけど、こうして実際にたくさんの足跡《そくせき》——伝承や伝説の地が残されているんですから、実在は確かなんでしょうね」

「昨日の和布刈神社でもそうだったが、特にこの対馬では『皇后腰掛石』や、先ほどの『紫の瀬戸』、今の『鶏知』の由来などを始めとして、島の北から南にわたって三十ヵ所ほどの土地に、皇后ゆかりの神事など何かしらの伝承が残っている。また、美津島町にある古代山城の『金田城《かなたのき》』などは、皇后の出城だったと信じられているようだ」

つまり、と崇は続ける。

「神功皇后が、架空の人物だったと主張したい人間には、他の意図があるとしか思えない。というのも、以前に言ったように、神功は『皇后』どころか『天皇』になっていた可能性の方が高いんだからね」

確かに聞いた。

その時、崇は各地に残された伝承や『風土記』に載っている「神功天皇」という名称の話をした。

また、夫であった仲哀《ちゅうあい》天皇の崩御から、約七十年間も「天皇不在」の期間があったなどとは、とても考えられない。だから当然の流れとして、神功が即位していたのではないか、そのために「神功天皇」という名称がそこかしこに残されたのではないかという話も聞いた。

もしもそうであるならば、何故「神功」が「天皇」と呼ばれないのか——。

もちろんそれは、水戸光圀《みとみつくに》が編纂した『大日本史』に「皇后」と書かれたということが大きいのだが、それよりもっと重大な意味がある。いや、むしろそのために光圀は、敢えて「皇后」としたのかも知れないと思えるほどだ。

それはどういう意味かというと——。

神功が「天皇」になってしまうと、わが国が男系ではなく、女系天皇の血筋で紡がれてきたことになってしまうからだ。

今ここで、それらに関する詳しい話や具体的な例をいちいち挙げないが、崇の話は論理的で、素直に考えればそうなってしまう。しかもこの場合は「女性天皇」どころではなく「女系天皇」なので、天皇史が引っ繰り返ってしまう。故に、水戸光圀を始めとする誰もが、神功を「皇后」のままにしておきたかったのだろうし、その他の人々は「架空の人物」とまで言い張っているのだ……。


タクシーは、鶏知・住吉神社に到着した。

こちらはまた、実にこぢんまりとした神社だった。文字通り、周囲の杜に埋もれてしまいそうだ。

車を降りて歩きながら、崇は言った。

「この社もまた、海上交通の要所だった。というのも、すぐそこを流れていた鶏知川は、対馬海峡東水道に面する高浜から、北に位置する浅茅湾《あそう》まで延びていたというからね。先ほどの小船越同様、かなり重要な場所だった。というのも、亀山勝《かめやまかつ》も言っているように、

『その昔、住吉大社を総本部として、筒之男三神を祀る全国の主要住吉神社は、単なる港の神という機能だけでなく、あるときは軍事に関与する軍神として、また、あるときは情報を集める諜報機関として、日本列島の海上の監視体制に組み込まれていた可能性はある』

というわけだ」

「軍事拠点……ですか」

しかし、その話の方が素直に納得できる。

もちろん、神や仏に祈った場所でもあったろうが、神功皇后たちにしてみれば「現実的に」重要な場所だった――。

「そして」と崇は続けた。「ここの住吉神社は、例外的に筒之男三神を祀っておらず、鵜茅葺不合尊、豊玉姫、玉依姫、和多都美《わたづみ》神を祀っているんだ」

「何故？」

「祭神交替があったらしい。完全に政治的な理由だね。重要な拠点ほど、必ず政治的な意図の犠牲になってしまう」

いつの世の、どこの場所でもそうだ。歴史は何度も同じことを繰り返して進んで行く……。

拝殿の前に立つと、一間社入母屋造《いっけんしゃいりもや》り平入《ひら》りの、ごく普通のシンプルな社殿だった。

奈々は、参拝させていただいたことを感謝して、拝殿を辞した。

再びタクシーで次の目的地へと向かってもらったのだが、さすがに島の中心部に近づいたため、今までとは段違いに行き来する車の量が増えた。驚いたことに、サイレンを鳴らしたパトカーや救急車ともすれ違う。

「八幡宮さんの近くに、南警察署があるんよ」運転手が言う。「何かまた、事件でも起こったんかね」

しかし崇は、例によって興味を示さず、

「次の八幡宮神社も、名前の通り神功皇后由来の社だ」と奈々に言う。「祭神はもちろん、応神天皇・神功皇后・仲哀天皇・姫大神、そして武内宿禰《たけしうちのすくね》だ。この神社は、厳原の北北西にそびえる有明山に連なる清水山の麓に鎮座しているんだが、一説ではこの山に関しても神功皇后が、神の宿る山として磐《いわ》座《くら》を設けて祀ったといわれている。そのために『万葉集』では『対馬の嶺《ね》』『神の嶺』と詠まれた」

「『万葉集』にも!」

「しかもその後、時代が下って戦国末期には、神功皇后の武勇に倣った豊臣秀吉《とよとみひでよし》の命によって清水山《しみずやま》城《じょう》も築かれているから、戦略的にも非常に重要な地点と考えられていたようだ」

やはり神功皇后か。

しかしそれらの伝承はもちろんとして、対馬自体が、わが国にとっての根幹ともいえる歴史を持っている島なのではないか。

しかも、神社だけではなく、わが国初の寺院までが存在している。それらの事実を殆ど知らずに、今まで過ごしてきてしまった……。

　奈々が忸怩《じくじ》たる想いを胸に、窓の外を流れて行く景色を眺めていると、運転手の言う通り警察署らしき建物を過ぎて、そこから目と鼻の先に立っている「厳原八幡宮」の鳥居をくぐって駐車場に停まった。

　こんな街中に鎮座しているにもかかわらず、大きく深い杜に囲まれた境内は、清々しく広々としている。運転手を車に残して、崇と二人で鳥居をくぐり、緩やかな石段を登って行くと、

「社号　八幡宮神社
　　（嚴原八幡宮神社）旧県社」

と書かれた由緒書きが立っていた。

　祭神は今、崇が言ったように神功皇后、他四柱。

そして、

「本社は　神功皇后三韓御征伐の時　対馬国に御着船ありて　上県郡和珥《わに》の津より　三韓に渡り給ひ三韓を平《たいら》げ給ひて　凱還の時　清水山に行幸《ぎょうこう》ありて此の山は神霊の止まるべき山と宣ひ　神鏡と幣帛《へいはく》を岩上に置き　皇后親《みず》から天神地祇《てんじんちぎ》を祭りて　永く異国の寇《こう》を守り給へと祈り給ひて　神籬磐境《ひもろぎいわさか》を定給ひし所と伝ふ――」


云々と書かれていた。

　奈々たちは参拝を終えると、静かな境内を歩く。

　そこには、天穂日命《あめのほひ》や日本武尊《やまとたける》などをお祀りしている「平《ひら》（比良）神社」や、やはり神功皇后由来で素戔嗚尊《すさのお》をお祀りしている「宇努刀《うのと》神社」。

　何と、壇ノ浦で入水せずにこの地まで逃れて来られたという安徳《あんとく》天皇と、菅原道真《すがわらのみちざね》を合祀している「天神神社」。

　更には戦国武将・小西行長《こにしゆきなが》の長女、小西マリアを祀っている「今宮・若宮神社」（クリスチャンなの

に、神社！）も鎮座していた。

　奈々がそれらを順に参拝しながら歩いていると、携帯が鳴った。ディスプレイを見ると、小松崎良平だった。

　若宮を覗き込んでいる祟に断ってから、奈々は「もしもし」と携帯を耳に当てる。すると、

―おお、奈々ちゃん。ようやくつかまった」相変わらずの元気な声が、耳に飛び込んでくる。「半年ぶりだが、変わりはないか。こっちは、沙織も大地も俺も元気でやってるぞ。そっちはどうだ」

「はい。おかげさまで」

「例の蘊蓄垂《うんちくた》れ男も？」

「え、ええ……」

「何度か電話したんだが、繋がらなかったってことは、今どこか外に出てるのか」

「すみませんでした。タタルさんと旅行中なんです。それで、飛行機にも乗ったので、電源を切ったりしていたもので」

「おお、そうだったのか」小松崎は納得する。「沙織からも、奈々ちゃんたちが旅行に行くらしいと聞いてはいたんだが、まさに今日だったのか。例によって、神社三昧か」

「ええ。二泊三日で」

　笑いながら答える奈々に、

「それでな」と小松崎は真面目な声で言う。「またしても、ちょっと面倒な事件が起こってな。しかも、例によってタタルが喜びそうなやつなんだが、旅行中か。タタルのことだから、国外には出ていないんだろうが」

「でも、かなり『外国』に近い場所にいます」

「実は、奴と連絡を取りたいんだ。しかし、そんなに遠くまで出かけているとなると、少し難しそうだな。ちなみに、どこに行ってるんだ」

　はい、と奈々は答えた。

「長崎県――対馬です」

「何だと」

「いえ。最初は予定に入っていなかったんですけれど、何故か突然まわることになってしまって」

一瞬、静かな間があった。

「どうしました？」

首を傾げて尋ねる奈々の声に被さるように、

「おいおい！」

携帯の向こうで大きなドラ声が響き渡り、奈々は思わず耳を離す。

「ど、どうされたんですか」

「いいか、良く聞いてくれ」小松崎は、深呼吸してから言った。「今、俺はどこにいると思う」

「さあ……」

「長崎だよ」

「ええっ」奈々は驚いて尋ねる。「ど、どうしてまた――」

「知り合いの片山ってジャーナリストの所まで、事件を追ってきたんだよ。つい二時間ほど前に長崎空港に到着して、奴と打ち合わせてたんだ」

「また、ずいぶんお近くまで――」

「お近くまで、じゃあねえよ！　今回の事件現場ってのは、奈々ちゃんたちのいる対馬だ。そこで起こった『連続首なし殺人事件』を追ってるんだ。何か噂を聞いてるんじゃねえか」

あっ。

さっき、タクシーの運転手が言っていた事件のことか。

どこかの村の何とかという川べりで、袋に入った首なし死体が発見されたという。例によって、崇は何の興味も示さなかったので、話はそのままになってしまったけれど――。

「あのな」小松崎は勢い込む。「タタルがそこにいたら、申し訳ないが、ちょっくら代わってもらえねえか」

「は、はい！」

奈々は応えると、側でまだ社を見学していた崇に今までの話を簡潔に伝えた。崇は、あからさまに嫌そうな顔を見せたが、そのまま携帯を手渡した。

崇は「熊は声がでかいから」と言って、スピーカー機能に切り替える。

ちなみに「熊」というのは、小松崎への崇の呼び名だ。明邦大学体育会空手部の主将を務め、四年次には国体予選まで参加している小松崎の外見や体格から、昔は「熊つ崎」と呼んでいたが、今では「熊」の一言で済ませていた。

小松崎は話し始め、奈々も崇の隣で、そっと聞き耳を立てる。

先月、先々月と続けざまに台風に襲われて大きな被害を受けた対馬で、今度はそれにもまして大変な事件が勃発している。それが「連続首なし殺人事件」だ。文字通り、わざわざ首を落とされた遺体が、流れ着いた。

長崎在住で「週刊　NAGASAKI」のジャーナリスト・片山悟朗から、その「連続首なし殺人事件」の話を持ちかけられて、現在、長崎までやって来ている。この事件には、不審な点が多く、何か怪しげな臭いもする。そこで、ぜひ今回も崇の話を聞きたい——。

「何回も言ってきているように」崇は憮然《ぶぜん》とした顔で応えた。「俺は警察じゃない。本職の人たちに任せておいた方が良い。あるいは熊の知り合いの、そのジャーナリストに」

「片山の関係者が、一人殺されてるんだよ。会社の先輩がな。だから奴も必死になってるんだ」

と言って、事件を取材に行った米倉誠之が無残な殺され方をしたことを告げた。

「お悔やみ申し上げる」

「殊勝なことを言ってる場合じゃねえんだよ。大体、対馬で事件が立て続けに起こってるってのに、その場にいること自体が尋常じゃねえぞ」

「単なる偶然だ。俺はあくまでも、プライベートの旅行者だし、事件とは全く何の関わり合いもない」

「いや、偶然じゃねえぞ。このタイミングで現場にいるってことは、いつもタタルの言ってる『縁』ってやつじゃねえのか。天の配剤だろうが！」

「…………」

口を閉ざした崇を見て、今回は小松崎の言い分の方がもっともだと奈々は思った。この日、この時間に同じ県にいるなんて、まさしく「縁」——。

するとと、

「事件の話云々はともかく」崇が言った。「今夜、俺と奈々くんは博多に泊まる。もし、こっちまで来られれば、せっかくだから一杯やろうか」

「おお」小松崎の声が弾んだ。「そいつは嬉しいな。片山も連れて行って良いか。多少は、事件の話も出るだろうが」

「好きにしろ」

「これも『縁』だからな」

「確かに、奈々くんのもたらした『縁』だ」

「そういうこった。いつも、嵐を呼ぶ海燕のように事件を呼び込んじまう奈々ちゃんのな」

私？

どうして私が。

不審顔で見つめる奈々の横で、崇は言った。

「しかし、どちらにしても福岡空港行きの飛行機は夕方まで飛ばないから、博多着は十八時頃になる予定だ」

「俺たちも、これから車でそっち——博多に向かう。片山に運転を頼んで高速を飛ばして二時間はかかるから、ちょうど良いんじゃやねえかな。ついでに、車の中で事件の話を聞いたり、宿の手配をしたりすれば、充実した行程になる」

「宿？　熊も博多に泊まるのか」

「おまえたちと一緒に飲むんじゃ、今日中に長崎まで戻れるわけもねえだろうからな。それに俺は明日、対馬へ渡るつもりだから、福岡空港から飛ぶよ。博多なら、ビジネスホテルが山ほどあるから、いっそのことそっちに泊まっちまった方が便利だ。

タタルたちはどこに泊まってるんだ？」

崇がホテルの名前を告げると、

「分かった。俺たちもその近くで探す。決まったら、落ち合う場所を連絡するから、四人で飯を食おうじゃねえか」

「だが、事件の話は――」

「分かってるって」小松崎は、崇の言葉を遮った。「まずは久しぶりに、みんなで一献《いっこん》傾けようじゃねえか。博多は片山が詳しいだろうから、店はこっちで用意しておく。何かリクエストはあるか？」

「いや、特に――」

と答えた崇の後ろから、

「あの……」奈々が、おずおずと横入《よこはい》りした。「昨夜は、水炊きを食べました……」

「そうか」小松崎は、携帯の向こうで笑った。「博多名物のもつ鍋という手もあったが、ここは新鮮な魚介類が食えて、きちんと話ができる静かな割烹居酒屋あたりを予約してもらうとするか。じゃあ、後ほどまた」

小松崎が携帯を切ると、奈々たちもタクシーに戻った。すると運転手も、車の外で誰かと立ち話をしていたようで、二人の姿を認めると、相手と挨拶を交わしながら急いで運転席に戻った。

「何《なん》か、大変なことが起こっとるようばい」

「大変なこと？」

後部座席に座りながら尋ねる崇に、

「ああ」と運転手は、エンジンをかけながら真顔で答えた。「また、死人が出たと。こん近くの病院の屋上から身を投げた人がおるらしか。いやしかし、なんで事件が続くとやろ」

「本当ですね……」

奈々も顔を曇らせて運転手を見たが、

「それでは」崇は言った。「次は、豆酘《つつ》の多久頭魂《たくずだま》神社に、お願いします」

やはり、予定通りにまわるらしい。

と言っても、飛行機の時間は決まっているので、それまでこの島から動けないのは事実だけれど……すぐ近くで「連続首なし殺人事件」が起こっているなどと聞いてしまうと、何やら背筋《せすじ》が寒くなってくる……。

タクシーが南に向かって走り出すと、崇が呟くように言った。

「熊のおかげで、旅行に集中できなくなる。相変わらず面倒臭い男だ。いや、沙織くんには申し訳ないと思うが」

誰が誰に——どっちがどっちに言っているのか判然としなかったが、奈々は微笑みながら応えた。

「タタルさんが色々な事件に関わることは、一種の、ボランティアなんですって」

「え？」

「外嶋さんがおっしゃっていました」

「……全く意味不明な発言だ」

崇は、憮然とした表情で腕を組んだ。

＊

前日と同じようにシャワーで汗を流して着替えると、奈々は崇と、ホテルのロビーまで降りた。

小松崎から連絡が入り、博多駅の近くに地元の料理を食べさせてくれる店があるからと、わざわざホテルまで迎えに来てくれることになったのだ。

小松崎たちも無事に、博多駅近くのビジネスホテルが取れ、また明日の飛行機チケットも押さえられたという。これで安心して、夕食を楽しめる。

ロビーのソファに並んで腰を下ろし、相変わらず携帯で調べ物をしている崇の隣で、奈々は先ほどまわった多久頭魂神社について回想する——。

本当はタクシーの運転手から、八幡宮神社近くにある「万松院《ばんしょういん》」を、まず勧められた。

元和《げんな》元年（一六一五）に、宗家《そうけ》二十代の義成《よしなり》が、初代藩主であった父・義智《よしとし》の追善供養のために建立した寺院で、それ以降、宗家の菩提寺となっているのだという。堂内には、朝鮮国王から贈呈された三具足《みつぐそく》——仏具の「香炉《こうろ》」「燭台《しょくだい》」「花立《はなたて》」——や、金銅観音像などが安置されているのだという。また、非常に特徴的な「百雁木《ひゃくがんぎ》」と呼ばれる百三十二段の石段が、宗家一族の墓所へと延びているらしかった。

この万松院は、石川県・金沢の前田藩墓地や、山口県・萩の毛利藩墓地と並んで「日本三大墓地」の一つと言われている。そして何と言っても宗家は、元寇「文永《ぶんえい》の役」で、一族郎党八十余名が討ち死にしているのだ。間違いなく、対馬の歴史を彩る場所の一つだろう。

しかし、残念ながら今回は時間の都合でお参りが叶わなかったので、奈々は車の中から遥拝した。

そして、豆酘《つつ》の多久頭魂《たくずだま》神社——。

「この神社は」

タクシーの中で崇が説明してくれた。

「やはり神功皇后が、三韓征伐の際に神々を祀った社とされている。現在でこそ、高御産巣日《たかみむすび》神と神産巣日《かんむすび》神の子神たちを祀るとされているようだが、もともとは龍良山《たてらやま》を御神体として、対馬固有の『多久頭魂』を祀っていたのだという。つまり、この社の起源は定かではないほど古代になる。そもそも、この『豆酘』という地名から、住吉神社などの『筒男《つつのお》』——『豆酘《つつ》の男』という名称が生まれたのではないかという説もあるほどだからね」

「筒男がですか！」

「この社も、中世は神仏習合で『豆酘御寺《つつおてら》』と称していたようだからね」

奈々たちが一の鳥居をくぐって境内に入ると、辺りは一面殆ど自然のままで、前後左右は原生林に囲まれていた。本社までの途中には神仏習合の名残で、鐘楼や観音堂があり、また高御魂《たかみむすび》神社、神住居《かみすまい》神社、淀姫《よどひめ》神社などの社が鎮座していた。

そもそも、これらの神々も近くの森の中に鎮座していたようだが、学校の拡張整備などに際して遷座させられてきたらしい。しかし、そんな近代化の波にも呑み込まれなかった場所がある。それは、本社の背後に存在している、

「不入坪《いらぬつぼ》」

「立ち入り禁止の土地ですね」

敢えて「禁足地」という言葉は使わなかった。

というのも、辞書を引けば分かるように「禁足」には元来「立ち入り禁止」という意味はないからだ。あくまでも「禁足」は「そこから出さない」「外出禁止の罰」という意味だからと、以前に崇から聞いている。

つまり、その場所には「外に出すことのできない」恐ろしい神を封印してある。故に我々は、みだりに立ち入ってはならない、万が一にでも封印が解けてしまったら大変なことになる――という場所が「禁足地」で、結果的に「立ち入り禁止」となっているというわけで「結果」は同じだが「経過」が違うのだ……。

「ここは、ちょうど龍良山の麓で『オソロシドコロ』と呼ばれ、誰も足を踏み入れることが許されない場所なんだ」

「オソロシドコロ……ですか」

辺りの風景と相まって、ゾクリとしてしまう。

「天道信仰が基になっているようだが、詳細は謎だ。先ほど話した『亀卜』も、近くに鎮座している雷《いかずち》神社などで、未だに神事として行われているという」

そう言われて、何気なく社殿を見上げれば、瓦屋根の左右に可愛らしい「亀」の像が、ちょこんと載っていた――。

やがて、大柄で――まさに「熊」のような――小松崎が、見るからに真逆の雰囲気の、小柄で真面目そうな男性を連れて姿を現した。

「おお、タタル。奈々ちゃん」破顔しながら奈々たちに近づいてくると、隣の男性を引き合わせる。

「『週刊 NAGASAKI』社会部の片山悟朗です」名刺を手に自己紹介した。「小松崎さんには、以前から色々と大変お世話になっていまして、また今回も自分からお願いして――」

「まあ、そんな面倒臭い話は良いから」

小松崎が片山の肩をポンと叩いて、奈々たちは二人の案内で夜の博多の街を歩き、割烹居酒屋に移動した。

店は、小松崎が言っていたように、奈々たちのホテルから少し歩いて行った場所だったので、どんなに飲み過ぎても帰りの心配はいらないから、とても嬉しい。

店に入ると、足落としの四人席に崇と奈々、小松崎と片山が並んで、向かい合って座る。片山は、以前に何回か使ったことのある店のようで、早速地ビールで乾杯すると、すぐにつまみを注文した。博多と言えば青魚ということで、アジ、カンパチと長崎本マグロの三点盛。透き通るような、イカの活き造り。そして、辛子明太子と酢もつ。

「酢もつ？」

怪訝な顔をする小松崎に、片山は「ええ」と答える。新鮮な「もつ」を湯通しして、刻みネギやポン酢で食べるつまみだそうだ。想像するだけで美味しそう。

「その後で、お酒が変わったら、名物の『ごまさば』を」

「何だ、そりゃあ」

「鯖の刺身す」

「鯖を刺身で食うのか！」

「はあ」

「鯖の食中毒の原因は」崇がグラスを傾けながら言った。「アニサキスだ。その幼虫が寄生している魚介類を食することによって、我々の胃壁や腸壁に入り込んで食中毒が起こる」

　こんな場にそぐわない話題を続ける。

「しかし、アニサキスにも種類があって、この辺りで捕れる鯖の持つアニサキスの毒性は、太平洋側のそれの百分の一ともいわれているから、鮮度さえ保っていれば何の心配もないだろう」

「そうなのか」小松崎はグラスを空けると、口の周りに泡をつけながら笑った。「相変わらず、どうでも良いようなことまで知ってやがる。それも、薬剤師の仕事の一環なのか」

「まあな」

　そんなことはない、と奈々は心の中で思う。むしろ、こういった知識は「酒飲み」の分野だ。

　皆で地ビールを飲み、次々に運ばれてくるつまみに舌鼓を打っていると、小松崎が、

「しかし、どうしてまた対馬へ来た」

　と尋ねたので、崇が説明する。

　当初は予定通り、門司の和布刈《めかり》神社から、志賀海《しかうみ》神社を始めとする、安曇族関係の神社をのんびりまわるつもりだった。ところが和布刈神社で、対馬の和多都美《わたづみ》神社の話を聞き、急遽予定を変更して対馬に渡った。そして今日一日、色々な神社を廻ってきた——。

「しかし、島は大騒ぎだったろうな。こう、立て続けに事件が起こっていちゃあ」

「いや」崇は、あっさり答える。「厳原の辺りが少し騒がしかっただけで、その他は別に何も。むしろ、非常に充実した旅行だった」

「あの辺りは」片山が言った。「南警察署がありますからね。あと、さっき入ってきた情報ですと、その近くの美津島《みつしま》総合病院でも、関係者の飛び降り自殺があったようです」

「あっ」

　奈々は思わず叫び、全員の視線を一斉に受けながらドギマギと口を開いた。

「タクシーの運転手さんが、そんな話をしていたこ

とを思いだしたもので……」

「その頃に、その場所にいたんですか」

「じゃあ、運転手に尋ねろよ」小松崎が眉根を寄せる。「ただでさえ、殺人だ何だって色々と物騒なことが起こってるんだから」

だが、崇はグラスに口をつけて平然と答える。

「俺は全く無関係だ」

でも、と片山が割って入る。

「自分の先輩も、あの近くで亡くなってるんです。どうして厳原の近くで、こんな立て続けに――」

「そういえば」小松崎が尋ねた。「おまえの先輩は、亡くなる直前に何か言い残したっていうじゃねえか」

「幸いと言うか何と言うか、首を落とされていませんでしたので、他の事件と関連があるかないかはまだ分かりませんが――」

と言って、奈々たちに告げた。

「発見者の方の話によりますと『最強』あるいは『最凶』。そして『苦行』――と」

さいきょう……。くぎょう……。

奈々は首を捻る。

「方言――長崎弁ではないんですか」

「はあ。それは全く」

「それについて、県警は何と言ってるんですか」

「全く想像もつかないし、被害者も錯乱状態だったろうから、そんなことに拘《こだわ》る必要もないんじゃないか――と」

おい、と小松崎は崇を正面から見た。

「タタルはどう思う？」

「さあな」崇は苦笑した。「他人の考えていること、ましてや末期《まつご》の頭に浮かぶことなど、俺に分かるはずもない」

「そりゃあそうだがな」小松崎は再びグラスを空ける。「しかし、何か一つくらいないのか」

「むしろ、いくらでもある」崇は言う。「『さいきょう』に関して言えば『歳刑《さいきょう》』――暦の吉凶を司る『八将神《はっしょうしん》』の一つで、水星の精といわれている。この神の在る方角に向かっての種蒔きや、伐採を禁じられている。ちなみにこの『八将神』で有名なのは『大将軍《たいしょうぐん》』や『歳破《さいは》』や――」

「そいつは関係ねえだろう！」

「あるいは『西行《さいぎょう》』かも知れん。俗名、佐藤義清《さとうのりきよ》で、平安末・鎌倉初期の歌僧だ。もとは北面の武士だったが、後に出家した。そしてあの有名な、

願はくは花の下にて春死なむ
その如月《きさらぎ》の望月のころ

という歌を詠み、本当に二月十五日、あるいは十六日に亡くなって伝説になった」

「あのな――」

「もしかすると『西京』や『斎京』といった名字かも知れんし、『在郷』『在京』などとも考えられる」

「それが何なんだよ」小松崎は呆れ顔でビールを注いで一口飲んだ。「じゃあ、もう一つの『苦行』はどうなんだ」

「『公卿』かも知れんしな。どこかにお公卿《くげ》さんが絡んでいるかも知れない。あるいは『公暁《くぎょう》』かな」

「公暁だと？」

「建保《けんぽう》七年（一二一九）に、雪の鶴岡八幡宮で、鎌倉三代将軍・源実朝《みなもとのさねとも》を暗殺した男だ。しかしその後、すぐに三浦義村《みうらよしむら》の郎党たちの手によって討ち取られてしまった。しかし近年、この『公暁』の読みは『こうぎょう』が正しいのではないかと言われている。というのも『くぎょう』という読みは、そもそも『吾妻鏡《あづまかがみ》』の写本の――」

「分かった」小松崎は、崇の言葉を遮った。「鎌倉談義は、また今度で良い。それで他には」

「いくらでもある。『究竟《くきょう》』『恭敬《くぎょう》』『弘経《ぐきょう》』……」

「何か『坊主』っぽい言葉ばかりだな」

そうだな、と崇は苦笑した。

「この事件に、獅子舞でもやっている神社か寺が絡んでいれば簡単な話だが」

「な――」

小松崎は絶句し、片山も息を呑む。

部屋が一瞬、しん……となって二人は顔を見合わせると、小松崎が、ゆっくり尋ねた。

「おい、タタル。今何て言った」

「……獅子舞でもやっている神社か寺が絡んでいれば――」

「今回の事件に関して、何か聞いていたのか？」

「いや、特に何も」崇は手酌でビールを注ぐ。「ああ、なくなっちまった」

「ちょっと待て。今すぐ地酒を頼むから、その前に一つ聞かせてくれ。タタルは、この事件に関してどこまで知っているんだ」

だから、と崇は答える。

「首なし死体が、二体だか三体だか川か海で見つかって、彼――片山くんの先輩が殺害されて、誰かが病院の屋上から飛び降り自殺した」

「じゃあ、どこから『獅子舞』や『寺』が出てきたんだよ？」

「『さいきょう』と『くぎょう』」

「そいつは、いわゆる『苦行』ってことか」

小松崎はテーブルに指で文字を書いたが、

「ああ」崇は笑った。「そうとも取れるな」

大きく目を見開いたままの片山の隣で、小松崎は地酒のメニューを手に取る。

「好きな物を頼め。そうしたら、今の話を詳しく説明しろ」小松崎は、メニューを崇の目の前に広げた。「いいか。この事件で二番目に殺されたのは、津州寺って寺の住職だ。そして今日、飛び降り自殺したのは、その住職の奥さんだ。そしてその寺は、へんてこりんな獅子舞が有名なんだと」

えっ。

奈々は息を呑む。

そんな話は、確かに一度も聞かなかった。

今日まわってきたのは神社ばかりで、寺に関しては、日本で初めての寺院が対馬にあるという話だけ。なのに、どうしていきなり「寺」の話に？

「タタルさん！」

呼びかける奈々の声に、

「ああ」崇は頷いた。「これにしよう。昨晩飲んだ地酒同様、糸島《いとしま》市の山田錦を使い、昔ながらの方法で醸造されているとある。美味そうだ」

「え……」

「いや、実は」崇は小松崎たちを見た。「明日、糸島まで行こうと思っているんだ。だから、その予《よ》祝《しゅく》で——」

「待て」

小松崎は、大きな手のひらを崇の前に立てて言葉を遮った。

「地酒ならば、いくら飲んでもらっても構わねえ。しかし、飲みながらで良いから、話を聞かせてもらおうじゃねえか」

小松崎は係りの人間を呼ぶと、糸島の地酒を冷やで四合頼んだ。そして再び、崇を見る。

「それで、米倉さんの言葉が、どうして『寺』に関係してるって言うんだよ」

そうだな——と、崇は小松崎と片山を見た。

「その前に、事件に関する話を少し聞かせて欲しい。俺の考えが早計に過ぎるといけないから」

「分かった」

小松崎は言って、それが合図のように片山は頷く。運ばれてきた地酒を、勝手にそれぞれが手酌で注いでは口に運びながら、皆で片山の話に耳を傾けた——。

先月の半ば。

鶏知と厳原の境界を流れる鹿谷川《ししたに》の下流で、大きな皮袋に入れられた仲村真《なかむらしん》（四十八歳）の首なし死体が発見された。真は、鹿谷川上流の「白壁村」で、母の若子と二人暮らしをしていた男性だった。

続いて、昨日。

鶏知の海岸線に打ち寄せた小舟の中から、津州寺住職・鵜澤《うざわ》祝《はふり》の、死後数日たった首なし死体が発見された。津州寺は、鹿谷川上流、鬼瘤《おにこぶ》山の麓にある小さな古寺で、住職の祝と、妻の寿子の二人で何とか維持している。

その夜。

これらの事件を調べていた「週刊　NAGASAKI」の記者・米倉誠之の惨殺死体が発見された。最後に残した言葉は、発見者によれば「最強……」「苦行……」。

そして先ほど。

津州寺住職の妻・寿子が、入院していた美津島総合病院の屋上から身を投げて亡くなった。動機はまだ不明だが、おそらくは自殺で間違いないだろうといわれている。

「どちらにしても」片山は言う。「今、桑原さんがおっしゃられたように『寺』が関与していそうなんです。いえ、最初の事件には直接、津州寺は関与していないんですが、白壁村の人たちは全員が津州寺の檀家なもので」

「檀家……」

「今は、なくなってしまいましたが、近くにあった岡邊村の人たちと一緒に、津州寺の祭に毎年参加していたようです」

と言って片山は、津州寺に伝わる不思議な祭の話をした。それは「カンベ祭」といって、集まった誰もが無言のまま、ただ獅子舞を見物する。

「カンベ……祭」

「昔に一度、取材に行ったことがあるので、こんなことを言うと申し訳ないんですが——何《なん》やら不気味やったとです」

「確かに……」奈々は頷いた。「しんとした中で、獅子舞が舞われるなんて、聞いたことのないお祭ですね」

「本当に、そうなんす」片山は何度も同意する。そして、「あと、現代にしては奇妙なことが一つ」

「それは？」

　尋ねる奈々に、片山は「ええ」と答えて言う。

「この津州寺なんすが、今言ったように、殺された住職の名前は『鵜澤祝』す。しかしこの寺の住職の名前は、代々『鵜澤祝』なんす」

「え」

「もう何代目なんすかね」片山は首を傾げた。「そこまでは知らないんすけど、ずっと誰もが『鵜澤祝』と」

「まるで、文楽や歌舞伎の世界みたいですね。何代目誰々——って」

　奈々が軽く頷いていると、突然、

「熊」と崇が口を開いた。「おまえは明日、対馬に行くと言ったな。その寺にも行くのか」

「様子次第では、もちろん」

「何時だ」

「福岡空港発、十時過ぎの便を取った」

　今朝、奈々たちが乗ったのと同じ便だ——と思っていると、崇が予想外のことを口にした。

「俺も行っても良いかな」

　えっ。

　奈々は耳を疑う。

　あわてて崇を見たが、とても酔っているようには見えなかったし、冗談でもなさそうだ。本気で言っているのか。

「どうしたんだよ、急に」小松崎も驚いたらしい。

「珍しいじゃねえか。タタルから、そんなことを言い出すなんて」

「その寺を見てみたい」

「神社じゃねえぞ、寺だぞ。テリトリーから外れてるんじゃねえか」

「古刹《こさつ》であれば、当然『神宮寺』だろう。寺も神社もない」

　でも！　と片山が慌てて言う。

「お祭は見られませんよ。時期が違いますから。それに獅子舞は、舞われる年とそうでない年とがあるようで――」

「構わない」

「じゃあ、寺の何を見るんだ」

尋ねる小松崎に、崇はぐい呑みを空けて答える。

「分からない」

「何だと」

「分からない部分を、調べてみたい」

「相変わらず、それこそ何が何だか訳の分からねえ男だ」

小松崎は苦笑いしながら、地酒に口をつける。

「しかし、タタルが来てくれるのは大歓迎だ。ということは」奈々を見た。「奈々ちゃんも、一緒に来てくれるんだろうな」

「行ってもよろしければ……」

「俺たちは構わねえよ。向こうへ行ったらレンタカーを借りて、片山の運転でまわる予定だから、二人増えたところで何の支障もない。なあ、片山」

「はい、もちろん」片山は大きく頷いた。「自分の運転でよろしければ、ぜひ奥様もご一緒に」

「ありがとうございます」

微笑む奈々の隣で、

「しかし」と崇は小松崎を見た。「今から、飛行機のチケットが取れるかな。キャンセル待ちも、面倒臭い」

「大丈夫だ」小松崎は、悪戯《いたずら》っ子のように笑った。「こういうことになるだろうと思って、実はさっき、四人分取っておいた」

「えっ」奈々は、地酒を吹き出しそうになる。「どうしてそんな、手回しの良い――」

「当たり前だろうがよ。奈々ちゃんが呼び込んじまった事件を、ほったらかしにしたままで、タタルがのうのうと東京に帰れるわけもねえからな。それに、嫌だと言っても無理矢理に引っ張っていくつもりだった。何しろ原因を作ったのは、奈々ちゃんだからな。事件のある所に奈々ちゃんあり」

「え……？」

「事件やその犯人云々は、ともかくとして」崇は言った。「ここまで来ているんだから、ぜひその現場を見てみたい。俺の考えが間違っていなければ、かなり珍しいことが起こっているはずだ。奈々くんのおかげで、またしても奇妙な体験ができる」

「わ、私？」

「お似合いだ」小松崎は笑いながら尋ねる。「ってことは、事件の真相も分かってるのか」

「連動していれば当然そうなるが、俺はむしろこの異様な——」

おい！　小松崎は片山に言った。

「すぐに長崎県警と連絡を取るんだ。誰か知り合いの刑事がいると言っていたろう」

「はい。捜査一課の松橋巡査部長を。現在、対馬に泊まり込んでいるはずです！」

よし、と小松崎は大きな体を起こす。

「こうなったら、警視庁・岩築《がんちく》叔父貴の名前でも何でも使っていいぞ。俺が後から何とかしておくから。とにかく、少なくとも米倉さんの最期の言葉の意味が分かった男がいると伝えるんだ。そいつを連れて、明日の朝、対馬に行くと」

でも、それならば最初から対馬に泊まった方が早かった……とも思ったが、そもそも対馬を訪れる予定はなかったし、小松崎が長崎まで来ていることを知ったのは午後になってからだ。この場合は、どう転んでも、改めて対馬を訪れる運命だったのかも知れない。

小松崎の言葉に、

「はいっ」

と答えると、片山は携帯を手に話のできる場所へと立つ。その後ろ姿を見送りながら、

「おい、タタル」小松崎は地酒を注ぐ。「本当に、あの言葉の意味が分かったんだな。『最強』と『苦行』——」

「単純な話だ」崇もぐい呑みを傾ける。「しかし、説明が長くなるから、直接その担当の刑事さんに伝えよう。ただ、何度も言うように、そっちの件はどうでも良い話で、俺はあくまでも――」

「分かった。勝手にしろ」小松崎は笑う。「じゃあそういうことで、これから俺たちは存分に飲んで、美味い海の幸を味わうことにしようじゃねえか。なあ、奈々ちゃん」

「は、はい」

先ほどの言葉――奈々が事件を呼び込んだという意見――が引っかかっている奈々は、まだ釈然としないまま、ぐい呑みに手を伸ばしながら思う……。

対馬に関して、自分は今まで余りにも何も知らなかった。

今日見てきただけでも、木坂の海神神社が、全国四万社を越えるという「八幡宮」の元々の社だったし、鴨居瀬の住吉神社は、全国に約六百社鎮座している「住吉神社」の大元。

豊玉町に鎮座し、豊玉姫たちを祀っている和多都美神社は、豊玉姫――乙姫の住む、竜宮城のモデル。そこには、常陸国《ひたちのくに》一の宮・鹿島神宮や、奈良・春日大社の主祭神ともいわれている「安曇磯良」の墓がある。そしてその名称こそ「磯良恵比須」。

神社だけではなく、梅林寺という日本初の仏教寺院が存在していた。現在はなくなってしまっているものの、当然ながらその寺には日本最古の仏像が置かれていた。

更に、そこかしこに「神功皇后」の足跡《そくせき》が、今も残っている――。

そう考えると対馬は、ある意味、日本の根幹部分を担っている土地なのではないか？

そして、こうやって再訪することが運命だったならば、素直に従おう――と思いながら、奈々は美味しい地酒にゆっくり口をつけた。

《清流》

わたしはあの山から脱出してきました。
けれどもあの美しい女の目が
どこまでもわたしを追ってくるのです、
もどっていらっしゃいと目くばせするのです。

朝早くチェックアウトをすませてホテルを出ると、福岡空港に大きな荷物を預け、奈々たちは曇り空の下、昨日と同じ時刻の便に搭乗する。

プロペラ機を実際に目にした小松崎が、やはり同じことを感じたようで「少しドキドキするな」と呟いたのを耳にした奈々は、崇から聞いた話を微笑みながら伝えた。エンジンが止まった時の安全性（安心性？）は、むしろジェット機よりは高い。何故ならば――云々。

それを聞いた小松崎は――昨日の奈々と同じように――半信半疑の顔のまま乗り込み、四人を乗せた飛行機は、厚い雲の中を対馬へと飛んだ。

例によって、あっという間に対馬空港に到着すると、再び出迎えてくれたツシマヤマネコのポスターを奈々が眺めている間に、片山がレンタカーを借りた。取りあえずは――全く気の進まない様子の崇を含めて、全員で南警察署に向かう。

昨日の一本道を、車は南へと走る。

改めて眺めると、鶏知《けち》から厳原《いづはら》の近辺は、さすがに島のメインストリートだけあって、立派なホテルやレストランが建ち並び、旅行者はゆったり充実した時間を過ごせそうだった。

途中、片山がハンドルを握りながら、

「この少し先で、米倉さんの遺体が見つかったんです」と言って、左前方を指差した。「小浦《こうら》の先にある、恵比寿さんの近くで」

「恵比寿！」

思わず声を上げてしまった奈々を小松崎が助手席から振り返る。

「何だ、奈々ちゃん。恵比寿がどうした？」

「恵比寿は死体のことだって——」

「なにぃ？」

すると崇が割って入る。

「何故か昨日から、恵比寿に縁があってな。そんな話も、できたら後でゆっくりしよう」

「なるほど」小松崎は前を向く。「さすが奈々ちゃんだ」

と、意味不明なことを言う。

その真意を問い質そうとした時、車は少し長めのトンネルを抜け、南警察署に到着した。

駐車場に車を停めると、片山はすぐ署内に飛び込み、受付窓口で話をつけ、四人は署内の一室に通された。それほど広くはない部屋では、何人もの刑事や警察官が、殆ど怒鳴り合いながら立ち働いていた。そんな中に、奈々たちは入る。

一瞬、全員の動きが止まり、いくつもの鋭い視線が奈々たちの上に注がれる。

ブレザーを羽織っているものの、いかつい顔の大男、小松崎。ラフな、よれよれのジャケットに、ぼさぼさ髪の色白男の崇。そして、単なる旅行者姿の奈々——。

数秒間、時間が止まったようだった。

今まで何回も、いや何十回も経験している「儀礼」なのだが、平然と立っている小松崎や、我関せず顔の崇の後ろで、何度経験しても全く慣れることのできないこの雰囲気に、奈々は一人気まずい思いで下を向いていた。

片山の知り合いという、長崎県警捜査一課の松橋巡査部長に挨拶に行くと、やはり県警の大槻警部補、そしてここ南署の雁谷巡査長を紹介された。

「それで——」松橋が崇たちを、じろりと見た。

「どなたが、警視庁関係者ですか」

　そこで小松崎が、名刺を手渡しながら答えた。

　但し、職業は片山と同じジャーナリストで、警察関係者というわけではなく、叔父が警視庁警部で「この男」――崇を介して何度か事件解決に手を貸したことがある。今回は対馬の事件の取材にやって来たのだが、たまたま「この男」が近くにいるというので事件の話をすると、米倉の最期の言葉の意味が分かるというので、それをお伝えしたい――と、崇の言葉を少し意訳しながら伝えた。

「では」と大槻が言う。「警視庁は、直接関係ないということだね」

「当然です。管轄外の事件ですから」

　小松崎は補足する。あくまでも個人的な取材の中で、偶然にも事件解決の糸口をつかめそうな友人に会ったので、ここに連れてきた――。

「事件解決の糸口とは」大槻は鼻で嗤《わら》う。「随分また素晴らしい話だ。しかし一応、警視庁に確認を取らせてもらった。この忙しい最中にね」

「そうしたら」松橋が話を引き継ぐ。「岩築警部が、彼らが何度も事件解決に手を貸したという事実は自分が保証するし、おそらく京都府警でも奈良県警でも同様だろう。だから、話だけでも聞いておいて損はないからと言われた。なのでこの機会を、わざわざ設けたんだ。ましてや、今回の被害者の勤めていた会社に勤務している片山くんとは知り合いだというしね」

「ありがとうございます」

　胸を張って答える小松崎を、じろじろと眺めながら松橋は言う。

「だが我々は、今から二時間後に関係者全員と会って、もう一度事情聴取する予定になっているんだ。きみの話を聞くのは――」

　崇を見る。

「その前が良いかな。それとも、事情聴取が終わってからが良いかな」

一呼吸置いて、崇が答えた。

「では、せっかくなのでその時に」

「何やと」雁谷が怒鳴る。「そん最中にやと。雑談やなか、事情聴取やぞ！」

でも、と崇が静かに応えた。

「その場に参加させていただければ、おそらく全てが解決すると思うので」

しん……と部屋が静まりかえる。

しばらくして、

「どういう意味だ」大槻が崇を睨みつけ、しかし冷静に尋ねた。「一体きみは、この事件の何を知っていると言うんだ」

「細部までは分かりませんし、また知りようもありません」崇は肩を竦めて答える。「何せ、詳しい話を聞いたのは昨晩のことなので」

ほう、と大槻は苦笑した。

「それなのに、全て解決できると」

「俺がつかんでいるのは、あくまでも『事件の本質』です」

「だから犯人が分かるというのか」

「どんな方々が関与されているのか知りませんが、分かる可能性はあります」

「まさか、病院から飛び降り自殺した鵜《う》澤《ざわ》寿《とし》子《こ》さんが犯人だったなどと言い出すんじゃないだろうな」

「そんなことは、一言も」

「じゃあ、その犯人逮捕に繋がる証拠も？」

「いえ。そういった細かい部分に関しては、県警の方々にお任せします」

「細かい部分だと」松橋が食ってかかる。「それが一番重要なんだよ！　全く素人は」

まあ良い、と大槻がなだめる。

「つまりきみとしては、犯人の『犯行動機』を把握しているということだな」

「はい。米倉さんが言い残されたというので」

「『最強』と『苦行』か」

「その言葉が、今回の事件の全てです。米倉さんは、実に有能なジャーナリストでした」

　崇の言葉に、大槻と松橋と雁谷は、顔を近づけてひそひそ話をする。やがて、

「分かった」松橋が言った。「二時間後に我々は、美津島総合病院に行くことになっている。そこで、亡くなった仲村真《なかむらしん》さんの母親の若子《わかこ》さんと、親戚の美沼綾女《みぬまあやめ》さん、そして彼女の昔からの知り合いの猿《さる》沢瞳《さわひとみ》さんという女性たちから事情聴取する。それ以前にも彼女たち三人には、同じ病院で事情聴取しているんだがね」

「同じ病院で？」

「そうだ」大槻は頷いた。「我々が若子さんに聴取しに行った時、たまたま二人がやって来ていたものでね」

「たまたま……」

　不審げな顔の崇に、

「とにかく」と大槻は言った。「今回だけ、さまざまな理由を加味して特別に参加することを許可しよう。但し、少しでも我々の足を引っ張るような行為・言動があれば、即座に退去してもらう。それで良いか」

「ありがとうございます」崇は素直に礼を述べる。「では、もう少しだけ見たい場所があるので、そちらをまわってから」

「どこに行くんだ」

「津州寺へ」

「津州寺？」大槻たちは変な顔をした。「どうしてまた――」

　しかし崇はその質問には答えず、片山に尋ねた。

「二時間で、行って戻って来られるかな？」

「はい。少し飛ばせば……」

　それを聞いて崇は大槻を向いた。

「一つ、お願いがあります」

「何だ」

「寺の本堂を拝見したいのですが、中に入れるでしょうか」

「今現在は立ち入り禁止だが、警備の警官に言っておこう。但し、くれぐれも勝手な行動は慎んでもらいたい。これは、いくら岩築警部の関係者といってもな」

「ありがとうございます」

「他には、どこに行くつもりなんだ」

「寺の近くの、白樺村を見学に」

えっ。

あわてて崇の顔を覗き込んだ奈々の前で、

「はあ？」と雁谷が大声を上げた。「そりゃ、白壁村ばい」

そして、大槻や松橋を見て大笑いする。

「『白樺《しらかば》村』じゃあ、言いよることが鶏澤キクさんと、一緒ですな」

「……その方は」崇が真面目な顔で尋ねた。「どなたですか」

「今年九十六歳の老人ばい！」

亡くなった津州寺住職の老母で、介護施設に入っていると説明した。昔、あの辺りには沢山の白樺の木が生えていて、それで「白樺村」という名称になったと言う。しかし雁谷は、そんな話は一度も聞いたことがない、白樺などは本州のもっと北の地域に生えるもので、

「対馬の木といえば、昔から『ヒトツバタゴ』と決まっとる」

あからさまにバカにしたような顔つきで見つめる雁谷と、急に不安そうになった片山を見て、

「では、俺たちはこれで」小松崎が大槻たちに挨拶した。「もう、時間がないもので」

その言葉に頷いた大槻たちの横で、

「せいぜい見学――いや、見物してくると良か」雁谷は、まだ楽しそうに言った。「警察の邪魔にならん程度にな」

今にも降り出しそうな空の下、南署を出て車に乗り込むと、

「すみませんでした、酷い対応で」自分のせいではないのに、片山が謝る。「みんな、カリカリしとったようで」

「いつも、こんなもんだ」小松崎は笑うと、助手席から振り向く。「なあ、タタル」

「ああ」

崇は全く興味がないような顔で応え、車は今やって来た道を少し戻ると、津州寺に続く山道に入り、鹿谷《ししたに》川沿いを走る。昨日の海神《かいじん》神社同様、いやそれ以上の山道かも知れない。しかも、天気は段々と不穏になってくる。

心細げに窓から空を見上げる奈々の隣で崇が、

「できれば、白壁村を通って行って欲しい」

とリクエストし、片山は「了解しました」と答えると、やがて轟々と流れる川の上に架かる細く危うい橋を渡った。

しかし――。

先ほどの崇の口から出た「白樺村」。

確かに崇が固有名詞を間違えるなんて珍しい。

そう思っていると、やはり小松崎もそう感じたようで、助手席から振り向いて尋ねた。

「どうしたんだ、タタルらしくないじゃねえか。地名を間違えるなんてな」

しかし崇は、相変わらずの仏頂面で窓の外の景色を眺めている。

「だがな」小松崎は言う。「片山の話だと、あそこら辺には『白樺』の木もないが『白壁』の家もないらしいぞ」

そうなんす、と片山は前方を見たまま答える。

「もちろん、お城や武家屋敷もないのに『白壁村』って言うんですよ。まあ、お洒落と言えばお洒落ですが――」

「少し村の中を走ってくれないか」

「何もない寒村すよ」

「白壁がないことを確認できればいいんだ」

「はあ……」

だが、と小松崎がつけ加える。

「白樺もないぞ」

「あった、と言った老人がいるらしいじゃないか」

「鵜澤キクかよ。おいおい、タタルはそんな話を信用してるのか」

「キクさんは、実際に見たからこそ、そう言ったんだろう」

「よせよ。記憶の当てにならねえ老婆の言うことなんだぞ」

「今現在は知らんが、遠い昔の記憶は残っているものだ」

「確かにそんな話は聞くが……」小松崎は肩を竦めた。「好きにしろ。ちょっくら走ってやってくれ」

「はいっ」

片山は山道でアクセルを踏み込んだ。

車は左右にうねりながら、川の上流を目指す。やがて片山が、

「この辺りが白壁村っす。ちなみに岡邊《おかべ》村は、もう跡形も残っておりませんが」

細い道の両脇は底知れぬ深い林に包まれ、所々にポツンと古い民家が見えるだけだった。ここではきっと、夜になると鳥や蛙の声しか聞こえないのだろう。あとは、もしも生息していれば山犬の声。そしてむしろ、川のせせらぎの音が人の声のように聞こえるに違いない。

崇は一心に窓の外の景色に目を凝らす。

一体、何を探しているのだ？

いや、先ほどは「ない」ことを確認すると言っていたけれど――。

民家の姿も見えなくなり、車は更に山道を登る。しばらく揺られていると、

「あれが鬼瘤《おにこぶ》山ですから、もうすぐ津州寺に到着します」

前方の小高い山を指差して、片山が言った。

やがて目の前に、いかにも古びた小さな寺が姿を

現した。片山は寺の前の空き地に車を停める。ドアを開けて降りると、先程までとはまた違う一段深い緑と、どことなく漂う雨の匂いがした。

寺の入り口、小さな中門の脇には白茶けてしまった文字で、

「真言宗津州寺派本山　津州寺」

という寺号板が掛かっている。

「対馬は――」崇がそれを眺めながら説明する。「古くは『対州《たいしゅう》』と呼ばれていたようだから、津州寺もそこから名づけたんだろうな。実際に、愛知県津島《つしま》市に鎮座している『津島神社』も、こちらの『津』の文字を使っている。何しろ、欽明《きんめい》天皇元年（五四〇）に、ここ対馬から建速須佐之男命《たけはやすさのお》が来臨されたという古い歴史を紡いでいる」

「欽明天皇元年ですか！」

中門をくぐりながら驚く奈々に、
ちなみに、と崇は続けた。

「津島神社で開催される『津島天王祭《てんのうまつり》』は、半球形に三百六十五個の提灯を飾った何艘もの船が川に浮かぶという、とても幻想的なもので、大阪天満宮《てんまんぐう》の『天神祭《てんじんまつり》』、宮島嚴島《いつくしま》神社の『管絃祭《かんげんさい》』と並んで、日本三大川祭の一つに数えられている。津州寺では、そこまでの大祭は開催されないようだが、片山くんの言っていた変わった祭があるというから、楽しみだ」

例の「カンベ祭」だ。

近隣の村人たちが集まり、無言のまま、ただひたすら獅子舞を見物するという。

確かに片山の言う通り「不気味」だ。しかもこんな深い山奥の寺で――。

境内に入ると、大槻の言う通り、本堂を二人の警官が見張っていた。片山がすぐに近づいて、何やら話をする。入母屋《いりもや》瓦葺《かわらぶき》の屋根の上には、こちらも余り見かけないような寺紋が飾られていて、それを眺めながら奈々たちは待つ。

あらかじめ話を通してもらっておいて良かった。

すぐに見学の許可が降り、奈々たちは本堂に上がることができた。但し、入れるのは外陣《げじん》のみで、内陣は立ち入り禁止。そして、中の物には一切手を触れぬようにと、きつく言い渡された。

警官たちの厳しい監視の中、奈々たちは広縁から、薄暗い外陣へと進む。

低い天井に吊られている古びた天蓋《てんがい》の向こう、正面の大きな須弥壇《しゅみだん》には、こちらも年季の入っていそうな不動明王像《ふどうみょうおう》が、ギリリと歯を食いしばってこちらを睨みつけ、その両脇——向かって右には矜羯羅《こんがら》童子、左には制吒迦《せいたか》童子の両脇侍《わきじ》を従えている。

置かれた向机《むこうづくえ》の手前には礼盤《らいばん》があり、礼盤の左側には鉦吾《しょうご》と撞木《しゅもく》が。右側には錫杖《しゃくじょう》が飾られ、その手前には赤い座布団の上に、これまた相当に年季の入った木魚が載せられていた。

「あの須弥壇の後ろに」片山が小声で囁く。「例の獅子頭が仕舞われとるようですが、そこまでは見せてもらえんとのことです」

「それは仕方ないが」小松崎は言う。「だが、おまえは昔、取材に来てるんだから、その時の様子——動画がありゃあ最高だが、少なくとも写真くらいはあるだろう」

「もちろんあります」片山は大きく頷いた。「会社のパソコンに入っとるはずですから、探しときます。でも、本当にごく普通の獅子舞でしたよ。音が全くないだけで。雰囲気は怪しかったですが、獅子頭は、どこにでもあるような物で」

「なるほどな……」

そこまで見終えると、四人は警官にお礼を述べて本堂を出た。

境内を見回すと、崇も言っていたように古い寺なので、神仏習合の名残がそこかしこに見られた。六地蔵もいれば、稲荷もいるし、庚申《こうしん》塔も立っている。そして——恵比寿堂。

だが、崇の興味は充分に満たされたようだったので、四人は再び片山の車に乗り込む。厚い雨雲を見

上げながら、

「時間もちょうど良かです」片山はエンジンキーを回す。「ここから美津島総合病院なら、三十分もあれば行けますけん、雨が降り出さんうちに到着できると思います」

いよいよだ。

そこには、大槻たちを始めとする警察関係者。そして、今回の事件に何かしらで関わった人たちが集まっている。

崇は、そこで一体何を話すのだろう——。


快調に山道を下る車の窓から外の景色を眺め、小松崎が何気なく言った。

「この辺りは、随分とまた大木が折れちまってるようだが、続けざまのでかい台風のせいなんだな」

「はい」

片山は頷き、実のところ対馬は非常に台風被害が多い、この山道も危険なので、自分たちも本降りにならないうちに急いで山を下ります、などという話をした後で、

「そういえば」ふと思い出したように続けた。「自分が、津州寺に獅子舞の取材に行った時も、台風の後でした。それで、今思ったんすけど」

片山は、バックミラーで崇を見て尋ねた。

「ひょっとすると『静かな獅子舞』ってのは、被害で亡くなった人への供養だったんすかね。だから、無言で踊るとか」

しかし、それを聞いた崇は、

「いや」と首を横に振った。「むしろ逆だ」

「逆?」

「それが死者への供養・鎮魂ならば、派手に行われるはずだ。お盆の花火大会とか、盆踊りとか、天の岩戸での天宇受売命《あめのうずめ》の舞とかね。だが、津州寺の獅子舞は、そういった類いのものじゃなさそうだ」

確かに。

特に、盛大な花火大会などは、もともとは死者供

養の最たるものだと聞いた。最も有名なのは江戸・隅田川花火大会で、これは八代将軍・徳川吉宗《とくがわよしむね》が、享保《きょうほう》の飢饉の際に、死者の慰霊鎮魂と悪霊退散のために行ったものが、現在まで続いている……。

　すると、

「そうか」

　崇は突然、笑った。

　片山はバックミラー越しに、小松崎は振り返って、奈々は呆気にとられて——全員で崇の顔を見たが、崇は楽しそうに続けた。

「片山くんは、鋭いことを言った。まさに、そういうことだったんだろうな」

「死者への供養・鎮魂か？」

　尋ねる小松崎に崇は、

「そうだ」

　と答えた。

「おいおい！　今、逆だって言ったばかりじゃねえかよ」

　その言葉を無視して崇は楽しそうに言った。

「この事件に関して、一点だけ謎が残っていたんだ。それも知りたかったから、大槻さんたちに頼んで、全員に会わせてもらおうと考えた。しかし、今の片山くんの言葉で全ての話が繋がった」

「おい！」小松崎は片山に怒鳴る。「おまえは今、何て言ったんだ」

　いえ……片山は首を捻った。

「台風の被害の話ですか？」

「それは何度も聞いている」

「獅子舞……も、最初から言っとる話ですし……」

「腐るほど耳にした」

「山道が危ない——」

　片山の言葉を遮って、

「どういうことだよ」

　振り向いて尋ねる小松崎から視線を逸らせると、崇は目を細めたまま口を閉ざし、シートに体を沈めてしまった。

「まあいい……」小松崎は嘆息すると、「後でゆっくり聞かせてもらおう」

諦めたように前を向くと、大粒の雨がポツリポツリとフロントガラスに落ちてきた。


鶏知の美津島総合病院に到着する頃には、雨は本降りになった。奈々たちは、雨宿りするかのように病院に飛び込む。

片山が受付で名前を告げると、六階建て病院の五階にある「特別談話室」に通された。一般的な、フロアーに長椅子やテーブルなどが置かれた「談話ルーム」ではなく、二十人ほど入れる会議室のような造りの部屋で、今は貸し切りだった。入り口には若い警官が二人、随身《ずいじん》のように仁王立ちしている。

中に入ると、既に長崎県警捜査一課・大槻警部補、同じく松橋巡査部長、対馬南警察署・雁谷巡査長がテーブルについており、その隣には老女が一人と若い女性が二人、並んで腰を下ろし、何やら小声で話していた。

四人の姿を認めると会話が止まり、冷ややかな疑心暗鬼に満たされた視線を投げかけてきた。

奈々は、わざと視線を逸らして窓を眺める。晴れた日であれば、緑に輝く美しい山並みが見渡せるのだろうが、今はどんより暗い空から雨が落ち、山々は煙っている。そして部屋の中は、その景色以上に不穏な重い空気に満たされていた。

四人は、改めて自己紹介して大槻たちの正面に並んで腰を下ろすと、松橋が三人の女性たちを紹介してくれた。

一番年上の白髪の女性は、首を落とされ皮袋に入れられて流された仲村真《なかむらしん》の母親の若子《わかこ》・八十二歳で、数年前から真と同居していた。

その隣の、ショートカットの黒髪で健康そうに日焼けした女性は、台風の際に亡くなった美沼香《みぬまかおり》の一人娘の綾女《あやめ》・二十八歳。彼女は、若子同様、白壁村の住人らしい。

そして綾女に寄り添うように肩を竦めて座ってい
る、色白の小柄な女性は、綾女と子供時代から仲が
良く、今も同じ職場に勤めているという猿沢瞳《ひとみ》。
やはり、両親を災害で亡くして、現在、厳原で一人
暮らしをしている。それ以前は、もうなくなってし
まった岡邊村の住人だったという。それで、綾女と
特別に仲が良いのだろう。

また、関係者としてはもう一人。殺された津州寺
住職・鵜澤祝《はふり》の母親のキクがいるが、九十六歳と
いう高齢のため介護施設に入所しており、昨晩突然
体調が悪化して、とても今日、参加することはでき
ないという。かなり記憶も錯綜しているようだった
ので、無理を押して参加したとしても、とても信頼
に足るような証言を得られそうにない、ということ
だった——。

また、奈々たちの到着を待って事情聴取を始める
のかと思ったが、そんなことはなく、既に一通り聴
き終えていたようで、

「この病院の屋上から飛び降り自殺された、津州寺
住職の奥様・鵜澤寿子さんに関しても」と言って、
松橋は崇たちを見た。「ここにいる若子さんたち
は、何の心当たりもないとおっしゃっている。入院
されたことは聞いていたが、一度も接触することは
なく、ただただ驚いている、とね」

それで、と大槻は四人を見る。

「きみたちは今から、何の話を？」

体を竦める奈々の隣で、

「一昨日、俺たちは」崇は口を開いた。「門司《もじ》の
和布刈《めかり》神社に行って来ました。そこは、松本清張の本にも書かれているように、和布刈神事で有名な神
社です。その後に福岡、志賀島《しかのしま》の志賀海《しかうみ》神社を参拝
しました。本来は、このように北九州の神社をまわ
るつもりで、こちら——対馬に渡る予定はありませ
んでした」

「きみは何の話を——」

目を丸くする大槻を無視して、崇は続ける。

「ところが彼女――奈々くんが、和布刈神社の拝殿、つまり本殿の向きについて言及し、それを神職に尋ねたところ、こちら対馬の和多都美《わたづみ》神社を向いていて、夫婦の関係にあるのだと教わりました。しかも和多都美神社には、皆さんもご存知のように、日本でも珍しい三柱《みはしら》鳥居に囲まれた安曇磯良の墓がある」

崇は、磯良に関してごく簡単に説明する。

磯良はある一時期、日本の国王とも言える立場にあった人物で、事実「君が代」の歌のモデルになっており――云々。

「君が代の？」

大槻は不審そうな顔を見せたが「はい」と軽く答えて崇は続けた。

「そこで、急遽予定を変更して、対馬へと渡ってきました。もしも奈々くんがいなかったら、申し訳ないが、こちらは素通りしていたでしょう」

えっ。

ということは――。

今回の事件に関与するきっかけを作ったのは、

〝私？〟

そんなバカな――。

目をパチクリさせる奈々を気にも留めず、崇は全員に尋ねる。

「みなさんは、もちろん志賀海神社をご存知かと思います」

「ちょ、ちょっと待て」さすがに大槻が止めた。

「さっきからきみは、一体何の話がしたいんだ」

「も、も、もちろん、今回の事件の話ですが」

「全く、関係ない話ばかりじゃないか！」

とんでもない、と崇は首を横に振った。

「時間短縮のため、ほぼ核心から入っています」

「な――」

呆気に取られる大槻たちと、口を閉ざしたままの若子たちを眺めながら崇は、志賀海神社について簡単に説明する。この神社は『鹿』と非常に縁が深い

――云々。

「『鹿』は昔、非常に尊重され畏れられると同時に、とても貶められていました。これはまさに、安曇族と同じ扱いです」

奈々も、同じように感じた部分だ。

磯良を始めとする安曇族は、重用《ちょうよう》されていたはずなのに、いつの間にか蔑まれるようになってしまった。それは、朝廷の人間たちが、敢えてそういった政策をとったからに他ならない……。

「事実」と崇は雁谷たちを見た。「こちら方面――といっても、福岡県地方ですが『しかともない』という方言があると聞きました」

「それは……」雁谷が渋々答える。「『大したことがない』とか『つまらない』という意味ばい」

「そうらしいですね」崇は頷く。「また、熊本・鹿児島地方では『しからしか』という方言があるといいます。これは『やかましい・うるさい・騒々しい』という意味のようで、九州全般に言う『せからしか』と同義といわれています。また、これは方言ではありませんが『しがない』という言葉がありますす。こちらは『取るに足りない』『つまらない』という意味です。歌舞伎の名台詞にもありますね。『しがねえ恋の情《なさけ》が仇《あだ》』――などと」

「それが『鹿』だとでも言うのか」大槻が顔を歪めた。「全く関係ないだろう」

ところが、と崇は大まじめな顔で答えた。

「大いに関係があるんです」

「何だと――」

「この『しか』は」と言って、崇は持参したノートを広げると、ペンを取り出して大きく、

「洲処」

と書いた。

それを全員が覗き込み、

「何だそりゃあ」松橋が、素頓狂《すっとんきょう》な声を上げる。

「何と読むんだ」

「『しか』あるいは『すか』です。古代の産鉄・漁民の住んでいた、鉄や魚、共に非常に豊かだった場所のことです。そこから、魚の行商人なども、そう呼ばれるようになりました」

「……だから？」

「その場所すらも奪われてしまった人々が『洲処無い』つまり『すかない・しかない』人々と呼ばれるようになったんです」

「ただの言葉遊びか――」

松橋の言葉を無視して、崇は続ける。

「顔を顰《しか》める、という言葉があります。これはご存知のように『苦痛や不快により顔にしわを寄せ、渋い面になること』ですが、この語源も洲処――『洲処身《しかみ》』だともいわれています。というのも、この『顰』という文字は、もともとは水際や汀《みぎわ》を表す『頻』と、『卑』――卑しいという文字の合字だからです。蔑視された、水辺に住む人々という意味ですね」

一瞬、部屋がしん……となるその隙を突くかのように、崇は更に続けた。

「志賀海神社が古くから漁民に尊崇されてきた理由の一つも、この場所は魚も鉄も多く採れる、富んだ『洲処の海』だったからです。しかし、この『洲処』の重要性を知っていたのは、もちろん土地の人々だけではありません。当時の天皇も同様でした。天智《てんじ》天皇の『志賀大津宮《しがおおつ》』。『古事記』などにも記されている、景行《けいこう》・成務《せいむ》・仲哀《ちゅうあい》三帝の皇居であった『志賀高穴穂宮《たかあなほ》』などの名前にも見えます。代々の天皇も、この『しか』の地を重要視してきたわけです。今の『古事記』と天皇で思い出しましたが、『日本書紀』応神天皇十三年の条にこんなことが記されています。ちなみに応神天皇は、こちら対馬でも馴染み深い、神功皇后皇子ですね――。その天皇が淡路島で狩猟中に、たくさんの大鹿が海を泳ぎ渡って帰順してきた。帝はこれを嘉賞《かしょう》して軍船の船頭に取り立てた。それより『鹿子』にちなんで、水夫のことを『かこ』と呼ぶようになった。『凡《おおよ》そ水手《ふなこ》を鹿子《かこ》と曰ふこと、蓋《けだ》し始めて是の時に起《おこ》れりといふ』

——と。しかし、もちろん彼らは本物の鹿ではなく、角がついた大鹿の皮を被った人々であった、と。つまり『洲処』の人々です。だからこそ、泳ぎにも操船にも非常に優れた技を持っていた。これは、奈々くんにも言ったのですが、彼らが被っていた鹿皮は、キメが非常に細かいので、産鉄の際に重要な役目を果たす鞴《ふいご》の皮として、素晴らしい素材でした。ここから鹿袋は『鉄《かね》を吹く袋』つまり『福袋』と呼ばれるようになりました。そのためなのでしょう。志賀海神社に、たくさんの鹿の角を奉納する習慣が生まれました」

神社で目にした「鹿角庫《ろっかくこ》」だ。

溢れんばかりの、一万本以上の鹿の角が収められているという倉庫……。

「そして、この『鹿』は」崇は言う。「当然のことながら、志賀海神社や鹿島神宮の主祭神である、安曇磯良——安曇族を表す言葉になりました」

「一体これは、事件の話なんかね、それとも歴史談義かね」

嘲る雁谷の言葉を無視して、崇は続ける。

「同時に『鹿』は、柳田國男《やなぎたくにお》に言わせると、『鹿すなわちカノシシを単にシシと呼んだ時代もあれば』『これが仏経によく出る天竺《てんじく》の猛獣と音《おん》を同じくしていたのは、郷土研究者にとっては一の不幸であった』

ということになります。もちろん『天竺の猛獣』というのは『獅子』のことです。獅子頭や獅子舞の、獅子です」

あっ、と奈々は息を呑んだが、

「なにい」今まで眠たそうに話を聞いていた大槻が、体を起こした。「『鹿』が『獅子舞』の『しし』だと？」

「柳田國男も、ある地方の『獅子踊りは実は鹿踊りであることは、すでに「遠野物語」にも述べ』たと言っています。そして」

崇は大槻たちを見た。

「こちらの『鹿谷川』も同じですね。やはり『鹿』と書いて『しし』と読ませる」

「きみは、今回の事件の話をしていたのか！」

「初めから、そう言っています」

「おいおい」小松崎も尋ねる。「津州寺の獅子舞も『鹿』なのかよ」

「だから、最初から言っている」崇は顔を顰めた。

「聞いていなかったのか」

「ということは」松橋も真顔で問いかける。「津州寺の獅子舞の話をしようと——」

「最短距離でお話ししています。細かく詳しい例を挙げていけば、この数倍の量になってしまうので。俺としてはそれでも一向に構わないのですが、今回は時間がもったいない」

さっきも言っていなかったか。

時間がもったいない……？

「じゃあ早速、津州寺の話に入ってくれないか」

大槻が催促したが崇は、

「それは、もう少し先になります」首を横に振った。「その前に、もっと重要な点を押さえておかなくてはならないので」

崇は全員を見た。

しかし、相変わらず女性たちは崇に目を向けることもなく、硬い表情のまま何も言わず椅子に座っているだけ。

「今の『獅子』、そして『獅子頭』『獅子舞』なのですが、そもそもこれらは一体どういった物だったのでしょうか」

「どういったって」雁谷が言う。「単なる祭ばい」

「祭……」

崇は雁谷を見て尋ねる。

「チラリと聞いたのですが、白壁村には『カンベ祭』というお祭があったそうですね。そして岡邊村には？」

尋ねられて瞳は、消え入るような声で答えた。

「……エビス祀《まつり》、です」

「文字に起こせば、当然こうですね」

崇はノートに書いた。


「カンベ祭」

「エビス祀」


「では」と全員を見る。「『祭』と『祀』の部分が異なっているのですが、これには一体、どういう意味があるのでしょうか」

「単なる名称じゃないのか？」

答える大槻に、

「違います」崇は首を横に振った。「大きな差異がありますᐟ。しかしこれに関しては、後で説明しましょう。今は『獅子』です」


そう言うと、全員を見る。

「獅子は、言うまでもなくライオンのことです。同時に、ライオンのイメージを用いて創造された架空の生き物とも言われています。あるいは、大きな力を持つ猛獣・霊獣と考えられ、神社などの社殿を護る狛犬《こまいぬ》――高麗犬の原型ともされました。昔、狛犬は宮中にも置かれていたといいます。そして更には、この霊獣の頭――獅子頭を被って踊る『獅子舞』も行われるようになりました。それが大陸から伝来し、伎楽の一種となったともいわれています。しかしここで、非常に注意しておかなくてはならないことがあります」

「何だ」

呆れかえっている大槻たちに代わって、松橋が尋ねる。

はい、と崇は答えた。

「文化変容です」

「文化……」

「これは、どこの国にも見られる現象で、他国から入ってきた文化や風習が、自国のそれと接することで、いわゆる『化学変化』を起こすという現象です。必ずと言って良いほど、自国の人々に受け入れやすい物に変容する——いや、させて行くんです。ところが、わが国に限って言えば、その文化変容が他国より格段に大きかったんです」

「確かにな」松橋が頷いた。「食べ物なんかは、間違いなくそうだ。ラーメンとかカレーライスなんかが良い例だ」

そうですね、と崇はあっさり答えて続ける。

「わが国での『変容』が、他国より大きかった理由については、さまざまなことが言われています。島国だったからとか、発想が豊かだったからとか、あるいは政治的・恣意的な力が働いたからだとか。だが、いずれにしても渡来した他国の文化は、いつの間にか日本独自の文化へと変容して行きます。事実、芥川龍之介も自身の『神神の微笑』という短編の中で、

『我我の力と云うのは、破壊する力ではありません。造り変える力なのです』

と書いています。つまり、他国の文化や風習がわが国に入って来るや否や、AがA'に、そしてBに、やがてCやFにまで変化していく。分かり易い例が『春の節分』の豆撒きであり、三月三日の『桃の節句』であり、五月五日の『端午の節句』の鯉のぼりであり、七月七日の『七夕』などです。今ここでその詳細は省きますが、余りの相違に驚かれることでしょう」

その通りだ。

どれもが本来の意味をほんの微かに残しながら、全く違った風習となって、現代の日本でも執り行われている。そして我々は、時が経てば経つほど、その本来の姿が分からなくなってゆく。しかし、それこそが日本独自の「文化」なのだ——。

「獅子舞の話に戻りましょう」崇は続けた。「現在

わが国で行われているものは大陸由来のそれとは全く異なっている、という意見もあります。更に、高《たか》橋徹《はしとおる》や千田稔《せんだみのる》によれば、獅子が大きな音を立てて歯をガクガク噛み合わせ、その歯で子供たちの頭を噛むことによって、誰もが喜ぶ——幸せになるなどという風習も、この文化変容から来ているものではないかと言っています」

「きみの意見も分かるが」大槻が反論する。「わが国の獅子舞が大陸由来ではない、というのは言いすぎだろう。長崎の人間としては、納得できないな」

もちろん、と崇は答える。

「『長崎くんち』などで舞われる『龍踊《じゃ》り』や『獅子舞』は、殆どそのままに継承しているでしょう。しかし現在、そちらの獅子舞の方が例外とも思えるほど変容しているんです」

「というと？」

「単純な話です。わが国には、そういった『獅子舞』が渡来する以前に、ある種の古い信仰が日本国中、全国に根付いていたことが明らかだからです」

「……それは何だ」

「『獅子頭』が持っている強い力を、皆で崇め奉る信仰です」

「何だと」松橋が顔を歪めた。「たった今きみは、獅子——ライオンは大陸の霊獣だと自分で言ったばかりじゃないか。それが、昔から日本にいたと言うのか」

「『厩猿《うまやざる》』という名前をご存知でしょうか」

「は？」

松橋は大槻や雁谷たちを見回したが、誰もがキョトンとしているばかり。いや、もちろん奈々たちも同じく「は？」という顔つきだった。

崇は再びノートを広げると、大きく、

「厩猿」

と書き記して、全員に見せた。

「こちらの北九州地方にも『猿は魔除けになる』という言い伝えがあるそうですが、他にも京都や岡山や和歌山などなど多くの地方で、そんな言い伝えが残っているようです。これらを一纏《ひとまと》めにして『迷信』として片づけてしまうのは簡単なのですが、果たしてそれで良いのでしょうか。特に猿に関しては、非常に沢山の地方で長い間にわたり『猿は馬を守る』と言われ続けてきました。現在最も有名なものとしては、日光東照宮の神厩舎《しんきゅうしゃ》に飾られている『見ざる・言わざる・聞かざる』の『三猿』でしょう。しかもそこには『三猿』だけではなく、猿の彫刻が神厩舎の周囲にいくつも飾られている。もちろんこれも『猿が馬を護る』という信仰からきているわけですが、これが『厩猿《うまやざる》』の風習です。東照宮では、あくまでも彫刻ですが、実際に馬を守るために、厩舎で猿を飼っていたんです」

「その話なら」片山が言った。「聞いたことあります。自分の田舎の方でも、そうしとった時期があったと」

「そうだろうね」崇は軽く頷く。「事実、中国の百科事典ともいえる『本草綱目《ほんぞうこうもく》』には『厩《うまや》に獮猴《さる》を繋ぐと馬の病を避ける』とあります。また、わが国でも柳田國男は『猿を厩に飼うのは、猿は馬疫《ばえき》を避く、と信じられたから』と述べているようです。わが国でも昔から——おそらくは平安時代末期頃から、厩では猿を飼うという風習が広がり、その結果として、猿を飼育する『猿飼《さるかい》』という人々が、牛馬の祈禱の役割を担うようになったといいます。そして彼らは、現代にまで続く『猿まわし』の原点となりました」

「獅子の次は、猿や馬の話と」雁谷が吐き捨てるように言った。「肝心の事件の話は——」

「どうして『猿』が馬を守るのかという点に関しては」崇は、雁谷の言葉をあっさり無視して続けた。「古来、謎とされていますが俺は、これにには非常に単純で論理的な理由があると考えています。しかし話が逸れてしまいますので、また別の機会にしましょう。一つ言っておけば、わが国における『猿』は、もちろん『猿田彦神』を象徴しているから、ということです」

猿田彦神！

安曇磯良たち同様に日本各地で、必ずと言って良いほど出会う神――隼人の王だ。

奈々が驚いていると、崇は続けた。

「それが」片山は言った。「厩猿に繋がると言うんですか。しかし、それと獅子頭がどうして？」

「きみはいつも良い点を突いてくる」崇は微かに笑みを浮かべた。「実にそこが重要なんだ」

と言って、再び全員を見た。

「この『厩猿』に関して、同じように馬を護るために『サルマヤ』も広く分布しました」

「さるまや？」

「厩や牛小屋の柱に小さな祠のような物を作り、そこに猿の頭蓋骨を入れて祀ったものです」

「猿の頭蓋骨……」

「生きた猿でなくとも、その頭蓋骨だけで同じような効力を発揮すると、昔人《せきじん》は考えたのでしょう。実際に、それらは『御札』と同じだったとしている資料もあります」

「首だけで、ってことか」

若子たちが、まだ一言も発していない部屋で、小松崎が言った。

ふと窓に目をやれば、外はいつの間にか叩きつけるような土砂降りになっている。もう、遠くの山並みは全く見えない……。

「そうだ」と崇は小松崎を見て首肯した。「狼も同じだ。秩父《ちちぶ》の三峯《みつみね》神社では、主祭神の伊弉諾《いざなぎ》尊・伊《い》弉冉《ざなみ》尊の他に、狼を丁重に祀っている。狼は『大《おお》神《かみ》』にも通じて、魔を祓うとされているからね。しかし、その狼に関して言えば、それだけじゃない。特に、ニホンオオカミの頭蓋骨は、更に強い魔除けや悪霊祓い、憑き物落としにまで功を奏すといわれ、山岳地帯の多くの家々で飾られていたという」

だが、と小松崎は崇を見た。

「猿や狼は、山の中で見つけられたろうが、今言った『獅子』はいねえぞ」そして、先ほどの松橋と同じようなことを言った。「何と言っても、霊獣だからな」

しかし、崇はあっさりと答える。

「鹿《しし》がいる」

「おお……」

「例えば、諏訪大社・上社前宮《かみしゃまえみや》の十間廊《じっけんろう》で執り行われる神事『御頭祭《おんとうさい》』では、昔はそれこそ五十七頭もの鹿の頭を捧げていた」

そうだった。

もう十年近く前に、やはり崇や小松崎と一緒に諏訪に行った時に知った。現在は剝製の首を使用しているようだが、昔は本物の鹿や猪の首を飾っていたのだという。

その際に「神長官守矢資料館《じんちょうかんもりやしりょうかん》」にも立ち寄り、壁にズラリと並んだ鹿や猪の（剝製の）首に圧倒された記憶がある。しかもそこには、串刺しにされたウサギ（の剝製）や……そういえば、確か「和布（荒布）」も飾られていたような……。

「これは」と崇は続けた。「今言ったように『鹿＝安曇族』への怨念という意味合いもあったろうが、やはり強い霊力を持っていると信じられていた動物の首を飾る、という呪禁《じゅごん》も強かったろうと思う」

なるほどな、と小松崎は納得する。

「確かにそいつらは、みんな強そうだ。きっと魔を祓ってくれるに違いねえな。他にはいないのか」

「もちろん、いる。というより、ある。もっと身近でとても強力な呪物――いわゆる『獅子頭』が」

「ちなみに、それは何だ？」

「首だ」

「熊か馬か、それとも大蛇か」

いや違う、と崇は首を横に振った。

「人間――人の首だ」

「何だと！」

叫んだのは小松崎ではなく、大槻だった。

「まさかきみは、その話が今回の事件に繋がるなどと言うんじゃないだろうな」

「当然繋がるので、さっきから話しているんです」

「首なし遺体の首が？」

「はい」

「そんなふざけた理由やと！」雁谷も怒鳴る。「実際に首を落とされとる被害者に失礼やなかか」

「そうですね」崇は頷いた。「では、順番に行きましょう」

「な——」

「呪禁《じゅごん》として用いられる場合」崇は、またもや雁谷の言葉を無視して続ける。「一番多かった物は、敵将の首でした。しかも、とても手強ければ手強いほど尊重された。事実、その首を髑髏になるまで晒して、自分の手元に置いておいたという逸話もたくさん見られます。一番有名な話は、戦国時代の織田信長《おだのぶなが》ですね。彼は、討ち取った敵将、浅井長政《あざいながまさ》らの髑髏に漆を塗って、皆に披露したとか、その髑髏を杯——髑髏杯にして酒を飲んだとか言う話も残されています。髑髏杯に関しては信憑性が欠けるため、作り話だとも言われていますが、完全否定はできないでしょう。というのも、信長の残虐性を強調するために作られた話ならば別ですが、もしも信長が勇者・強者の力を自分の中に取り込みたいと思っていたとすれば、似たようなことを行っていた可能性は高い」

「だから！　今回の事件——」

叫ぶ雁谷をそのままにして、崇は続けた。

「以前に——それこそ安曇磯良が建甕槌神《たけみかづち》として祀られている——常陸国《ひたちのくに》一の宮・鹿島神宮に彼らと一緒に行きました。そこには『悪路王《あくろおう》』とも呼ばれた、阿弖流為《あてるい》の首像が展示されていました」

「アテルイ……」

はい、と崇は大槻に答えた。

「平安初期に、征夷大将軍・坂上田村麻呂《さかのうえのたむらまろ》との戦いに破れ、腹心の部下の母禮《もれ》と共に、騙し討ちのようにして首を落とされた蝦夷《えみし》の偉大な王です。俺は、その像を実際に目にした時、これはまさに獅子頭ではないかと感じたんです」

　確かに。

　奈々も思い出す。その首像は、見るからにどっしりとしていて、吊り上がった太い眉の下に大きな目と鼻を持ち、そしてまさに獅子のように大きな口をしっかりと結んでいた……。

「獅子頭だと」

　大槻の問いに崇は、

「はい」と答える。「この像が作られたのは、江戸時代だといいますが、それまでの間、やはり茨城の少し山奥に入った所に鎮座している鹿嶋《かしま》神社には、阿弖流為の首のミイラが保存されていたと言われています。しかし、朝廷に対して非常に激しい抵抗を続けてきた敵将の首を、単なる戦勝記念としてのみ、一千年近くにもわたって保管し続けることなどあるでしょうか。これは、明らかに呪禁です」

「なるほど……」

「平将門《たいらのまさかど》は、ご存知でしょう」

「あ、ああ。知っている。大怨霊といわれている人物だな」

「俺としては、将門は怨霊だと思っていないのですが、その詳しい話は、今は止めておきます」

　奈々は、以前に何度も聞いた。

　将門は、あくまでも心の広い「大親分」であり、彼を祀っている地元、常陸国の人々も、彼を怨霊と考えているどころか、とても慕っている。

　将門が、今のように怨霊だと言われるようになったのは、何と昭和——戦後になってからだというのだ。その証拠に『江戸名所記』という書物には、将門は「たたりをなさざりけり」と、はっきり書かれている……。

「その将門が、獄門にかけられている有名な絵があります」崇は続けた。「これは、葛飾北斎《かつしかほくさい》が挿絵を担当した『源氏一統志』という書物で『将門梟首《きょうしゅ》せられて尚《なお》死せず』――云々という文句と共に、将門が目を見開いてこちらを睨んでいる絵なのですが、この構図こそまさに『獅子頭』を彷彿させます。というのも、将門の地元に鎮座している国王《こくおう》神社に飾られている『平将門公木像』の頭部は、頬骨も高く顎もやや張っているものの、ごく普通の男性の顔つきだからです」

将門梟首の図――。

奈々は、昔、崇から見せられたその絵を思い出す。将門の大きな首が、どかりと獄門台の上に載せられて、大勢の人々がそれを見上げて囁き合っている絵だ。

そう言われれば、大きな頭といい、ザンバラの髪といい、ぎろりと睨んだ目といい「獅子頭」そのものではないか……。

「例を挙げていけば、限《きり》がありませんが」崇は続ける。「岡山県の伝説の鬼『温羅《うら》』もそうでしょう。桃太郎――つまり、吉備津彦《きびつひこ》に退治された鬼の頭領です」

「桃太郎だと？」

はい、と崇は頷く。

「しかしその詳しい話に関しても、今は止めておきましょう。とても長くなる」

確かに、長い話だ。

奈々は、もう十年も前に岡山に行った時に詳しく聞いていた。長く悲しい話を……。

「ちなみに温羅は、首を晒されました。しかし、その落とされた首が延々と唸り声を上げていたため、桃太郎側の人々は釜殿《かなえどの》――現在の『御竈殿《おかまでん》』を造り、その下に埋めて、阿曽女《あぞめ》と呼ばれる巫女に祀らせました。これが有名な『鳴釜《なるかま》神事』となって今に伝わっているわけです」

「そう……なのか」

「先ほど、門司の和布刈神社には特殊な神事があるというお話をしましたが」

と言って崇は、ごく簡単に説明した。

毎年、旧暦の大晦日の夜に、神社の神主たちが篝火の明かりの下、海から和布を刈り取って神前に献《けん》供《ぐ》する神事——。

「この神事は、海神《わだつみ》研究家の富田弘子《とみたひろこ》によれば、もともとは首を刈る神事だったのではないかということになります」

「首を？　誰の首だ」

「彼女は安曇磯良の首だと言っていますが、俺はむしろ、隼人たちだったのではないかと思っています。それを刈って祀り、呪禁にすると同時に供養する。但しこの神事は、一説によれば和銅三年（七一〇）頃から始まったようですから、すでにその頃には『安曇族』と『隼人』は峻別されていなかったでしょう。能の演目に『和布刈』という脇能《わきのう》——この『脇能』というのは、五番立ての番組で『翁』の次に演じられるという意味です——があります。まさに、和布刈神社で神主が和布を刈るという内容ですが、そこには天女や竜神までもが出現します。そんな真夜中に、左手に松明、右手に鎌を持った神主が『和布』を刈っていくのです。これは非常に不可解な設定で、ここは素直に『安曇族』あるいは『隼人』の首を刈ったと考えた方が良いと思います」

能は「怨霊鎮魂の神事」だと、崇から何度も聞かされている。

確かに、ただ和布を刈る場面を能にまで仕立て上げるというのも、意図が良く分からない。おそらくこれは崇の言うように「和布」に仮託された「人間の首」を刈る神事だったのだろう。

そう思った時、奈々の全身を戦慄が走った。

もしも……もしも、髪の長い人間を海に沈めていたとしたら、その髪が水中を漂わないか。まるで、和布のようにゆらゆらと。

その「和布」を刈っていたというのか。そんなことは想像したくなかったけれど——。

奈々は思わず両手で、鳥肌の立っている自分の二の腕を抱いた……。

すると、

「つまり」と大槻が軽く嘆息した。「その首を祀ったというわけか」

「はい」

崇は頷く。

「このように、非常に強い力を持っていた人間の首は、魔を祓う呪具と考えられました。しかし、時代が下ると共に、温羅や阿弖流為や将門たち『大将首』以外でも、呪具として考えられるようになりました」

「強い人間以外でも？」小松崎が尋ねた。「一般人でもってことか」

「正確に言えば『一般人』ではないな。江戸時代になると特にそうなんだが、罪人の首だ」

「罪人？」

「江戸に関して言えば、東海道、甲州街道、中山道など、江戸の町に入ってくる道の国境《くにざかい》には獄門台が設けられて、罪人の首が載せられていた。これは、江戸で悪事を働けばこういう目に遭うぞという見せしめの意味を持っていたといわれているが、その奥には、罪人の首を以て国境の魔除けにする意図があったんじゃないかと俺は考えている。邪悪な物の侵入を防ぐ、いわゆる『塞《さい》の神』だ」

塞の神——。

奈々はまたしても（一人で）驚く。

塞の神といえば、まさに猿田彦神ではないか！

道祖神であり、庚申の神である、猿田彦神……。

「獅子舞の話に戻れば」崇は全員を見た。「柳田國男が『獅子舞考』という著書の中で、こんなことを言っています。

『昔は村に旱魃《かんばつ》・害虫または時疫《じえき》の発生した場合にはこれを悪霊の所為《せい》とし、鉦鼓《しょうこ》喧噪《けんそう》してこれを村外に駆逐するが常であった』

——と。この『時疫』というのは『流行病《はやりやまい》』のことです。しかし、このことによって隣村との諍いが起こってしまう。というのも、追い払われた悪霊がどこへ行くかと言えば、当然、隣の村なわけですから。そこでその村も、やって来た悪霊を追い返そうとする。するとそこに、村同士の衝突が起こる。特にこの『鉦鼓喧噪』に獅子舞が関与している場合は、獅子舞同士の喧嘩が起こったそうです」

「獅子舞同士？」大槻が尋ねた。「あの獅子舞が、喧嘩をするのか」

「長崎の獅子舞のような立派な物だったら、それこそ大事《おおごと》でしょうが、大抵は一人か二人で操る物が一般的ですので、普通の喧嘩だったと思います。一種の喧嘩御輿のようなものでしょう。しかしこれも柳田國男によれば、昔は死人が出たそうです」

「死人だと」

ええ、と崇は答える。

「獅子舞同士で喧嘩をしたために、

『組み合い蹈《ふ》み合い喧嘩して死する者あり』

とありますから。そのために獅子頭も『耳を喰い切られた』『打《ぶ》っ付けて毀《こわ》れた』と書かれています。その激しい争いの結果、死者も出た。そこで、その死者を埋葬し『獅子塚』として供養したと言います。もしかすると、本物の『獅子頭』も埋めたかもしれませんね。結界——塞の神として」

「獅子舞で？　しかも、それらを埋めただと」

「はい」

あっさり答えると、崇は続けた。

「事実、古代王朝の殷《いん》では、落とした敵の首と、残った体を十体ずつ埋めて並べる『断首坑《だんしゅこう》』というものもありました。いわゆる『列《れつ》』です」

崇はノートに書き込み、大槻たちが覗き込む。

「列？」

「『列』は『歹』と『刀』で構成されている文字ですが、もともとの意味は首を斬って並べることです。『歹』だけで『くびきり』『毛の残っている頭骨』という意味を持っていますが、それを並べるのが『列』です」

これも、前に崇から聞いた。

しかもその時、夏の風物詩の「スイカ割り」も実は古代の中国発祥で、罪人を首だけ出して浜辺に埋め、その頭を叩き割っていったという風習から来ている――という、おぞましい話まで聞かされた。こちらは「文化変容」してくれていて、本当にありがたい……。

「では、なぜそんなことをしたのか」崇は言った。「もちろんこれも、呪禁や結界として、自分たちのテリトリーの出入り口を護るためです」

しかし、と大槻は大きく嘆息して苦笑いした。

「それはまた、恐ろしい風習だな」

「ですから」崇は全員を見る。「このようなことが、こちらの津州寺で行われていたのではないかと、俺は思ったんです」

えっ――。


話が戻った。

部屋が一瞬で凍りつく。

窓を土砂降りの雨が叩く音だけが、部屋の中にこだました。

さすがに奈々も言葉を失い周囲を見回したが、それは誰もが同じだった。小松崎たちはポカンと口を開け、松橋たちは顔を歪め、若子たちは相変わらず固まったままだった。

そんな中、

「何だと！」大槻が、ガタリと音を立てて体を浮かせた。「ここの、津州寺でだと」

「そうです」

静かに答える崇に、

「一体きみは」今度は松橋が詰め寄る。「何の根拠があって、そんなことを言っているんだ」

「首なしの遺体が発見されたのは、こちらを激しい台風が襲い、大きな被害が出た時と聞きました。仲村真さんの時も、鵜澤祝さんの時も」

「偶然やないか！」雁谷が叫ぶ。「たった二回やなかか」

「まさに、首なし遺体が上がったのは『偶然』でしょうね。しかし、そういった風習が、獅子舞と共に行われていたと確信しています。こちらの彼――片山くんも言っていましたが、津州寺の獅子舞を取材した時も、大きな台風被害の出た後だったと」

「それも偶々《たまたま》ばい」雁谷は鼻で嗤う。「そがんこと言いよったら、対馬はしょっちゅう台風に襲われとるけん、人がおらんごとなる」

「だから、岡邊村がなくなってしまった」

「何やと！」

「もちろん、自分の村をなくしてしまおうなどと考える人はいません。むしろ、逆です。何とかして村を存続させたい、と誰もが願っているはずです。しかしそこに、白壁村との確執や、不慮の大災害が発生して人が離れ、いなくなってしまった」

「白壁村との確執？」

尋ねる大槻に崇は、

「はい」と答える。「先ほどの柳田國男の言葉ではないですが、災厄の原因の押しつけ合いです。こちらでは、具体的にどんなことがあったのかは想像するしかありません。その諍いは別としても、白壁村や岡邊村に、人の首を以て結界を張り、魔を祓うという風習があったと考えられます」

「まさか！」

松橋は叫ぶと若子たちを見た。

すると、

「何を以てそんな妄想を抱かれるのでしょう」

綾女が冷笑した。その風貌に似て、とても可愛らしい声だったが、かなり毒がある。

「いえ。むしろ素晴らしい空想力ですね」

「俺は――」崇は綾女を見た。「事実を述べているだけです。どこにも『妄想』や『空想』など入っていません」

でも、と綾女は言う。

「獅子の首がどうしたとか、人の首がどうしたとか、こちらの瞳ちゃんの村と私たちの村の仲が悪かったとか」

「違いますか？」

「違うも何も、私と瞳ちゃんとは昔からずっと仲の良いお友達です」

「あなたたち個人の話をしているわけではありません。村という大きな単位の話です」

「それでも皆、とても仲が良かったですよ」

「同じ目的を持っていた——という意味では、おそらくそうでしょうね」

「な……」

「あなた方はもちろん」崇は綾女と瞳を見つめる。「『カンベ祭』と『エビス祀』の違いをご存知でしょうね」

「殆ど同じです」綾女は答える。「村が違うので、呼び名が違っているだけでしょう」

「では『カンベ』と『エビス』の違いは？」

「……さあ」

「『祭』と『祀』の違いは？」

「……何をおっしゃっているのか」

「おい」と大槻が止めた。「綾女さんの言う通りだ。きみは一体、何の話をしているんだ」

「しかし」と答えて、崇は大槻たちに向き直った。

「実は、彼女に尋ねるまでもなく明白なのです」

「何が明白なんだ」

「今言ったように、名前です。最初から、それが全てを表していました」

「どういうことなんだ。説明してくれ」

崇は、ほんのわずか考えていたが、

「分かりました」と答え、綾女たちを見た。「これは、あくまでも俺の考えなので、もし間違っていたら訂正してください。そして、ここで誤解を招いてもいけませんので——他の地域の話は別です。あくまでも、この場所に限定してとご理解ください。先ほど、片山くんの運転する車で白壁村を走ってもらいました。しかし、白壁の家もなければ、城下町のようなものもなかった」

「それは、私も思った」大槻が言う。「だから『白壁村』という名称が、腑に落ちなかった。しかし、昔からそう言われているという答えで納得していたんだが……」

「警部補さんは『白』という文字の意味を、ご存知でしょうか」

「なにい」大槻は怪訝そうな顔をした。「それこそ『真っ白』のように、何の色もついていないことだろう。特に我々の間では『クロ』の反対で『シロ』――潔白を表しているが」

「狛犬をご存知ですね」

「ああ……」大槻は呆気に取られたように頷いた。

「神社の入り口にいるやつだろう。高麗から来た犬の石像だ」

「では、狛犬の『狛』は、なぜ『犭《けものへん》』に『白』なんでしょう」

「それは……知らんな」

「『狛』という文字だけでも『こまいぬ』と読み『呪鎮《じゅちん》』のための獣の像だそうです。ここで『犭』――つまり『獣』は分かります。実際に犬や獅子が座っているわけですから。では、どうして『狛』犬の旁《つくり》が『白』なのでしょう」

「さて……」

助けを求めるように全員を見回して、大槻は口籠もる。しかし、すぐに崇が答えた。

「『白』は、それだけで『髑髏《どくろ》』や『しゃれこうべ』を表しているからです。『字統』にも『白骨化した頭顱《とうろ》の形』『風雨にさらされて白骨になった』しゃれこうべである、と。つまり、それらが『呪禁』となり、狛犬として悪人が入ってこないようにという門番の役目を担っていることになります」

「髑髏が……か」

「柳田國男は『白』は現在、台所の前掛《まえかけ》にまでも使われるようになっているが『本来は忌々《いまいま》しき色であった』と言っています。日本では神祭の衣か喪服以外には『白』を身に着けることはなかった、と。そしてこちらの奈々くんには言いましたが」

と言って奈々をチラリと見た。

「現在の礼服とされている『黒』は、孝明《こうめい》天皇妃・英照《えいしょう》皇太后の大葬に際して西欧式を採用して以来のことなので、非常に歴史が浅いんです。それまで『白』は『禁色《きんじき》』とまではいかないものの、言い換えれば『神』に通ずる色でした。まさに『魂魄《こんぱく》』――霊魂であり、魄《たましい》です」

何年か前に、そんなことを聞いたことがあった。

あれは、やはり「安曇」や「隼人」を追って、穂高へ行った時だった……。

「先ほど言ったように、強敵の首は、その人物の力をもらうために往々にして髑髏にして保存されました。そこから『偉大なる者』という意味で『伯《はく》』という言葉も生まれました」

崇はノートに「伯」と書いて示す。

「ゆえに俺は、この場合の『白壁』は『髑髏』を表しているのではないかと思ったんです」

「分かった」大槻は頷いた。「しかし『白』は良いとしても『壁』はどうなんだ」

「当然『こうべ』でしょう。『しろ』と『かべ』で『しゃれこうべ』です」

「しゃれこうべだと！」

「故に、あの村のどこにも『白壁』など存在していなかったんです。何故なら、もともとは『しゃれこうべ村』だったのでしょう」

「な……」

「この『曝首――しゃれこうべ』という名称は『晒され頭《こうべ》』からきていると言われています。首を木の枝などに刺して、髑髏になるまで晒していたためといいます」

「木の枝に刺して？」

「鵜澤キクさんが『白壁村』は、もとは『白樺村《しらかば》』

だったとおっしゃった、というお話を聞きました」

「だが！」と雁谷が言った。「あの辺りには、白樺の木が生えていたなどという話は聞いたことなか」

「当然、そうでしょう。白樺の木云々というより、それ以前に白樺の『樺』は、そもそも特定の種類の木を指す名称ではなかったんですから」

「えっ」

「事実、信州などでは桜を『樺』と呼んでいたともいわれています。『樺』は、ただ単に『皮の厚い木』という意味だったと」

「だ、だから、何だと」

「つまり、鵜澤キクさんのおっしゃった『白樺』は『白』――しゃれこうべの刺さった木、つまり『白い頭を刺して晒していた』丈夫な木ということだったんでしょう」

あっ。

奈々は小さく叫ぶ。

それで崇は「白壁も白樺も同じ」と言ったのか。

その意味に気づいたのだろう、大槻や松橋や雁谷たちも、目を大きく見開いてお互いを見つめ合っていた。

「つまり」大槻がようやく口を開く。「昔は、そんな『木』が、あの村には、たくさんあった……と」

「そういうことですね」崇は、あっさりと答える。「だからこそ『カンベ祭』という、珍しい名前の祭が執り行われていたんです」

と言うことは、と声を上げたのは片山だった。

「カンベ――っていうのは、もしかして『頭《こうべ》』のことだったんすか！」

「きみは鋭い」崇は微笑んだ。「おそらく、そういうことだろうね。だから白壁村では『カンベ祭』。そして岡邊村では『エビス祀』なんだが――片山くんは『祭』と『祀』の違いについては」

「それは、ちょっと……」

「あくまでも一般的な捉え方だが『祭』という言葉は『人を祭る』場合に使用され、『祀』は『自然神を祀る』場合に使用される。ゆえに、白壁村の祭は『カンベ祭』で、岡邊村では『エビス祀』だったんだろう」

「初めて知りましたが……」片山は首を傾げる。

「では、岡邊村ではどんな神様を祀っていたんですか？」

「岡邊村の住人だったという瞳さんを差し置いて、俺が話すというのも変だが――」崇は苦笑した。

「『鬼』だろうな」

「鬼？」

はい、と崇は大槻たちに向いた。

「そもそも岡邊村も、元は違う名前だったのではないかと思います」

「それは？」

「おそらくは――『鬼頭《おにこうべ》村』」

「どうして、そんな発想が」と言って大槻は、ハッと気づく。「鬼瘤山の麓にあったからと！」

「その鬼瘤山も――他の地域の名称の由来は分かりませんが、少なくとも、ここでは『鬼頭山《おにこうべ》』だったんでしょう」

岡邊……おかべ……おにこうべ……。

確かに、そう言われれば――。

「宮城県には」と崇は言う。「実際に『鬼首《おにこうべ》』という名前の場所があったらしいですね。これはまさに、坂上田村麻呂が蝦夷の大将の首を刎ね、その首が無念の形相で岩に嚙みついた場所、ということから来ていると聞きました」

「そうなのか……」

「こちらの岡邊村に戻って言えば、この場合の『鬼』は『字統』に書かれているように『人屍の風化したもの』であり、やはり『髑髏』で神になった鬼――鬼神でしょう」

「神になった？」

「つまり」崇は、一呼吸置いて言った。「『エビス祀』の恵比寿です」

恵比寿！

奈々は息を呑む。

ここで「恵比寿」が出てくるとは——。

「そのような風習が、こちらでは延々と受け継がれていたわけです」

「し、しかし」松橋が尋ねる。「さっきからきみは、自分の説を断定して話を進めているが、その根拠は何だ？　今までの話では、ただの状況証拠にすぎないぞ」

「それはもちろん」と崇は松橋たちを見た。「殺害された、米倉さんの言葉です」

「なにい」松橋が声を上げた。「あの『最強』……『苦行』か」

「そういえばきみは」大槻も身を乗り出した。「あの言葉の意味が分かったと言ったそうだな。じゃあ、今ここで説明してもらおうか」

「はい」

崇は軽く答えるとまたしてもノートを広げ、ペンで大きく書いた。


「祭梟」


餌を投げられた鯉のように、大槻や小松崎たちが頭をつき合わせてそれを覗き込む。

「……何だこれは」

顔を歪めて尋ねる大槻に、崇は答えた。

「祭梟《さいきょう》——つまり、首祭《くびまつ》りのことです」

「首祭だと……」

「余り、目や耳にしない言葉かも知れませんが」

「余りどころか」小松崎が唸った。「生まれて初めて目にしたぞ」

「そうか」崇は平然と応える。「『字統』や『字通』などには載っている。『祭梟（首祭り）』『悪霊追放の呪儀』とね」

「そ、それが」片山が叫ぶ。「米倉さんの、最期の言葉だったとですか」

「そのままだったんでしょう」崇は肩を竦めた。

「何の捻りもなく素直に『祭梟』と」

「し、しかし」大槻が問い質す。「『首』といっても、この文字は『梟《ふくろう》』なんじゃないのかね」

まさにそうです、と崇は首肯した。

「将門もそうでしたが、打ち首の刑に処せられた罪人の首を木に架けてさらすことを『梟首《きょうしゅ》』と呼びます。というのも、梟は『悪鳥』――その時代の常識をはみ出して非常に賢く強い鳥という意味がありました。実際に『日本書紀』などでは、異族の強い長のことを『梟帥《たける》』と呼んでいます。熊襲《クマソ》タケル、出雲《イズモ》タケルなどと。そしてこれを、米倉さんは言い残したんでしょう。この村では、祭梟を行っているのだと」

米倉さんが言い残した言葉は、最強でも、最凶でも、西行でもなく、歳刑でもなく。

祭梟――。


「更に言えば」

静まりかえった部屋の中で、崇は続ける。

「『梟』を表す言葉として『鴟《とび》』という文字もあります。また、これに関連して『鴟夷《しい》』という言葉もありますが、これも『字統』によれば『大きな皮《かわ》嚢《ぶくろ》』ではなかったかということです」

「皮袋……」

「死体を入れて海に流し去るための袋だと」

えっ。

奈々は、いや、誰もが息を呑んだ。

まさか――それが。

しかし、崇は平然と続ける。

「法律の『法』という文字があります。この文字は――ここでお示しはしませんが『灋《ほう》』という面倒臭い文字と同義でした。戦い破れたものを『鴟夷に包んで海に流し祓うことを示す字』といわれています。紀元前・春秋時代の呉《ご》の政治家である伍子胥《ごししょ》は死後に『鴟夷』に包んで海に投げ込まれました。また、呉の最大のライバルだった越《えつ》の王に仕えていた范蠡《はんれい》は、自ら『鴟夷子皮《しいしひ》』と名前を改めて海路、亡命しています。私は一旦死んで生まれ変わるという意味だったのでしょう」

それが「鴟夷――皮袋」。

死んで……生まれ変わるための。

「だが、きみは」大槻が、呆れ顔で崇を見た。「一体、どこからこんな発想を」

「『首なし』連続殺人事件を取材していた方が必死に言い残したんだとすれば、この言葉しかないと確信しました」

「で、では」松橋が崇を見た。「もう一つの『苦行』は」

「ふと思ったのですが」崇は答える。「米倉さんは、これらの言葉を口にした時『祭梟』の後で、一息置いてから『くぎょう』と言ったのではないですか?」

「あ、ああ」雁谷が答えた。「確かにその通りばい。第一発見者の魚さんも『一息置いて』から告げたと言っとった」

「では、間違いありませんね。米倉さんの残した言葉は『木魚』で」

「木魚だと? 寺においてある木魚か」

「はい」

「確かに、寺を連想させる言葉だが――」

「逆です」崇は言った。「『祭梟』という言葉を聞いて、一番に連想したのが『木魚』でした。というのも、祭梟と木魚はとても縁が深いので」

「どういうこった……」

「木魚はそもそも、眠る時も目を閉じない『魚』を模していて、これを叩く音を聞くことによって、読経の際に眠らないという意味を込めていたとも言われます。ルーツを辿れば、こちらも禅寺で使われていた時刻を報せるために叩く『魚板《ぎょばん》』まで行き着いてしまいますが、こちらも今は割愛させていただいて良いでしょう。とにかく――わが国に於いては、読経の際にリズムを取る、かつ眠らないという意味を持っていました。しかしそれと同時に」

と言って崇は、全員を見た。

「実はこれらを、骸骨で拵えたという話も残っています」

「骸骨で?」

「まさに、祭梟です」崇は言う。「木魚の形を思い出してみてください。魚が二匹寄り添っているというよりは、むしろそのまま頭蓋骨と見た方が自然ではありませんか」

「そんな馬鹿な!」

「失礼ばい。どうしてそんなことをっ」

叫ぶ松橋と雁谷に向かって、崇は言った。

「俺は、どこの神社仏閣にも何の義理も関係もありません。ですから、ただ単に事実を、そして見たままを述べているだけです」

「だが不敬すぎる」

苦い顔の松橋に崇は尋ねる。

「何故、不敬なんですか」

「何故って! 死人の頭蓋骨を叩くんだぞ。これが不敬ではなくて、何だと言うんだ」

「しかし」崇は静かに続けた。「実際に、津州寺で用いられていましたが」

え——。

奈々は息を呑んだが、小松崎が叫んだ。

「さっき見てきた木魚のことかよ!」

「そうだ」崇は冷静に答える。「おまえも見ただろうが」

「ああ、見た。見たが分からなかったぞ!」

「それは残念だった」と言って崇は大槻たちに言う。「外国では、故人の遺骨——頭蓋骨を用いた仏具があるそうです」

「だ、だがそれは、あくまでも外国の話で——」

日本でも、と崇は言う。

「実際に『ガイコツ木魚』という物があるようです。まさにそのまま、骸骨の頭の形をした木魚が」

「えっ」

「また、これは江戸人の洒落でしょうが、根付《ねつけ》にも『骸骨木魚』という物があるらしいですね。これは、骸骨が木魚を叩いているという造りなので、頭蓋骨の木魚とは少し違いますが」

「なんと……」

「つまり——先ほどの信長やサルマヤの例を引くまでもなく——強敵や首長の頭蓋骨はそれ程までに尊重され、あるいはいつも身近に置いて飾られている。これが、津州寺の『骸骨木魚』だったというわけです」

こちらもまた——苦行でもなく、公卿でもなく、公暁でもなく。

木魚だった……。

「どうなんですか！」

松橋は大声で若子たちに尋ねたが、相変わらず何の返答もない。そこで再び崇を見る。

「本当なのか！」

しかし崇は無言のまま、若子たちを手のひらで指し示す。そこで、今度は大槻が、

「若子さん、綾女さん！」と尋ねた。「彼の言うように、津州寺では本当にそのようなことが行われていたんですか。もちろん本物の人間の首かどうかは全く不定ですが、髑髏木魚とか、獅子頭云々とか。津州寺で首祭が行われていたということはっ」

「妄想の激しいお方ですね」綾女が口に手を当てて微笑んだ。「ねえ、お祖母さま」

「何を考えようと勝手じゃが」若子も少し頰を緩める。「他人様《ひとさま》の家には上がり込まぬが良か。碌《ろく》なことにはならん」

いえ、と大槻は言う。

「彼についてはともかく、私が尋ねているのは、津州寺や白壁村で、そのような風習が本当にあったのかということなんです」

すると、

「おそらくは」と崇が言った。「長年行われていたものと思われます」

「何だと」大槻は祟を睨む。「どういうことだ。一体、何を根拠に」

「あの寺のご住職は、代々誰もが『鵜澤祝《はふり》』という、一見めでたいお名前を継いでいると聞きました。これは、その通りですか？」

尋ねる祟に綾女が、苦い顔で小さく頷いた。

「——ということです」

「何が、どういうことなんだ！」

「彼らには何度か話しましたが」祟はチラリと奈々や小松崎を見る。「『祝』は『屠《ほふ》る』と同じ意味だからです」

「屠るだと……」

「沢史生も言っているように『「屠」の字義は葬る、殺すである。ゆえに「屠」はシカバネ（尸）の者と書く』。そして祝は『「放る」「葬る」「屠る」と同義』であり『災禍を彼岸に放り出し、葬り去ったことを』——祝うのだと」

「災禍を……葬り去る、と」

「はい」

「し、しかし、そちらの『カンベ祭』は良いとしよう。だが、隣村だった岡邊村の『エビス祀』も同様だったと言うのか」

「エビスは皆さんご存知のように——」

と言って祟は、簡単に要約する。

恵比寿は、大黒天や弁財天などの七福神の一人として、招福の神として祀られる。通常その神像や神画は、狩衣《かりぎぬ》に指貫《さしぬき》、風折烏帽子《かざおりえぼし》を被り、釣り竿と鯛を抱えている。

多くの村々では、漁業・商業・農業などに幸をもたらす神霊と考えられ、特に漁村では、魚群を伴い回遊する鯨や大魚をえびすと称し、大漁がもたらされるとする。また、高知県・土佐などでは漂流死体を「えびす」とも称して、それを拾い上げて埋葬し、屋敷神として祀ると大漁になると伝えられていた。それに伴って「恵比寿信仰」がある。これは、異境から訪れる神——日本固有の訪人神《まれびと》の信仰を背景にして流布したものと思われる。これらの「恵比寿信仰」に関しては、兵庫県の西宮神社、あるいは島根県の美保《みほ》神社を本社とするため、蛭子《えびす》命、または事代主《ことしろぬし》神を主祭神とする説がある――。

「事代主神は」崇は言う。「ご存知のように、出雲国の国譲りの際に、それを承諾して自ら入水したと言われています。しかし、その際に『天ノ逆手《さかて》』を打ったということから、かなり強烈な呪詛を残しての自殺だったのでしょう。その神が『恵比寿』と同神となっているわけです――。そして」

と崇は話題を変える。

「特に西宮神社に関して言えば『恵比寿舁《かき》』というものがありました」

「恵比寿かき？」大槻が首を捻る。「何だそれは」

そこで崇はノートに「恵比寿舁」と書いた。

「これは『夷舞わし』『夷おろし』とも呼ばれる、民俗芸能の一種です。首に懸けた箱の上で恵比寿の操り人形を舞わせ、家々をまわって歩き、その年の豊漁を願うという非常に縁起の良い芸能で、これがやがて人形浄瑠璃の成立に大きな影響を与えたとも言われています」

「めでたい芸能、ということだな」

但し、と崇は言った。

「これには、傀儡師《くぐつし》が大きく関与していました」

「くぐつ……」

崇はノートに「傀儡」と書いて説明する。

「散所《さんじょ》に住む人々――つまり朝廷の戸籍を離脱した人々のことです。傀儡の『傀』には、人の偉大なる貌、あるいは怪異の意味がある一方、『儡』には敗れる、疲れる、心安らかざるという意味があります。同時に『儡』は、人偏に『畾《らい》』と書くわけですが、これは『雷』の本字です」

「雷……」

まさに、今にも雷が落ちそうな天気の中で崇は続けた。

「つまり、雷神に見立てられた人々が『傴』であり『偉大』であった彼らは、事破れて疲弊している。それが『傀儡』なのです。ちなみに傀儡師は後世、忍びの者と呼ばれる人々にもなりました」

「忍者か！」

「忍者が、傀儡師にもなったというのが正しいでしょう」

面倒臭い突っ込みを挟みながら、

「ところが」崇は言う。「そういうめでたい話のある一方で、こういった悲惨な伝説も語り継がれています」


軍記物語の『源平盛衰記《じょうすいき》』「剣巻《つるぎのまき》」には「蛭子は三年まで足立たぬ尊とおはしければ、天磐樟船《あめのいわくすぶね》に乗せ奉り、大海が原に推《お》し出して流され給ひしが」――云々とあり、生後三年たっても足の立たない「蛭児」が海に流し捨てられ、摂津国に漂着して神となり、夷三郎《えびすさぶろう》として祀られたとある。いわゆる「漂泊神」の性格が負わされた。

この神を「夷三郎」と称するのは、恵比寿が伊弉《いざ》諾《なぎ》・伊邪冉《いざなみ》尊の第三子だからと言うのだが『記紀』によれば、今言ったように第一子でありながら「足の立たない蛭のような子」だったことから「夷三郎」の真の意味は「夷に候《さぶろう》」ではないか。

また、鎌倉時代の『八幡愚童訓《はちまんぐどうくん》』という縁起によれば、蛭子は大日孁《おおひるめ》（大蛭女）から生まれた父無し子であったともいわれる――。


「そのために、やがて恵比寿は『あの世のもの』として考えられ、扱われるようになりました。こちらの奈々くんには言いましたが――」

と言って、崇は例を挙げる。

いわゆる「恵比寿膳」は、汁物とご飯を左右逆に置くことで「左膳」とも言う「死者の膳」のこと。あるいは、膳の木目を横にするべきところを縦にして据える。これは「横膳《よこぜん》」と呼ばれて、礼儀作法に反する。

　また、秋田県などでは、鮭を捕った時に「エビス」と声をかけながら殺すという風習があった。更に、漂流する水死体を拾うと、豊漁に恵まれるといった伝承もあり、流れ仏を「えびす様」と呼ぶこともあった。また、秋田県に留まらず多くの漁村では水死体を「エビス」と呼び、これを拾うことを喜んだという話も残っている。

　そこから「恵比寿盗み」ということも行われた。これは、豊漁の地域で祀られている恵比寿を盗んで祀り、村の漁を好転させようとする行為である。他村の大漁にあやかり、自らも豊漁を招こうとする一種の「あやかり」の行為である。

　壇ノ浦などで捕れる「平家蟹」は、元暦《げんりゃく》二年（一一八五）の合戦で敗れた平家一門が入水し、怨霊となって生まれた「人面蟹」と言われているが、これを「恵比寿蟹」とも呼ぶのは、「恵比寿＝水死人」という概念があるからである――。


「水死人をエビスと呼ぶってのは聞いたことがあるが」大槻は言う。「エビス自体が、もともと『死人』のことだったと言うのか」

「まさにそうです」崇は首肯した。「先ほども言ったように、和多都美神社にある『磯良恵比須』――安曇磯良の墓が、それを端的に表しています。つまり、遥か昔から『エビス』は『死人』であり『遺体』、あるいはそれらが少し変質して『あの世』という意味で使われていたんです」

「めでたい恵比寿がか」

「あの世ですから、ある意味、めでたいですね。しかし、その反面でやはり忌まれていたのも厳然たる事実です。たとえば、『夷心《えびすごころ》』といえば、未開地の『忌《い》み衆《す》』――つまり『エビス』は『性根が醜く荒々しいから、物のあわれを解さないという意』であり、『夷歌』は『未開民の歌』のことで『また狂歌をえびす歌ということもあった』といいます。そして『恵比寿紙』は『形が歪んで醜い紙』のことだといわれます。更に『狄《てき》——エビス』となると悲惨で犬が『磔殺《たくさつ》されている形』であり『それに火を加えるのは、災禍を祓うための呪儀を示すものと思われる』……となります」

「磔殺して、火をかけるだと」

「今言ったように『呪儀』ですから」崇は平然と続けた。「また、やはり奈々くんには言いましたが『夷《えびす》』という文字もあります。これは『大』きな『弓』を持った人々のことを表しており『夷衆《いず》』と呼ばれていた、安曇族や隼人たちのことです。ところが、この『夷』の文字には『平《たいら》かなり』という意味があります。これは、おかしくないでしょうか。字義と字形が一致しません」

「そいつは」と小松崎が言った。「いつもタタルが言っているように、朝廷にとって面倒臭い人間を征伐したから『平か』になったってことだろうがよ」

「さすがだな」崇は楽しそうに笑った。「まさにその通りだ——と言いたいところだが、実はそれ以前に、象形文字で見ると『夷』と『尸《しかばね》』は全く同形なんだ」

「夷と尸が同じ……ってことは、そのまま『エビスが死人』じゃねえか」

「だからそう言ってる」崇は応えた。「実際に『字統』にも、『古くは「尸」と「夷」は同じ意味で用いられていたことは疑いがない』と、はっきり書かれている。というより『尸』である『夷』に、無理矢理『エビス』という読みを与えたんじゃないかと思う」

「一種の文化変容か……」

「そういうことだろうな。まさに『磯良恵比須』で『安曇族』であり『隼人』であり、東北の『蝦夷』だ。誰もが同じように『死に体』にされたというわけだ」

「それで」松橋が小声で尋ねる。「岡邊村の『エビス祀』も」

「そうでしょうね」崇は頷く。「そういった意味では、白壁村の『カンべ祭』と同じです。白壁村では『人の首《こうべ》』を祭り、岡邊村では、死んで神となった『遺体』を祀る。ゆえに――」

崇は、全員を見た。

そして話が突然戻る。

「亡くなられた仲村真さんの首も、鵜澤祝さんの首も、今も津州寺に存在していると思われます。まさか、昔のように晒されているとは思いませんが」

「何だと！」大槻が身を乗り出した。「じゃあ、寺のどこかに保管されているってことか」

「埋められている可能性もありますが、あの境内右手に『恵比寿堂』がありました」

その言葉に、若子たちは一瞬ビクリと体を硬くしたが、また視線を落として下を向いた。

「その中か、周囲を探せば見つかるのではないでしょうか。恵比寿堂の横には、庚申塔も何基か立っていました。庚申塔はもちろん『結界』を護るための猿田彦神が祀られているわけですし。境内奥には稲荷も祀られていたようですが、俺は個人的に『稲荷大神』の正体は猿田彦神だと考えています。なので、どう転んでもあの近辺で見つかるでしょう」

しかし！　と大槻は尋ねる。

「大きな災害に襲われた村の護りに、人の首を落として祀るというのは、まあ良いとしよう。そしてそれが、未だに行われていたという話も……無理矢理だが納得しよう。だが、どうしてまた仲村さんと鵜澤さんが、その犠牲になったんだ。特に鵜澤さんは、肝心なその寺の住職じゃないか。意味が分からない」

「歳じゃないでしょうか」

「歳だと？」

「そう言えば！」松橋が叫ぶ。「キクさんも、そんなことを言っていたぞ。『歳の順』だと――どういうことなんだ」
「先程から、ご本人たちを目の前にして話している
というのも変なのですが――」
崇は、若子や綾女たちに目をやったが、誰も視線
を合わせなかった。それを見て、崇は続ける。
「年男でしょう」
「年男だと？」
「仲村真さんは、四十八歳。鵜澤祝さんは、七十二
歳と聞きました。二人共に『年男』です。そして年
男は、日本各地でも『厄を祓う』という役目を担っ
ている」
あっ。
それこそ「節分の豆撒き」ではないか。彼らは、
町や村の人々を代表して豆を撒いて「厄を祓う」の
だから……。
「で、では！」片山が声を上げた。「うちの会社の
米倉さんは、年男ではなかったから首を落とされな
かったんですか――」
それは、と崇は片山を見た。
「また違う理由からだと思う」
「村の人間ではなかったから？」
「いや」崇は首を横に振った。「もっと現実的な理
由からだと思う」
「どういう理由だ」
叫ぶ大槻を見て、崇は静かに答えた。
「それは、彼女たちにお尋ねください」
「何だって」
全員の視線を受けて、
「よくもまあ」綾女が呆れたように嗤い、しかし殺
意の籠もった目で崇を睨んだ。「私たちを、まるで
人殺しの村のように。ねえ、お祖母さま」
「本当ばい」若子も頷く。「失礼な余所者《よそもの》じゃ。い
い加減にして、もう帰れ」
俺は、と崇は静かに応える。
「『人殺しの村』などと、一言も口にしていませ
ん。同時に、代々伝わってきた風習を全く否定する

ものではありません。事実、今まで何度も『人《ひと》柱《ばしら》』や『生贄《いけにえ》』や『人身御供《ひとみごくう》』、いえ、それ以上に残酷な風習をいくつも、目や耳にしてきました。しかしそれは、あくまでも閉じられた空間での出来事でした。しかし今回、村の外の人間に危害が及んでしまったことを憂《うれ》えているんです」

「あなたの妄想には」綾女が憤然と言い放った。「もうこれ以上、おつき合いできません」

「そうですか」崇は静かに応え、大槻を見た。「では警部補さん。お手数なのですが、津州寺にいらっしゃる警官の方に、境内の恵比寿堂の内部と周囲を調べていただくよう、ご連絡してくださいますか」

「何だと」

「おそらく、その周辺で発見されると思います――真新しい、しゃれこうべが」

息を呑む全員の前で、崇は言う。

「実際にあの辺りで、土が掘り返されたような跡がありましたので、そこに『首祭』にされた、お二人の首が埋められているのではないかと思います」

しん……と部屋は静まりかえる。

窓の外の暗い空が光った。遠雷だ。

やがて届く、ゴロゴロという重苦しい音と共に、

「分かった」大槻が、ゆっくり頷いた。「連絡してみよう」

すると、

「わしが、行きます」雁谷があわてて申し出た。「あそこにおるのは、南署の警官ですので」

しかし、

「いえ」崇が押しとどめる。「警部補さんから、直接電話をお願いします。どうしても」

大槻はその真剣な口調に、崇と雁谷を交互に眺めたが、

「……私が連絡しよう」

と言って雁谷の携帯を借りて、現場の警官に指示を出した――。

遠い稲光が走り、低い音が響く。

そして、相変わらず部屋はうすら寒い。

しかし。

本当にそんな物が、あの場所から見つかるのだろうか。綾女が言うように、単に崇の妄想だとしたら、一体どうなるのだ……。

さすがの小松崎も、眉根を大きく寄せたまま腕を組んでいる。奈々も、体が小刻みに震えそうだった。だが当の崇は、相変わらず無表情のまま、窓の外の暗い景色を眺めていた。

やがて——。

雁谷の携帯が鳴った。すぐにそれを手に取ると、大槻はスピーカーに切り替える。

「どうだった!」

すると携帯の向こうから、興奮した警官の声が部屋に響き渡った。

「警部補のおっしゃるとおりでした! 確かに、まだ真新しい首を二つ、発見しました。この土砂降りで土が流れており、すぐに見つかりました」

「そ、そうか」

「しかしこれは、一体どういう——」

「詳しい話は後だ。とにかく、それを確保しろ。すぐに応援を向かわせる」

「はいっ」

携帯を切り、松橋に鑑識と警官の手配を指示すると、大槻は綾女たちに向かい合った。

「彼の言う通りになりましたが」と言って肩を竦める。「ご説明願えますでしょうか」

少しの沈黙の後、

「その首の話は、ともかくとして」綾女は、冷たく沈鬱に微笑んだ。「米倉さんのお話をしても、よろしいでしょうか」

「米倉さんの?」

「はい」

答える綾女に、隣で瞳が息を呑んだが「大丈夫」と言って綾女は口を開いた。

「あの、米倉さんとおっしゃる方は、余人が足を踏み入れてはならない領域に入り込んで来たのです。しかも土足で。ですから『エビス』になっていただきました」

「何だって！」

　大槻と松橋が、完全に腰を浮かせた。

「ま、まさか、綾女さんが！」

「私も――」

　と口を開きかけた瞳を、綾女は制した。

「彼女は、関係ありません。私が一人で」

「あ、綾女さん――」

「黙って！」綾女は瞳を睨む。「手を下したのは私。鵜澤祝さん同様に」

「なんと……津州寺の住職も……」

「今までは」綾女は静かに笑った。「住職さんが全てのお仕事をしてくれました。でも、住職さんご自身ではできませんので、この私が」

「あなたは」大槻も冷静に尋ねる。「ご自分で、何をおっしゃっているのかお分かりですか」

　首なし連続殺人事件の自白――ということだ。

　雨の音だけが、薄ら寒い部屋に満ちる。

　そんな中、

「はい」と綾女は答えた。「でも、私は何も後悔していません。だって、誰かがやらなくてはいけない仕事なのですから。自分たちの暮らす村、いいえこの島、そして日本の国のためにも」

「いや、そうは言っても――」

「しかも、他の方たちは、もうお年寄り。若い私たちが何とかしなくては」

「…………」

　言葉をなくす大槻たちに向かって、

「真は、大馬鹿ものだった」若子が、ゆっくりと口を開いた。「村のために死んでエビスになって、むしろ良かったと思うとる」

「――とおっしゃると？」

「あの馬鹿者は、この子の母親に懸想しよってな。ちょっかい出しおってからに」

「では、噂は真実だったんですな。とすると……もしかして、本当に綾女さんは真さんの――」

「そんなバカなことがあるもんかね」若子は笑った。「綾女は、香と壮平《そうへい》さんとの間の子ばい」

若子の言葉に、嘘は感じられない。

しかしそうであれば、綾女に向かって「自分の娘」だなどと言うとは、酷い男ではないか。綾女の心には、そんな真に対する憎しみの感情も間違いなくあったろう……。

「で、では、鵜澤寿子さんは」松橋が尋ねる。「それら全てが、米倉さんの『祭梟』と『木魚』という言葉によって露見したと思い、また夫の祝さんが犠牲になったこともあって、この病院の屋上から身を投げた、というわけですか」

「それは、分からん」若子は、弱々しく首を横に振った。「寿子さんに訊いてみんとな」

それはそうだが――。

だが、そんな細かい話を、寿子はいつどこで誰から聞いたのだろう？

聞いたとすれば、この病院の中。さまざまな噂話が駆け巡っていたのかも知れない……。

「それでは綾女さん」大槻は、真剣な眼差しで綾女と向き合う。「改めて、あなたがご存知のこと、実際に関与されたことをお話し願えますか」

その言葉に松橋が手帳を広げ、雁谷も緊張した面持ちで固唾を呑んだ。

「はい」と答えると、綾女は微笑む。「全てお話しします。よろしいですね、お祖母さま」

「良か」若子は、ゆっくり頷いた。「どちらにしても、もうじき村も寺も祭もなくなるけん、構わん」

その言葉に背中を押されるようにして、綾女は口を開いた。

続いた酷い台風被害で、母親の香を亡くして心を痛めていた綾女に、真が近づいてきた。本当に見舞いだったのかも知れないが、今までの真の態度から、綾女はまた違った下心を感じ取った。そのため、真の言葉や厚意を素直に受け入れられないでいたし、むしろ嫌悪した。それを津州寺住職の鵜澤祝や、寿子たちに泣きながら訴えると「そういえば……」と彼らは言った。確か真は年男だったはず。「カンベ祭」を行ってはどうか、と。

そこで、若子を始めとする村の「長老」たちが、密かに集まって話をした。やはりここは「首祭」が必要だ——と。

「若子さんは何と？」

顔を顰めながら尋ねる大槻に、若子は答えた。

「もちろんわしは、構わんと答えた。真も白壁村の住人やし、この村に戻って来る以上、それなりの覚悟ば持っとったはずや」

「いや、しかし……まさかそんな」

「そういうものばい」

「でも！」松橋が叫んだ。「だからといって、何も自分の息子を」

「あんたに子供がおるかどうかは知らんがの」若子は松橋を見る。「村と自分の子供と、どちらが大事かね」

「え……」松橋は口籠もる。「そ、それは——もちろん、両方ですよ」

「どちらか一つを選べと言われたら、どうする」

「そんなもの選べるわけないじゃないですか！」

「本気で生きておらんようじゃの」

「は？」

わしらは、と若子は言う。

「昔から、ぎりぎりの所で、皆で助け合い生を紡いで来た。長い間、ずっとな。だから、村の人たちには、数えきれぬ恩があるんじゃ。たかが自分の命などとは、比べ物にならん。だとすれば、自分の身内の命も同じばい」

「え——」

「あんたは」若子は細い目で、松橋をじろりと睨んだ。「そんなに自分だけが可愛いのかの」

「い、いや、それは……」

松橋は思わず俯いて口を閉ざした。

そんな会話を聞き流しながら、綾女が再び口を開いた――。

しかし、真の首だけでは「弱かった」のか、またしても台風による大きな被害を出した。すると今度は、祝自身が「エビス」となって村を護ると言い出した。真の首なし死本のニュースも、世間で大きく取り上げられてしまったし、いずれ自分や寿子に嫌疑が及ぶと覚悟を決めたのかも知れない。それでなくとも、自分の手で何人もの村人を殺してきた贖《しょく》罪《ざい》の気持ちがあったのかも知れないが、それは分からない。

祝の決心は揺るがなかったようだ。この方法が唯一、村のためであり、同時にこの島のためだ、そして対馬を守ることは日本の国を守ることだと我を曲げず、寿子と綾女の目の前で自らの首に小刀を突き立ててしまった。寿子たちは茫然自失に陥ったが、祝の首から流れ出る赤い血を止めることもできず、絶命しかけて焦点が合わぬ目で訴えかける祝の願いを叶えるかのように、彼の首を落とした――。

「お二人で、ですか」

尋ねる崇に綾女は、

「はい……」

と答えて目を伏せた。

その後、落とした首は綺麗に洗って恵比寿堂の側に埋め、遺体は、適当な皮袋がなかったために、壊れそうな小舟に乗せて鹿谷川に流した。おそらく途中で沈むだろうと思っていたが、海にまで流れ着いたと聞いて驚いてしまった。

やがて「週刊　NAGASAKI」の米倉という記者が、レンタカーを借りて津州寺まで取材に来ているという情報が、近くに住む村人から入った。

綾女は、たまたま訪ねて来ていた瞳と二人で白壁村の自宅にいたのだが、祝の遺体発見が発見されて間もないというのに、もう記者が来たことに驚いた二人は、すぐに車で津州寺に向かった。余所者に、余計な詮索をされたくなかったし、記者がわざわざここまでやって来ているということは、もしかすると何かをつかんでいるかも知れないと、危惧したからだ。

しかし、綾女たちが地元の人間、あるいは津州寺の檀家だと感づかれては、かえって色々と面倒なことになるだろうから、単なる興味本位でやって来た旅行者を装うことにした。

綾女たちは、津州寺の裏手で車を乗り捨てる。もしもナンバーを見られて、地元の人間だと見破られてはマズイからだ。二、三時間に一本しかないバスに乗ってきた旅行者のフリをして、津州寺の境内をうろついている米倉らしき男に近づいた。

綾女たちの予想通り、若い女性の二人組と油断したのだろう、米倉は親しげに話しかけてきた。綾女たちは「博多の人間で、対馬に遊びに来たので、この寺を見物に来ただけ」と言って誤魔化《ごまか》した。「こんな遠くまで？」と米倉は不審がったが、瞳が昔、近くに住んでいたことがあると説明した。これは事実だったので、何の問題もない。

米倉は言った。昔自分は同僚の、この寺の祭に関する記事を読んだ。その時は特に何も感じなかったが、今回やって来て、改めて思うところがあった。というのも、もしかするとこの寺は、本物の人間の首を祀っていたのかも知れない。

綾女たちがわざと「まさかあ」と笑っても、米倉は真剣な顔で続けた。この寺に伝わる獅子頭の話も引っかかるし、第一、本堂に置かれた木魚は普通の物とは違っている……などと。

「まさか、それで住職さんが殺されたとでも――」

「殺された？」米倉は綾女に詰め寄った。「あの海岸線に流れ着いたという首なし死体は、この寺の住職だったのか」

「え……」

綾女は、しまったと心の中で舌打ちしたが、もう遅い。警察に知り合いのおじさんがいて——などと言って誤魔化した。

そんな話が一通り終わると、バスでやって来たという「嘘」を言った綾女たちを、米倉が車で厳原辺りまで送ってくれることになった。綾女たちは、もちろん大喜びしてその話に乗った。

厳原まで降りて来ると、綾女は津州寺関連で少し面白い場所があるらしいので、それも見たいと告げた。もちろん、米倉は承諾する。そして三人で、車を降りた。すると米倉が、

「きみたちは、博多から来たと言ったね」

と、不審そうに首を傾げた。

「はい」と答える二人をじろじろ見て、米倉は尋ねてきた。

「嘘だろう」

「何故ですか」

「博多から来たにしては軽装すぎるし、津州寺までバスで移動したにしては、余りにも靴が綺麗だ」

それを聞いて綾女たちは、米倉の殺害を決心した。厳原の少し人気《ひとけ》のない場所で、隠し持っていた凶器でいきなり襲った。しかし、あっさり殺害できたと思ったのだが絶命しておらず余計なメッセージを残されてしまった。それだけが残念——。


「そういうことだったんですな——」

大槻は、じっと綾女を、そして瞳を見た。

「それこそ非常に残念ですが……今から、県警までご同行願います。但し、今から松橋と打ち合わせたり、彼らと」

と言って崇を見た。

「少しの間お話をしたりしますので、綾女さんと瞳さんには、別室でお待ちいただきたい」

と言って、入り口で待機していた警官二人を呼び、肩を落とした綾女と瞳は、彼らに付き添われて談話室を出た。

「今回は、ご協力ありがとうございました」大槻は

崇に礼を言う。「また何かありましたら――」

「ちょっとお待ちください」しかし、崇は言う。

「まだ、話が残っています」

いや、と大槻は苦笑する。

「歴史の話でしたら、また今度で」

「違います」崇は応える。「米倉さんの話です」

「米倉さん？　なんの話を――」

「何故、米倉さんは首を落とされなかったのか」

それは、と松橋が言う。

「わざわざ落とす必要がなかったからだろうが。あるいは、米倉さんは白壁村の人間ではなかったから、落として祭ることもない――」

「違います」崇は、あっさりと首を横に振った。

「今の綾女さんのお話を聞くと、米倉さんこそまさに、自分たちに楯突いてくる敵。しかも、かなり手強い敵でした。そして、そういう人間の首を祭ることこそが『首祭』となるのですから」

「そう言われればそうだが……」松橋は苦笑いする。「では、何故だと言うんだ」

「首を落とす役割の人が、その場にいなかったからでしょう」

「津州寺の住職の祝さんは、亡くなっているしな」

「そうではありません。そもそも、祝さんの首は誰が落としたのでしょうか。寿子さんですか。それとも、まさか綾女さんが？」

「二人で協力したと言っていたぞ」

「それよりも」崇は静かに言った。「男《おとこ》手《で》があれば足りる」

「男手？」

大槻は崇を睨んだ。

「まさかきみは、もう一人、誰か男性が関係していたとでも言うのか。首を落とす役目を担っていた人物が！」

「そう考えた方が、自然です」

「となれば、おそらく白壁村の人間だな。それとも、昔の岡邊村の人間か」

「それは、ご本人に訊いてみないことには、俺には分かりませんが――」崇は大槻に尋ねる。「警部補さんは当初、こちらの病院の若子さんを訪ねようとしたとおっしゃっていました。その時にたまたま綾女さんと瞳さんがいらっしゃったと」

「ああ、そうだ……。まさかきみは、それは偶然ではなかったと」

「一人ずつ事情聴取されるより、若子さんのもとで全員一緒に聴取される方が『安全』だと考えた人がいたものと思われます」

「何だと」大槻が身を乗り出す。「どういうことだ」

「そう考えた、どなたかがいらっしゃったんでしょうね」

「誰がだ！」

「もちろん、そんなことができる立場の方が」

「あの日そんなことができるとすれば、我々警察関係者だけだぞ。何しろ、病院に行くことは、急に決まったんだからな」

「決定してから、間髪入れずに移動しましたか？」

ああ、と答えて、

「……いや」大槻は言い直した。「違う。少し時間を置いてから向かった」

「それは何故」

「念のために確認するから、時間をくれと言われて――」

「どなたに？」

再び部屋が、しん、となる。

大槻と松橋は、じっと雁谷を見つめていたが、やがて大槻がゆっくりと口を開いた。

「……雁谷さんだ」

当の雁谷は、口を固く閉ざしたまま崇を睨みつけている。

雁谷からの返答がないのを見て、

「だから」と崇は言った。「何らかの情報――綾女さんたちの話から、警察官が関与していると察知した米倉さんは、南署を目指したんでしょう。署に助けを求めに行ったというよりは、告発だった。あの場所に犯人がいるという」

「それで、彼は車で厳原方面へ……」

「バカな！」雁谷が叫んだ。「そりゃ綾女ちゃんの言う通り、ただの妄想――」

「綾女ちゃん？」大槻が雁谷を見た。「あなたは、綾女さんとは知り合いではないはずだが」

「あ……」

　雁谷はあわてて口を閉ざしたが、遅かった。冷や汗を浮かべている雁谷に、崇は静かに尋ねる。

「雁谷さんは、もともとの名字が違うのではないでしょうか」

「な、何を急に」雁谷は不自然なほど、怒りを露わにした。「突然、一体何の話ばい！」

「あなたの名字の話です」

「だから、わしの名前が何やちゅうと！」

「おそらくは――」

　崇はまたしてもノートに書く。


「刈家」

「刈屋」


「どちらかの名字だったのではないですか」

　それを覗き込んだ大槻が尋ねる。

「どういうことだ？」

「そのままです」崇は答える。「獲物を狩る家」

「獲物……」

「もともと『雁』は、生贄として用いられた生き物でした。但しこの場合は、通常我々が目にしている『雁』ではなく『鵝雁《ががん》』――つまり家鴨《あひる》のことですが。なので俺は、雁谷さんが代々、あの村で『首を刈る』役目を担ってこられた方なのではないかと思ったんです。違いますか？」

「な……」

「それに、雁谷さんならば武道――特に剣道の心得がおありのはずです。実際に、綺麗に首を落とすためには居合いの達人でなくてはならないと言われていますが、少なくとも俺たち一般人よりは上手だったでしょう。そして――」

雁谷を見る。

「院長と顔見知りであれば、この病院に入院されていた鵜澤寿子さんとも、内密に連絡を取れたでしょうから、さまざまなお話を伝えることも簡単だったでしょう」

またしても、部屋は静まる。

稲妻が走り、殆ど同時に大きな雷鳴が響き渡った。近くに落雷があったかも知れない――。

しばらくして、

「わしは」と雁谷が口を開いた。「若子さんも知っとるように、岡邊村の人間ばい。香さんも知り合いだったたし、綾女ちゃんは自分の娘のように可愛がっとった。だから正直言うと、真がいなくなって、内心とても喜んどったし、わしも嬉しかった。その後の、津州寺の祝さんの覚悟には驚かされたが、真を殺してくれた。だから、今度は祝さんの望みは叶えねばならんと思い、わしもその場に出かけ……祝さんの首を落とした」

「あ、あなたが！」

叫ぶ松橋の前で、雁谷は静かに続けた。

「あの変な雑誌社の記者に関しては、綾女ちゃんたちが早く自分に相談してくれておれば、もっとうまく処理できたと思っとる。それだけが本当に残念ばい……」

雨音だけ響く部屋で、

「何ということだ」

大槻が大きく嘆息した。

「お話を、詳しくお聞きしたい。雁谷さんも、彼女たちと一緒に、県警までご同行願います」

その言葉に雁谷が力なく頷いた時、大きな音を立てて部屋のドアが開き、警官があわてて飛び込んできた。

「大変です！」

「どうした」

顔色を変えて尋ねる大槻に、

「はっ」と警官は敬礼して答える。「容疑者——美沼綾女が、我々の目を盗んで逃走し——」

「何だと！　それで」

はい、と警官は沈痛な面持ちで告げた。

「たった今、この病院の屋上から飛び降りました」

*

雷雲が通り過ぎ、雨は先程までより小降りになったろうか。

しかし、それでもまだ緑の山並みは霞んでいて見えない。断続的に雨はまだ降り続いている。

部屋の中は相変わらず、ひんやりとしていた。

雁谷は大槻たちに連行され、なおかつ綾女が飛び降り自殺してしまったため、院内は南署からの応援の警官が大勢駆けつけて、ごった返しているようだった。しかしこの談話室には、若子と奈々たち四人だけ。喧噪から隔絶された空間で、誰も口を開くことなく、ただ窓を叩く弱い雨音だけが響いていた。

やがて、

「そろそろ失礼しよう」崇は言うと、若子に向かって一礼する。「お騒がせしてしまい、申し訳ありませんでした」

ああ、と若子は応える。

「もう帰れ。じゃから、他人様《ひと》のことに口を出すな、軽々しく近づくもんじゃなか、と言ったんじゃ。触らぬ神に祟りなし。じゃが、あんたらは近づいて来た」

「亡くなられた米倉さんも、この態——小松崎もそうだと思いますが、俺もいつも相当の覚悟でいます。時には、文字通り命懸けで」

「命懸けやと？」

「当然です」崇は、きっぱりと言う。「それが『神』や『真実』に向き合う態度だと考えているので。決して興味本位などではなく、それらに近づく際には一命を賭して」

「ふん。分かったようなこつ」若子は、くしゃりと笑った。「ただ、一つだけ言っておく」

「はい」

「あんたはさっき、わしらの白壁村は『しゃれこうべ村』だと言いおったが、それは違う」

「と、おっしゃいますと」

「あくまでも『白首《しろかんべ》』村じゃや。しゃれこうべなど と、縁起でもなかことを言いおってからに」

「それは非常に失礼しました。訂正させていただきます」

一礼する崇を見て、

「わしも、長いことなか」若子は、弱々しく微笑んだ。「村ん人間たちもそうじゃ。わしらは、村ん最後ば見届けてから、皆で『エビス』になる」

「エビスに……」

「わしらは最初から『エビス』じゃ。死んで『エビス』に帰るだけばい。言うてみれば――」

若子は崇を見た。

「『エビス』から人の世。そしてまた『エビス』になる。『エビス』が、あの世とこの世を漂流しとるだけばい」

「まさにその通り」

崇は大きく頷いた。

「今のあなたの言葉が、今回の事件の全てだ。その言葉で『証明終わり《Q.E.D》』です」

窓を叩く雨音が、段々小さくなる。

もうすぐ雨は止むのだろうか。遠くの山並みも少しずつ、姿を現し始めていた。


奈々たちは若子を一人残して部屋を出た。

そのまま美津島総合病院を後にしようとしたのだが、大騒動の中、入り口近くで大槻と松橋に捕まり、二人に厚く御礼を言われた。しかし例によって崇は何の興味も示さず、大して挨拶もしない。その代わりに小松崎や奈々たちが、深々と感謝の意を表した。

「では、俺たちはこれで帰ります」

とだけ言う崇に大槻は、

「見送りはここまでだが」とつけ加えた。「警視庁の岩築警部が推薦した意味が分かったよ。しかし、本当に素人なのかね？」

「単なる薬剤師です」

「こういった仕事を本職にするつもりはないのか。もったいないじゃないか」

しかし崇は「いいえ」と答えた。

「ボランティアなので」


対馬空港に到着すると、片山はレンタカーを返却し、四人で福岡行きの便のチケットを購入する。

小松崎は、片山と一緒に長崎に戻るらしい。二人で今回の事件の記事をまとめるのだと言った。それならば直接、長崎行きの便を——とも思ったが、片山は自分の車を博多に置いてあるのだ。多少の時間ロスが出るが、少し話もあるからということで、四人で同じ便に乗ることになった。

崇としては、時間があれば、福岡・糸島《いとしま》をまわりたかったらしいのだが——それで、時間がないとか急いでいるなどと言っていたようだ——さすがに今からでは、無理だ。もう一泊しなくてはならなくなってしまうだろう……。

「しかし」空港の食堂で、グラスのビールを飲みながら小松崎が言った。「実に陰惨な事件だったが、わざわざ本物の首じゃなくとも、最初から素直に獅子頭で良かったんじゃねえのか」

「おそらく」と崇もビールを傾けながら答える。「効力が違ったんだろうな、造り物と本物とでは」

「そういうものかねえ」

「現実問題として年男がいない場合などは、寺の獅子頭で代用していたんだろう。結局、目にすることはできなかったが、古く立派な物らしいから」

「そうです」一人だけウーロン茶を飲みながら、片山が言う。「改めて、必ず写真をお送りします。今日中に探しておきますんで」

「よろしく頼む」

「でも」と片山が尋ねた。「結局、あの寺の静かな獅子舞ってのは、何だったんすかね」

「それだ」小松崎が言った。「タタルは、何か気がついたようなことを言っていたじゃねえか。そいつは何だ？」

　ああ、と崇は答える。

「結局あれは、犠牲者を弔う『葬式』だったんだろうな」

「だが、それじゃおかしいって言ってたじゃねえか。騒がしい方が、犠牲者の弔いになるってよ」

　確かにそう言っていた。

　もちろん、静かな行事もあるが、やはり盆踊りや、花火大会のように大きな風習としては「歌舞音曲」が必要だと……。

「そう思っていたんだが、片山くんの言葉で気がついたんだ」

「自分の言葉っすか」

「もともと日本の葬式は——今でも多くがそうだが——喪主や親戚関係者は、静かに故人を追悼し、故人とは血縁関係の薄い一般の人々は、酒を飲んで精進料理を食らい、故人に関しての思い出などを、わいわい話すというのが慣例だ。ところが津州寺に集う人たちは、誰もが静かに時を過ごす。つまり」

　崇は片山を見る。

「そこにいる人々誰もが、故人——犠牲者と濃く血が繋がっていたんだろう。全員が喪主だった」

「何だと」小松崎が叫ぶ。「誰もが、血が繋がっていただと」

「現在は、多少なりとも外部から血が入って来ている可能性は高いが昔は、文字通り一つだったんだろうな。白壁村も岡邊村も。だからこそ、秘密が固く守られてきた」

「じゃあ！」片山も言う。「ひょっとして、仲村真が綾女さんに、おまえは自分の子供だと言ったのも、まんざら嘘じゃなかったとですか」

「どの程度の濃さかは、知らないがね」

そういうことだったのか。

その場に集った全員が喪主。それで静かに故人の供養・鎮魂の儀式が行われていた……。

奈々が複雑な思いでグラスを傾けていると、搭乗案内のアナウンスが流れ、奈々たちはそれぞれのグラスを空けて、手荷物検査口に向かった。崇は、またもや引っかかるだろう。

そして奈々は——気のせいか——淋しそうな視線を向けるツシマヤマネコのポスターに向かって「いつか、またね」と挨拶して、崇の後に続いた。

福岡空港から全員で博多駅に向かい、

「じゃあ、東京に戻ったら改めて飲み直そう」

と手を挙げる小松崎と、深々とお辞儀する片山と別れると、崇はすぐにその足で、観光案内所に向かった。相変わらず「糸島に行く時間を取られた」などと、ぶつぶつ文句を言っていたが、やがてパンフレットを数冊手に、今度は一転して上機嫌で戻って来た。糸島関係の資料を手に入れられた上に、とても参考になる話を聞けたらしい。

ホームのベンチに並んで腰を下ろし、新幹線を待つ間で崇は楽しそうに奈々に説明する。

「ここに行きたかったんだ」

奈々が横からパンフレットの写真を覗き込むと、青い海に立つ白い石鳥居の向こうに、どこかで目にしたことのあるような景色が広がっていた。玄界灘の荒波に洗われている二つ並んだ大小の小島と、それらを繋ぐように渡されている太い注連縄。挟み込まれた白い紙垂《しで》が、海風に揺れている——。

「これって」奈々は顔を上げて尋ねる。「伊勢の二《ふた》見浦《みが》と同じような景色ですね！　猿田彦神を祀る、二見興玉《おきたま》神社のある」

「まさにそうだ」崇は頷いた。「これは糸島の桜井《さくらい》二見《ふたみ》ヶ浦の夫婦《めおと》岩の写真だ」

「名称まで伊勢と同じなんですか」

「姉妹都市にもなっているようだが……俺は、実はこちらの夫婦岩の方が古いんじゃないかと考えている。いや、もちろんきちんと整備されて観光名所になったのは、伊勢の方が早かったようだがね」

「本当ですか！」

「前に言ったように、『糸島は島ではないのに、どうして糸島という名称なのか』——ということだ」

「それも分かったんですか」

「観光協会の人が糸島出身で、きちんと教えてくれた。父親が糸島で観光タクシーの運転手をしているから、その辺りの話は良く聞かされていたらしい」

崇は笑った。「やはり地元——とまでは行かないにしても、実際に近くまで足を運ぶことは重要だね」

「それで、何と？」

興味津々で尋ねる奈々に、

「ああ」と崇は答える。「もともとあの辺りは『怡土《いと》』と『志摩《しま》』という二つの土地が合併してできあがった場所だったらしい。だから地名の『怡土・志摩』が『糸島』という名前になったそうだ。『島』という名称は、完全に後付けだった」

「いと・しま……」

しかも、と崇は奈々を見る。

「この『怡土』は、遥か昔には『伊蘇《いそ》』と呼ばれていたという。これは富田弘子も指摘している点だし、彼女に言わせると、この『伊蘇』は『安曇磯良』の『磯』から来ているのではないかということになる。その点に関しては何とも言えないが、とにかく往古あの土地は『伊蘇』『志摩』と呼ばれていたことは確からしい」

えっ、と奈々は息を呑む。

「それは、もしかして！」

「そのままだ」崇は首肯した。「その通り『伊勢・志摩』だ。つまり糸島こそが、伊勢のルーツということになる」

「だから、糸島の二見ヶ浦の方が古いと……」

「しかも、猿田彦神を祀っている。『伊勢は二十余万年も前から猿田彦神が治めていた』という伝説があると言ったね。この二十余万年は余りに大袈裟としても、つまりそれ程古くから『伊勢』は猿田彦神の土地だった。というより『伊勢』になる前の『伊蘇』から、彼の物だった」

そういうことか。

しかし、伊勢のルーツが糸島で、そこには猿田彦神がいたということは――。彼はもともと九州の人間（神）だったことになる。

いや。何もおかしくはない。

何しろ彼は、九州南部を治めていた「隼人」の王と呼ばれていた人物（神）なのだから……。

「『海幸彦・山幸彦』の話をしたね」崇は更に続ける。「海幸彦は隼人の祖であり、山幸彦に降参した」

「そして山幸彦は、神武天皇を始めとする天皇家に繋がるって――」

「俺は、その話も違うんじゃないかと思っている」

「というと……？」

「海幸彦は『隼人』で良い。そして彼らは『隼人の王』である猿田彦神に繋がって行く。しかし俺は、山幸彦も『海神《わだつみ》』だったと考えているんだ。つまり、彼の本名は『山《やま》幸彦』ではなく『海《あま》幸彦』」

「あまさちひこ――ですか！」

「伝説のできあがった土地や背景を考慮すれば、そういうことだと思う。但し、相手の海幸彦が猿田彦神だとすると、時代的に『海《あま》幸彦』は、安曇磯良以前の人物の話になるだろうがね」

「確かに……」

「そして、山幸彦の別名は前にも言ったように『火《ほ》遠理《おり》命』――つまり『祝《はふり》の命』で、隼人たちを葬り去った人物ということになる」

「あ……」

そうだ。「祝」は「屠《ほふ》る」――。

「やがて、戦いに勝利した海幸彦《あま》の全てを、神武天皇たちが奪い去って『山幸彦』としたわけだ」

そういう……ことだったのか。

それで「火遠理——祝」命。

単純な「海幸彦・山幸彦」の伝説の中にも、さまざまな言い換えや設定の変換が隠されていた。

そして「糸島——伊蘇・志摩」「二見ヶ浦」も。

更に、日本全国どこにでも（と言って良いほど）姿を現す、猿田彦神。

まだまだ日本の歴史の謎は深い、と今更ながら思う。後でもう一度、今回の話を整理し直さなくては……などと一つ嘆息した時、新幹線の到着を告げるアナウンスが響いた。


二人して乗り込むと、ゆったりくつろぐ。もちろん崇は、きちんと缶ビールを買い込んでいるし、奈々も少しだけ買い込んだ。

何しろ、ここから東京・品川駅まで約五時間の旅だ。まだまだ二人の旅は終わらない。座席に腰を下ろすなり、缶ビールのプルトップを開けて、

「確かに古典籍は難しいが、もっと身近な所で消失を止められる文字もある」崇は言った。「今回の『恵比寿』の話をしていて思い出した」

「それは？」

「いわゆる『差別用語』と考えられている言葉だ」

「えっ」

「良い例が、文部省唱歌の『案山子《かかし》』だ」

崇は言って、歌詞を見せる。

「山田の中の　一本足の案山子
天気のよいのに　蓑笠着《つ》けて
朝から晩まで　ただ立ちどおし
歩けないのか　山田の案山子
山田の中の　一本足の案山子
弓矢で威《おど》して　力《りき》んで居《お》れど

山では烏が　かあかと笑う
耳が無いのか　山田の案山子」

「以前にも言ったように、この歌は種々の差別に繋がるという理由で、最近は殆ど歌われることもなくなってしまった」

と言って崇は続ける。

「蓑笠姿というのは『青草《あおくさ》を結束《ゆ》ひて、笠蓑とした』身にまとった姿で追放された素戔嗚尊《すさのお》を象徴している。また、案山子の古名の『山田のそほど』の『そほ』は『赭《そほ》——丹《に》』で『辰砂《しんしゃ》』、つまり水銀の原料を表している。そして、そんな案山子は『古事記』では、

『尽《ことごと》く天下《あめのした》の事を知れる神なり』

つまり、天下第一の知恵者であると書かれている。その上『耳が無い』というのは、『龍』を表している。非常に意味が深い話だね。しかし、この『案山子』の歌が全くなくなると、今言ったような話も、一緒に消滅してしまう。また、これも言ったが、たとえば『聾《つんぼ》』」

「ちょ、ちょっとタタルさん！」

たしなめる奈々を無視するように崇は言う。

「恵比寿さまに願い事をする時には大声で、という慣例があるという。それは、恵比寿は『聾』——耳が遠いと言い伝えられてきたからだ。そしてこの『聾』は、見ての通り『龍』の『耳』と書く。つまり、龍は耳が遠いと考えられていたわけだ。ということは、両方を結んで『なぜ恵比寿は耳が遠いのかといえば、その正体が龍だから』という図式ができあがる。まさに恵比寿は『龍』——海神なんだからね。しかし、この『聾』という文字を読める人間がいなくなってしまうと、この繋がりが全く理解できなくなる」

「そ、それは確かに……」

「その他にも——今、具体的な例は挙げないが——重要な歴史的背景や意義を持っている言葉たちが消

え去ろうとしている。単に人道的でないという理由でね。しかし、言葉自体には人道的云々という意図などない。問題は、使う方の人間の心だ。逆に言えば、どんなに丁寧な言葉遣いをしても、下心や腹黒さは透けて見える。つまり、言葉には何の罪もない。罪は、それを使う人間の心の中にあるんだ。まさに『毒草』と一緒だよ」

「毒草？」

「以前に、毒草には何の罪もないと主張していた、変わった男がいた」

崇は笑ったし、確かにそんな男性がいたが……。

「変わった男」という点に関しては、どっちもどっちだと、奈々は思った。

でも。

実際、その通りだと思う。

医化学の祖といわれるパラケルススは、こう言い切っている。

「全ての物質は毒である。毒でない物は存在しない」——と。

これはまさに「物質」や「物」を「言葉」に言い換えても同じなのではないか。つまり、全て使用する側の問題なのだ。

今回も、地名その他で色々考えさせられた。実際に「安曇」が嫌で名乗りたくない人々もいるという。崇のようにあっさりと割り切れる人間は良いけれど、そうはなれない人たちも多いはず。

またしても「あっさりと割り切れない」問題が残ってしまったような気がする。口をつけた缶酎ハイも、ほろ苦い……。

しかし、少なくとも今回。

対馬は日本の根幹であることを知った。

太古の日本の神々が、その神々の遺跡が、今もまだ息づいている土地——。

またいつか、あの可愛らしいツシマヤマネコに会いに行かれたら、と心から思う。

そして。

またそんな機会があれば、その時こそは！
何の事件にも巻き込まれず無事に戻り、奈々に被せられている濡れ衣を晴らす。自らの潔白を証明するのだ。
〃よろしくお願いします〃
奈々は、あの夕焼け空の向こうに間違いなくいらっしゃる、日本の神様に強く強く祈った。

《エピローグ》

底知れぬ深い闇を抱いた木々の間を縫うように、鹿谷川《ししたに》は音を立てて流れて行く。時折、その水飛沫《みずしぶき》が月明かりに白く輝いていた。

相も変わらず幻想的な光景が、目の前に広がっている。

今流されていった男の首なし遺体も、この川底に沈むのか、それとも海まで帰れるのだろうか。厳しく優しい対馬の海へ……。

そう思った私は、ふと自分に問いかける。

私は彼の体——首のない彼の体——が、海まで到達することを望んでいるのか。もしも到達できたとしたら、それは私自身の首を絞めることにもなりかねない。

いや、ひょっとすると私は心の奥底で、それを願っているのか……。

妻と二人、並んで川べりにしゃがみ、冷たい水の中に手を差し入れた。同時に、清らかに澄んだ川の水が、私たち二人の血塗られた両手を、爽やかに洗い流してくれる。

先程までずっと、不動明王真言を唱え続けていた私は、ここで祓詞《はらえことば》に変える。

〝諸諸《もろもろ》の禍事《まがごと》罪《つみ》穢《けがれ》有《あ》らむをば、祓へ給ひ清め給へと白《もう》す事を聞こし食《め》せと、恐《かしこ》み恐みも白す——〟

この清流と祓詞で、私たち二人の体は清められるのだ。

だが……それは本当だろうか？

もちろん「我欲」はない。我欲はないと断言できるが、自分の体には、まだ拭い去りきれぬ「何か」が貼りついていないか。得体の知れぬ穢れが、取り憑いてはいないか。

その時、私の耳に時鳥《ほととぎす》の鳴き声が、一声聞こえてきた。

おや、と思って思わず辺りを見回したが――。

そんなはずはない。今は秋で、全くの季節外れ。

しかし、再びあの美しい鳴き声が耳に響く。

ただの空耳にしてはおかしい。まさか本当にいるのか……。

だが、次の瞬間、
そうか、と悟った。

時鳥は、別名「死出《しで》の田長《たおさ》」。死出の山から飛び来たり、死を告げる鳥だという。

その鳥が、私に呼びかけたのだ。

ということは――。

おそらく次は、私の番なのだろう。

それは、いつのことなのだろうか。

来月か来週か。いや、明日か。

構わない。とっくに覚悟を決めている。

以前には、天災がわが国を守ってくれた歴史もあった。しかし近年は――神の怒りを買ってしまっているのか――わが国を襲う業火となっている。それを止め、鬼神をなだめることが自分の役割であるのなら、この身を捨てることに何の躊躇《ためら》いがあるだろう。しかも自分は、今まで何人もの人々を死に追いやってきた。だから慚愧《ざんき》の念など微塵《みじん》もない。

そう思うと心が軽くなったような気がして、妻と二人、澄んだ水が流れ続ける鹿谷川を後にした。

私たちの村が――この島が、永遠《とわ》にあることを祈りながら。

参考文献

『古事記』次田真幸全訳注／講談社
『日本書紀』坂本太郎・家永三郎・井上光貞・大野晋校注／岩波書店
『続日本紀』宇治谷孟全現代語訳／講談社
『続日本後紀』森田悌全現代語訳／講談社
『古事記　祝詞』倉野憲司・武田祐吉校注／岩波書店
『延喜式祝詞（付）中臣寿詞』粕谷興紀注解／和泉書院
『新訂　魏志倭人伝・後漢書倭伝・宋書倭国伝・隋書倭国伝』石原道博編訳／岩波書店
『万葉集　全訳注原文付』中西進／講談社
『風土記』武田祐吉編／岩波書店
『常陸国風土記』秋本吉徳／講談社
『出雲国風土記』荻原千鶴／講談社
『播磨国風土記』沖森卓也・佐藤信・矢嶋泉編著／山川出版社
『古語拾遺』斎部広成撰／西宮一民校注／岩波書店
『古今著聞集』西尾光一・小林保治校注／新潮社
『土佐日記　蜻蛉日記　紫式部日記　更級日記』長谷川政春・今西祐一郎・伊藤博・吉岡曠校注／岩波書店
『今昔物語集』池上洵一編／岩波書店

『雨月物語』上田秋成／高田衛・稲田篤信校注／筑摩書房
『神道辞典』安津素彦・梅田義彦監修／神社新報社
『神社辞典』白井永二・土岐昌訓編／東京堂出版
『日本神話事典』大林太良・吉田敦彦監修／大和書房
『日本史広辞典』日本史広辞典編集委員会／山川出版社
『日本の神々の事典　神道祭祀と八百万の神々』薗田稔・茂木栄監修／学研プラス
『日本古典文学大系3　古代歌謡集』土橋寛・小西甚一校注／岩波書店
『日本思想大系20　寺社縁起』「八幡愚童訓 甲」桜井徳太郎・萩原龍夫・宮田登校注／岩波書店
『柳田國男全集18　獅子舞考』柳田國男／筑摩書房
『日本古典文庫2　万葉集上』折口信夫訳／河出書房新社
『鬼の大事典』沢史生／彩流社
『闇の日本史――河童鎮魂』沢史生／彩流社
『安曇族と住吉の神』龜山勝／龍鳳書房
『安曇族と徐福　弥生時代を創りあげた人たち』龜山勝／龍鳳書房
『日本史を彩る道教の謎』髙橋徹・千田稔／日本文芸社
『日本伝奇伝説大事典』乾克己・小池正胤・志村有弘・高橋貢・鳥越文蔵編／角川書店
『日本架空伝承人名事典』大隅和雄・西郷信綱・阪下圭八・服部幸雄・廣末保・山本吉左右編／平凡社
『日本民俗大辞典』福田アジオ・新谷尚紀・湯川洋司・神田より子・中込睦子・渡邊欣雄編／吉川弘文館

『日本俗信辞典　動物編』鈴木棠三／KADOKAWA
『暮らしのことば　語源辞典』山口佳紀編／講談社
『隠語大辞典』木村義之・小出美河子編／皓星社
『古代地名語源辞典』楠原佑介・桜井澄夫・柴田利雄・溝手理太郎編著／東京堂出版
『神社の古代史』岡田精司／筑摩書房
『諏訪大社と御柱の謎』守屋隆／諏訪文化社
『お諏訪さま――祭りと信仰』諏訪大社監修／鈴鹿千代乃・西澤形一編／勉誠出版
『蛇――日本の蛇信仰』吉野裕子／講談社
『決定版　ヒルコ　棄てられた謎の神』戸矢学／河出書房新社
『民族の創出――まつろわぬ人々、隠された多様性』岡本雅享／岩波書店
『最強神社と太古の神々』島田裕巳／祥伝社
『時間の習俗』松本清張／新潮社
『街道をゆく13　壱岐・対馬の道』司馬遼太郎／朝日新聞社
『芥川龍之介集　新潮日本文学10』芥川龍之介／新潮社
『芸術新潮　貴重永久保存版　日本の神々』新潮社
『図説　穂高神社と安曇族』穂高神社監修・龍鳳書房編／龍鳳書房
『琉球神道記』袋中（国立国会図書館デジタルコレクション）
『太平記』（国立国会図書館デジタルコレクション）

「倭姫命御聖跡巡拝の旅」倭姫宮御杖代奉賛会
「隼人族の抵抗と服従」霧島市教育委員会
「アマビエ攷——甦る海神（わだつみ）の系譜——」富田弘子
観世流謡本『和布刈』丸岡明／能楽書林
『流刑の神々・精霊物語』ハインリヒ・ハイネ／小澤俊夫訳／岩波書店

＊作品中に、インターネットや冊子等より引用した形になっている箇所がありますが、それらはあくまで創作上の都合であり、全て右参考文献からの引用によるものです。

＊作中にある、神功皇后は天皇であり、そのためにわが国は「女系天皇」の血筋となっているという説に関しての詳細は、拙著『猿田彦の怨霊——小余綾俊輔の封印講義』（新潮社）をご参照ください。

＊各章冒頭の引用文は、『流刑の神々・精霊物語』ハインリヒ・ハイネ／小澤俊夫訳／岩波書店によりました。

文中に登場する「白壁村」「岡邊村」「津州寺」等の地名や寺院名、
及び、その地における風習は作者の想像の産物ですが、
それらを除いた寺社等は、全て実在します。
但し、作品自体は完全なるフィクションであり、
実在する個人名・団体名・地名等が登場することに関し、
それらについて論考する意図は全くないことを、
ここにお断り申し上げます。

高田崇史オフィシャルウェブサイト『club TAKATAKAT』
URL：https://takatakat.club
X（旧Twitter）：「高田崇史@club-TAKATAKAT」
Facebook：高田崇史Club takatakat

N.D.C.913　258p　18cm　ISBN978-4-06-536801-5

定価はカバーに表示してあります

KODANSHA NOVELS

QED《キューイーディー》　恵比寿《えびす》の漂流《ひょうりゅう》

二〇二五年一月十四日　第一刷発行

著者―高田崇史《たかだたかふみ》

発行者―篠木和久

発行所―株式会社講談社
東京都文京区音羽二-一二-二一
郵便番号一一二-八〇〇一
編集〇三-五三九五-三五〇六
販売〇三-五三九五-五八一七
業務〇三-五三九五-三六一五

本文データ制作―講談社デジタル製作

印刷所―株式会社KPSプロダクツ　製本所―株式会社若林製本工場

KODANSHA

KODANSHA NOVELS

講談社ノベルス

美少女探偵、再び！
七人の迷える騎士　関田　涙

騙される快感が味わえる！
刹那の魔女の冒険　関田　涙

17歳少女のミステリアスな夏物語
エルの終わらない夏　関田　涙

メフィスト賞受賞作
六枚のとんかつ　蘇部健一

怪人あらわる！
木乃伊《ミイラ》男　蘇部健一

愛する娘のために……
届かぬ想い　蘇部健一

超絶トリック
六とん2　蘇部健一

シリーズ最高の迷作（?）誕生！
六とん3　蘇部健一

シリーズ最上級の面白さ！
六とん4　一枚のとんかつ　蘇部健一

第11回メフィスト賞受賞作!!
銀の檻《おり》を溶かして　薬屋探偵妖綺談　高里椎奈

ミステリー・フロンティア
黄色い目をした猫の幸せ　薬屋探偵妖綺談　高里椎奈

ミステリー・フロンティア
悪魔と詐欺師　薬屋探偵妖綺談　高里椎奈

ミステリー・フロンティア
金糸雀《カナリア》が啼《な》く夜　薬屋探偵妖綺談　高里椎奈

ミステリー・フロンティア
緑陰の雨　灼《や》けた月　薬屋探偵妖綺談　高里椎奈

ミステリー・フロンティア
白兎《はくと》が歌った蜃気楼　薬屋探偵妖綺談　高里椎奈

ミステリー・フロンティア
本当は知らない　薬屋探偵妖綺談　高里椎奈

ミステリー・フロンティア
蒼い千鳥花霞に泳ぐ　薬屋探偵妖綺談　高里椎奈

ミステリー・フロンティア
双樹《そうじゅ》に赤　鴉《からす》の暗《くろ》　薬屋探偵妖綺談　高里椎奈

ミステリー・フロンティア
蟬《せみ》の羽　薬屋探偵妖綺談　高里椎奈

ミステリー・フロンティア
ユルユルカ　薬屋探偵妖綺談　高里椎奈

ミステリー・フロンティア
雪下に咲いた日輪と　薬屋探偵妖綺談　高里椎奈

ミステリー・フロンティア
海紡《つむ》ぐ螺旋《らせん》空の回廊　薬屋探偵妖綺談　高里椎奈

シリーズ初の短編集！
深山木薬店説話集　薬屋探偵妖綺談　高里椎奈

ミステリー・フロンティア
翡翠の風と踊る死者　薬屋探偵妖綺談　高里椎奈

〝薬屋探偵〟待望の新シリーズ!!
ソラチルサクハナ　薬屋探偵怪奇譚　高里椎奈

ミステリー＆ファンタジー
天上の羊　砂糖菓子の迷児《まよいご》　薬屋探偵怪奇譚　高里椎奈

ミステリー＆ファンタジー
ダウスに堕ちた星と嘘　薬屋探偵怪奇譚　高里椎奈

ミステリー＆ファンタジー
遠《とお》に呱々《ここ》泣く八重の繭　薬屋探偵怪奇譚　高里椎奈

ミステリー＆ファンタジー
童話を失《な》くした明時《あかとき》に　薬屋探偵怪奇譚　高里椎奈

ミステリー＆ファンタジー
来鳴《きな》く木菟《みみずく》日知り月　薬屋探偵怪奇譚　高里椎奈

ミステリー&ファンタジー
星空を願った狼の 薬屋探偵怪奇譚 高里椎奈

ミステリー&ファンタジー
君にまどろむ風の花 薬屋探偵怪奇譚 高里椎奈

創刊20周年記念特別書き下ろし
それでも君が ドルチェ・ヴィスタ 高里椎奈

〝ドルチェ・ヴィスタ〟シリーズ第2弾!
お伽話のように ドルチェ・ヴィスタ 高里椎奈

〝ドルチェ・ヴィスタ〟シリーズ完結編!
左手をつないで ドルチェ・ヴィスタ 高里椎奈

新シリーズ、開幕!
孤狼と月 フェンネル大陸 偽王伝 高里椎奈

〝フェンネル大陸 偽王伝〟シリーズ第2弾!
騎士の系譜 フェンネル大陸 偽王伝 高里椎奈

〝フェンネル大陸 偽王伝〟シリーズ第3弾!
虚空の王者 フェンネル大陸 偽王伝 高里椎奈

〝フェンネル大陸 偽王伝〟シリーズ第4弾!
闇と光の双翼 フェンネル大陸 偽王伝 高里椎奈

〝フェンネル大陸 偽王伝〟シリーズ第5弾!
風牙天明 フェンネル大陸 偽王伝 高里椎奈

〝フェンネル大陸 偽王伝〟シリーズ第6弾!
雲の花嫁 フェンネル大陸 偽王伝 高里椎奈

〝フェンネル大陸 偽王伝〟シリーズ第7弾!
終焉の詩 フェンネル大陸 偽王伝 高里椎奈

王道ファンタジー新章開幕!
草原の勇者 フェンネル大陸 真勇伝 高里椎奈

王道ファンタジー
太陽と異端者 フェンネル大陸 真勇伝 高里椎奈

王道ファンタジー
雪の追憶 フェンネル大陸 真勇伝 高里椎奈

冒険は激動のクライマックスへ!
黄昏に祈る人 フェンネル大陸 真勇伝 高里椎奈

心揺さぶる冒険譚、ここに完結!!
星々の夜明け フェンネル大陸 真勇伝 高里椎奈

〝王道ファンタジー〟珠玉の裏話全11編!
天球儀白話 フェンネル大陸 外伝 高里椎奈

ファンタジー新シリーズ!
アケローンの邪神 天青国方神伝 高里椎奈

〝冒険&謎解き〟王道ファンタジー
バラトルムの功罪 天青国方神伝 高里椎奈

〝冒険&謎解き&感動〟王道ファンタジー
カエクスの巫女 天青国方神伝 高里椎奈

学園ファンタジー
祈りの虚月 高里椎奈

世界一優しい名探偵
雰囲気探偵 鬼鶫航《きのつぐみわたる》 高里椎奈

第9回メフィスト賞受賞作!
QED 百人一首の呪《しゅ》 高田崇史《たかふみ》

書下ろし本格推理
QED 六歌仙の暗号 高田崇史

書下ろし本格推理
QED ベイカー街の問題 高田崇史

書下ろし本格推理
QED 東照宮の怨《えん》 高田崇史

創刊20周年記念特別書き下ろし
QED 式の密室 高田崇史

書下ろし本格推理
QED 竹取伝説 高田崇史

書下ろし本格推理
QED 龍馬暗殺 高田崇史

講談社ノベルス
KODANSHA NOVELS

飛竜乗雲の歴史ファンタジー！
鬼神伝 龍の巻 高田崇史

歴史アドベンチャー開幕！
カンナ 飛鳥の光臨 高田崇史

〝神の子〟天草四郎の正体とは？
カンナ 天草の神兵 高田崇史

呪術者『役小角』の実体は？
カンナ 吉野の暗闘 高田崇史

伝説の猛者「アテルイ」降伏の真相は？
カンナ 奥州の覇者 高田崇史

天岩戸で『天照大神』は暗殺された!?
カンナ 戸隠の殺皆 高田崇史

鎌倉源氏はなぜ三代で滅んだのか？
カンナ 鎌倉の血陣 高田崇史

菅原道真は本当に大怨霊だったのか!?
カンナ 天満の葬列 高田崇史

なぜ出雲大社は素戔嗚尊を追放したのか!?
カンナ 出雲の顕在 高田崇史

歴史アドベンチャーシリーズ堂々完結！
カンナ 京都の霊前 高田崇史

歴史ミステリの最高峰、シリーズ開幕！
神の時空《とき》―鎌倉の地龍― 高田崇史

歴史ミステリの最高峰、第2弾！
神の時空―倭《やまと》の水霊― 高田崇史

歴史ミステリの最高峰、第3弾！
神の時空―貴船の沢鬼― 高田崇史

歴史ミステリの最高峰、第4弾！
神の時空―三輪の山祇《やまつみ》― 高田崇史

歴史ミステリの最高峰、第5弾！
神の時空―嚴島《いつくしま》の烈風― 高田崇史

歴史ミステリの最高峰、第6弾！
神の時空―伏見稲荷の轟雷― 高田崇史

歴史ミステリの最高峰、第7弾！
神の時空―五色不動の猛火― 高田崇史

歴史ミステリの最高峰、第8弾！
神の時空―京の天命― 高田崇史

歴史ミステリの最高峰、第9弾！
神の時空 前紀―女神の功罪― 高田崇史

歴史ミステリ、新シリーズ開幕！
古事記異聞 鬼棲む国、出雲 高田崇史

書き下ろし歴史ミステリ
古事記異聞 オロチの郷、奥出雲 高田崇史

書き下ろし歴史ミステリ
古事記異聞 京の怨霊、元出雲 高田崇史

書き下ろし歴史ミステリ
古事記異聞 鬼統べる国、大和出雲 高田崇史

書き下ろし歴史ミステリ
古事記異聞 陽昇る国、伊勢 高田崇史

デビュー20周年記念短編集
試験に出ないQED異聞 高田崇史短編集 高田崇史

書下ろし歴史ホラー推理
蒼夜叉 高橋克彦

超伝奇SF
総門谷R 阿黒篇 高橋克彦

超伝奇SF「総門谷R」シリーズ
総門谷R 白骨篇 高橋克彦

長編本格推理
匣《はこ》の中の失楽 竹本健治

奇々怪々の超ミステリ
ウロボロスの偽書 竹本健治